激流（上）

Jun TakaMi

高見順

P+D BOOKS
小学館

目次

激流　第一部

激流　第一部

第一章

その一

　進一の父の辰吉は田舎の中学を出るとすぐその春に上京して、遠縁に当る莫大小《メリヤス》問屋の永森商店に身を寄せた。なまじ、中学に行ったため、百姓嫌いになっていた辰吉の、それは自分からの発意で、村役場などに勤めるより、東京に出たほうがはるかにましだった。村から汽車で小半日かかる町の中学校にはいって、五年間をその寄宿舎ですごした辰吉は、親のもとを離れて暮すことには慣れていた。

　永森商店は田舎で想像したほどの大きな店でもなく、縁つづきの辰吉が、しかも中学出だというのに、並のでっち扱いされたことも意外だったが、東京もその中心地の日本橋の生活は、洋行でもしたみたいに何から何まで物珍しく、その驚異が辰吉には喜びになっていた。中学はあっても、電車はない町が、今までの辰吉の知っていた外部の世界なのだった。そのことだけでも、村の人々の知らない世界を知っていると自慢していたくらいだから、電車にひとつ乗ることすら面白く、心の弾むことであった。不平や不満より、その喜びのほうが強かった。たとえば辰吉の不満と言えば、新参者として早朝、店の前を箒《ほうき》ではく仕事が課せられ、問屋街のその道に、はき目を綺麗に出すことを要求された辰吉は、眠い目をしょぼつかせて同じことをしているよその店の小僧がみんな自分よりは年下であり、自分の店にも年下の小僧がいるのにという不満があったが、東京に身を置いた喜びを思うと、それを我慢した。子供に帰ったみたいな素朴なこの田舎者は、東京の雰囲気に早く自分を調和させようと努めた。それが辰吉を実直に立ち働かせた。気の利いた東京弁を自由にしゃべれるようになろうと人知れず苦心することだって、辰吉には愉《たの》しい努力の一つだった。

縁つづきということを鼻にかけることなく、他の奉公人と起居をともにしてのその恪勤精励が主人の気に入られて、やがて辰吉はひとり娘の婿に望まれた。田舎を出て、もう三年経っていた。辰吉に直接、そのことが告げられる前に、家と家との間であらかじめ話が取りきめられていて、否も応もなかった。

「あと二年したら、娘をお前にやろう」

辰吉は主人から告げられた。

「店の者に言うんじゃないぞ。この家をねらっている者が、たんといるんだから、用心しないとな」

わがままいっぱいに育てられたそのひとり娘の性質はもとより、ひどく大柄なその身体つきが、辰吉としては実は好きでなかった。顔も大きく、何か輪郭のはっきりしないような、しまりのない感じなのに、いつでも白粉《おしろい》をこってりと塗っていて、一層尨大《ぼうだい》な印象を強めていた。いっそ嫌いというのに近いその娘との結婚には、しかし、生っ粋の東京の娘を妻にするという魅力があった。娘と一緒に、東京の商店をごっそり自分のものにできるというのも、悪くはなかった。

娘の名は妙子と言った。妙子の父をはじめとして店の番頭も小僧もいずれも尋常小学しか出てないなかで、辰吉はたとえ田舎の中学とはいえ、中学出であることが、婿としての好条件なのでもあった。妙子の父は満足だったが、妙子は、ほんとは大学出の良人を持ちたかったのである。

辰どんと呼んでいた男を良人に迎えねばならぬ。そのこと自身よりも、自分がおかみさんと呼ばれる身になることが不満だった。山の手の女学校に通った妙子は、山の手の奥さんになりたかったのである。山の手の官吏か会社員の妻になりたいというその夢も、ひとり娘ではかなえがたい。わがまま娘でも、親の言葉にはさからえない忍従の心は持っていた。

結婚するとすぐ子供ができた。それが進一である。進一が四つのとき、母の妙子は、それまで一家がみな一緒に住んでいた下町の店とは別に、山の手に自分たち夫婦のすまいを持ちたいと言い出した。妙子はその父母に、今のように良人がいつまでも姑と一緒では気の毒だと説いて、それを理由にして納得させた。当の辰吉は、山の手から店へ通うのは大変だと反対した。あながち姑への遠慮だけではなかったが、それに対して妙子は、進一の将来を考えると、下町は環境が悪いと言って譲らなかった。

引越しの日、辰吉は居間に飾ってあった明治天皇の御尊影をみずから外して、それを持って人力車に乗った。それだけをうやうやしく捧持《ほうじ》して、新しい家へ人力車を走らせた。そのうしろに、進一と妙子の人力車がつづいた。引越しは店の者がやるから、それでいいわけだが、進一の父にとって明治天皇は心の灯なのだった。日本の興隆をそのまま自分の誇りにして生きることのできた明治人のひとりだった。

春のその引越しから三月ほどすると、明治天皇の崩御が報ぜられた。父は進一を抱いて、その御大葬をおがみに行き、赭土《あかつち》の地面に土下座して慟哭《どうこく》した。そのとき、進一も一緒に号泣したと後年、父から聞かされたが、進一は何も覚えてない。四歳の幼さではそれは当然だが、ただひとつ、ギーギーときしむ牛車《ぎっしゃ》の音だけが、どういうわけか、幼児の耳にそれが不気味にひびいて心に刻みこまれたのか、あざやかに記憶のなかに生きのこっている。

進一は辰吉が二十五のときの子である。初孫に男の子が恵まれて、日本橋の家は湧き立った。

「お手柄、お手柄……」

これが祝福の言葉なのだった。辰吉の義父はまず娘の妙子にそう言ってから、

「な、辰吉。これで安心だ」

「は」

義父というよりまだ主人の感じだった。その主人からのおほめの言葉が、辰吉には別に与えられなかった。

「女じゃないかと、わたしは心配してた」

「は」

「名前は――進一はどうだ」

「は？」

「わたしの進に、一だよ」

義父は進之助という名である。

「わたしに男の子ができたら、そう名づけようと思っていた。それをこの孫にくれてやる。どうだ、いい名前だろう。な、おさき」

と、妻に言った。男の子を生めなかった彼女は切なそうにほほえんでいた。

山の手の家に移った翌年、辰吉夫婦の間にまた子供ができた。今度もまた男の子で大正二年の生れなので、正二と名づけられた。これは父辰吉の命名である。

早生れの進一は数え年七つで小学校にはいった。たいがいの小学生はまだ和服の時代だった

が、進一は洋服を着ていた。洋服の子が多い小学校なのでもあった。

日本橋の家へは絶えず呼ばれていて、土曜はそっちに泊ることもあった。小さい正二を抱いた母と一緒に行く場合が多かったが、迎えの俥《くるま》に乗って進一ひとりで行くときもあった。来たか来たかと祖父は眼を細め、

「さ、おじいちゃんと、何か食べよう」

いつでも、進一はちやほやされた。

「なに食べたい？」

「おすもじ……」

と進一は言った。すしのことを、母はお上品にそう呼んでいた。

「なに、やすけか……」

祖父が伝法な口をきいたのは、その好物のうなぎを進一が望まなかったからだろうが、よしよしとうなずいて、

「取っちゃ、まずいから、つまみに行こう。おい、おさき。お前もどうだ」

と妻に同行を命じ、進一の父は誘わない。シャツの箱の間から、父は顔をあげ、

「おや、お出かけで？」

と立ってきて、

「行ってらっしゃい」

自分の子を父はお客のように送り出した。

日本橋行きは進一にとって楽しいことのひとつになっていたが、その家では祖父に何か頭のあがらない父の姿が、やがて子供心にもいやな卑屈なものとして見られるようになると、その楽しさにもかげがさした。ほんとのところ、祖父よりは父が好きな進一なだけに、そうした父への反撥から、よけい祖父に甘えて行き、ほんとは好きな父をうとんじる形を見せることで、進一のほんとに好きになれる父になってほしいとひそかに願っていた。

祖父のいない山の手の家でも進一の父は、よその家の父とはちがうものを感じさせた。母に何か遠慮している。そしてそれだけでなく進一をとまどいさせるものが父にはあった。父はときどき女中にかわって、家の前を朝早く箒で掃き清めていた。女中にとっては面倒臭い、冬などは特につらいその作業を、父は楽しんでいるかのようだった。登校を急ぐ進一がかけ足で門を出るときは、すでに父の作業の終っているときが多く、父が楽しんでそれをやっていたことを告げる美しい掃き目があざやかに路上に描かれている。女中だと、こうはいかない。その美しさに、今朝はお父うさんだと分るのだが、せっかくの掃き目も通行人の足でたちまち乱されている場合もあって、徒労としか思えないことを楽しんでいる父の心は分らないのだった。ある朝、父が楽しんでいる最中にぶつかって、進一は疑問を口にした。

「頭がさっぱりする。いいもんだよ」

尻ばしょりの父はそう言った。下男みたいなそんな恰好で、外に出て、往来を短い箒で掃いている父親は、進一には異様としか見えなかった。友だちの家で進一は、柄のながい熊手を手にして庭の落葉をかきよせている友だちの父を見たことはあるが、尻ばしょりなど第一、してはいない。

「進一も、たまには、やっちゃどうだ」

「うーん」

進一は生返事をした。ねえやみたいな真似をするのは恥しかった。

ねえやそっくりの、縁側の雑巾《ぞうきん》がけを、この父が楽しそうにやっているときもあった。雑巾のしぼり加減がむずかしいと父は言う。これも頭がさっぱりするせいか——進一はもう疑問を口に出して聞くことはしなかった。下町の陋巷《ろうこう》ならいざ知らず、山の手の家庭ではおよそ見られないそうした父の姿が、進一には恥しかった。父にそんなことをさせ、黙ってそんな父を見ている母は、恥しくないのだろうか。それを進一はこんなふうにして母に向けて言った。

「お父うさんは、どうして自分で外を掃いたり、あんな、女中みたいなことをするんだろう」

「どうしてかねえ」

「どうして、あんなことが好きなんだろう」

田舎から出たてのころ、強いられてやらされた作業が今はかえって、自分からやることで気持を新鮮にさせるらしい。そうした父の秘密を進一は知らないから、どうしてだろうとくりかえして、

「僕にも、やって見ろと言うんだよ」

なぜか、告げ口に似た小声になっていたが、

「いけません！」

と母から大きな声で叱られた。

「どうして？」

意外な叱責に進一は口をとがらせて、

「そんなら、お父さんにだって言やいいじゃないか」

「お父さんはお父さん……」

「僕は、いけない？」

「進一は勉強して、立派な人になるんです」

——秋になると父は毎年かならず、大きな樽《たる》にナスの塩漬を自分の手で仕込んだ。山の手の家に移ってからのことだが、まるでそれはその家の年中行事のようだった。塩をうんときかせて、押しも強くきかせたそのナスは、ぺしゃんこに潰れて紫紺色の皮だけみたいになるが、そんなのを父は好んだ。幼いときから田舎で食べなれたその塩ナスは父にとって、欠くことのできないものらしく、東京のどんなにおいしい佃煮よりも、自家製のそのナスのほうがよかった。

父はそれに庖丁を入れさせないで、丸ごと食卓に運ばせたナスを、自分の爪で裂いて、

「ほれ……」

と進一にも分けた。はじめは塩からい一方と思っていた進一も、いつか、父の田舎のこの侘しい塩ナスが好きになっていた。裂いたすぐがおいしく、しばらくしてなかが黒く変色すると、味も落ちる。裂いたときから、すでになかの色の悪いのは、まずく、黄色いのが一番うまい。青いのも駄目である。そんな区別も、やがて進一は心得て父の手もとを見ながら、

「それ、僕……」

と父にせがむようになっていた。

「よしよし」

と父は相好を崩した。そして正二にもやろうとすると、

「駄目ですよ。そんな消化の悪い……」

と母は言った。

この塩ナスの仕込みを父が自分の手でやるのは、最初のとき自分でやったことから、いつか習慣みたいになったのだろう。雑巾がけの父は不可解でも、郷里の味が忘れがたいままに自分でナスの塩漬けをするこの父は進一に分るのだった。だから、進一はその手伝いをした。ナスを洗うのは女中の役目で、水を切るため、洗い張りの板にナスを積みあげると、

「旦那さん……」

と女中が父に声をかける。立って行く父のあとから、進一も外へ出る。秋の陽をあびて美しく光った紫色のナスは進一の胸に不思議な感動を呼びさました。美しい花に見ほれるのとはち

がって、平凡なナスの実がすばらしい美として、いや、いっそ貴重と言いたいくらいの美として進一の眼をとらえた。その美は自然が無造作に創造しているようで、その無造作のなかには進一を深く感動させる何かがあった。その何かに進一の心は触れたのである。

美しいナスをていねいに父は樽のなかに、巧みにあんばいしながら詰めこんでいた。自然のみのりを大切に貯えこんでいた。詰めるとナスがきゅうきゅうときしむ、その音を父は貯蔵の手ごたえとして楽しんでいるかのようだったが、貯蔵者のその手もとまでナスを大ざるに入れて運ぶその手伝いが進一も楽しかった。生の感動のごときものが進一の胸に溢れていた。

重しの石を女中がタワシで洗って持ってきた。多年、重しの任務を果してきたその石は、黒く光って威厳があった。

「田舎の石は、もっと大きかったな。進一の年ごろには、お父うさんはそれを押し蓋の上にのっけたもんだ」

試しに進一もやってみろと父は言った。進一は石を持ちあげた。膝のところまでがせいぜいで、それ以上はあがらない。ましてや、樽の上まで——ナスが盛りあがった上に、ちょこんと置かれた不安定な押し蓋へ、石をのせるなどというのは不可能としか思えない。

「呼吸だよ。よいしょと持ち上げたその弾みに、ひょいとのせるんだ」

と父に教えられ、よーしと進一がまた、石に手をかけたとき、

「なにをしてるんです、進一は」

正二にまつわられながら、母が出てきて、

「そんな、あぶないことするんじゃありません。さ、遊んでないで、勉強しなさい」

生きた人生から引き裂かれる、そんなおもいで進一はすごすごとその場を去った。


進一は日比谷の府立一中にはいった。むずかしい入学試験に合格したとき、当の進一よりも母の妙子のほうが喜んだ。秀才コースの第一歩を、進一はめでたく踏み出せたのである。それは進一も頭がよかったせいもあるが、孟母三遷《もうぼさんせん》のおしえに似た母の計らいのせいでもあった。つとに山の手に移ったのは、母の妙子が奥さんと呼ばれたいためばかりではなく、進一を山の手の優秀な小学校に入れてそして優秀な中学校へと進ませたい目的もあったのだ。一中、一高、帝大という夢を描いていた。山の手の女学校を出た妙子の、同級生仲間での見栄もそこに働いていた。


進一の祖父が脳溢血でぽっくりと逝ったのは進一が中学二年生のときだった。進一たちはその日曜日に、祖父からの招きで日本橋の家へ遊びに行った。

「今日は二十五日だから、亀戸の天神さまへ、みんなでお詣《まい》りに行こう。藤がちょうど見ごろだろう」

と祖父は進一の母に言った。せっかちな祖父が、仕度に手間どっている祖母をせき立てて、賑やかにみんなで家を出て行くなかに、進一の父が加わっていないのは、いつものことで、

「舟橋のくず餅を、店の者たちにおみやげに買ってきてやる」

見送りの父に祖父は言った。

亀戸の藤は、祖父が言った通りちょうど見ごろの美しさだった。藤棚からふさふさとさがった花は、枯木のようなその幹や枝からどうしてあんなに見事な花がと不思議に思えるくらいだった。弟の正二は花などに興味はなく、池にかかった太鼓橋へと早速駈けて行って、

「お兄ちゃん――」

一緒にのぼろうよと進一に声をかけたが、進一は冷笑的な表情を浮べたまま動かなかった。かわりに祖父が行って、のぼりにくい半月形の橋から足をすべらせる正二のお尻を下から押してやった。見るからに腕白な正二とくらべると、つめえりの制服の、ボタンでなくホックをぴっちりとはめた進一は、おとなしいというより弱々しく見えた。

「進一はどうも元気がないようだな。勉強がすぎるんじゃないかな」

その祖父の言葉はたちまち妙子から反撃された。

「そんなことありませんよ。おじいちゃんが元気すぎるんですよ」

進一のほっそりとした身体はいかにも脾弱《ひよわ》そうな感じだが、弟の正二は父親似の頑丈な身体つきだった。そんなこともひとつの原因なのか、妙子は進一だけを溺愛して、正二をうとんじていた。

帰りは深川のうなぎ屋に寄った。祖父は好機嫌で酒盃を傾けていたが、

「学問をあんまりやると、人間が商売に向かなくなる……」

進一と母のどちらへともなく、

「ゆくゆくは家をつぐ進一なんだから、そこんところをよく考えといて貰わんとな」

「そうですね」

母は軽いあいづちを打って、うなぎの串をしゃぶっている正二に、なんとなく眼をやった。串についたうなぎの身を歯で取っているその正二を進一は、いじきたないことをするなとたしなめた。

その夜、進一母子が父と一緒に山の手の家へ戻るとすぐ、日本橋から電話がかかってきた。いつもとちがう、けたたましいベルのひびきだったと、のちに母は言った。

「大旦那さまが……」

倒れたと番頭の源七から告げられて、一家はまた、あわただしく日本橋へ駈けつけた。進一を可愛いがってくれた祖父はこうしてあえなく世を去った。盛大な葬式が営まれた。中学生の進一が喪主として位牌を持ち、父の辰吉はそのうしろに立った。

番頭の源七がすべて采配を振った。こういう場合の東京のしきたりをよく心得ているからだが、葬式のその取りしきり方は、店を実際に取りしきっているのも源七だと、会葬者の眼にそう映じかねないほどだった。

「辰吉……」

田舎から出てきた辰吉の父が、

「源さんは随分……」

と言いかけて、口をへの字に結んだ。この店では辰吉よりも源七のほうが年も上だが古いのだった。辰吉の父のしおたれた紋付姿は、いかにも水呑百姓みたいだったが、次男の辰吉を中学に出したその家は、かなりな地主なのである。

初七日の晩に、その源七が、

「大旦那さまがおなくなりになって、わたしも、もう、なんですか、すっかり気落ちがしてしまいました」

ながい間、世話になったが、店から身をひかせて貰おうかと考えていると、おさきにそんな申し出をした。自分のつかえた大旦那のいなくなった店で、これから辰吉につかえることを暗に潔しとしないと言っているふうでもあった。

「そいじゃ、源さん。何かい、ほかに店でも……」

「源七にそんな才覚はございません」

そこへ辰吉夫婦がはいってきて、おさきの口から源七の話が告げられた。

「源さんは何をお言いだね。この矢先に……」

辰吉よりもさきに妙子が、

「大旦那がなくなって、この店ではいよいよ大事な源さんじゃないか。ねえ、そうでしょう」

と辰吉に同意をもとめた。

「そうだとも……」

と辰吉は単純にうなずいた。

「ほら、ごらん。こんなに頼りにしている源さんなのに……」

「さよですか」

源七は暗い顔をうつむかせて、

「奥さんに、そうおっしゃられては……」

この店では、おさきが「おかみさん」と呼ばれ、妙子は「奥さん」で通っていた。

進一は床の間の前に突っ立ったまま、源七を見おろしていた。坊ちゃん、坊ちゃん——と、進一にはひどく愛想のいい源七なのに、なぜか虫がすかないのだった。


祖父の歿後、進一の父は、今までのように山の手の家から店へ通うのは不便であり不都合となって、日本橋のほうで主として暮すことになった。山の手の家をたたんだらという話も出たが、進一を日本橋に移すのは妙子が不賛成だった。進一のために山の手の家は必要なのだった。日本橋から逆におさきが娘の妙子のところへ移ってきた。

八ツ上りの正二が小学校四年生のとき、進一は中学四年生だった。その四年の夏休みを進一は受験勉強に没頭した。もとは中学五年を卒業してからでないと上級学校へ進む資格がなかったのだが、入学試験さえ通れば四年修了ではいれる制度に変っていた。進一は自分自身の希望というよりむしろ母のそれで、一高入学を目ざしていた。母もそして正二も、お兄ちゃんは当然一高がうかるものとしている。その期待を裏切らないために、夏休みといえども、進一は安閑としてはいられなかった。たまに日本橋から帰って来る父が、夜遅くまで机にしがみついている進一を見て、そんなにつめると、身体に毒だよと心配そうに言った。愛情の言葉なのに、進一はさも侮辱の言葉でも浴せられたかのように無言の眼で父を睨みかえした。

父の辰吉には、わが子の進一がだんだん自分から遠い存在になって行くように感じられた。自分と同じ次男坊の正二をひそかに辰吉は愛した。しかし妙子のほうは、なにごとにも、お兄ちゃんお兄ちゃんと言って進一を立てる。長男だけが優遇される風習のまだ残っていた時代だったとしても、ここは特別だった。辰吉の眼には正二が不憫《ふびん》だったが、眼にあまることがあっても、辰吉は自分のことのように我慢した。

母の差別待遇に幼いときからならされた正二は、それを異常と感じるより、兄の進一に自分とはちがう非凡を感じるようになっていた。母の口ぐせの、お兄ちゃんは今に偉い人になる――が、正二の耳にこびりつき、兄の進一は正二にとってすでに偉い人なのだった。小学生の正二は兄とちがって学校の成績が悪かった。出来の悪い弟は、兄の中学生から露骨に軽蔑されたが、対抗心をおこして、自分も兄に負けまいと意気込むことはしなかった。兄ちゃんはちがうのだと初めから諦めている正二は、兄の軽蔑を素直に受けとって、偉い兄をむしろ尊敬するのだった。秀才の兄が正二には自慢なのだった。

夏の一日、進一兄弟は両親に伴われて、湘南の海岸へ行った。父は和服の着流しにパナマ帽をかぶっていたが、母はその頃は珍しい洋装で人目をひいた。汽車のなかで、夫婦はこんな会話を交わしていた。

「源さんがこの二三日、店を休んでいる。暑気あたりのようだね」

「あの丈夫な源さんが？　鬼の霍乱《かくらん》ってところね」

「店の者を見舞いにやった。あたしがと思ったけど、いろいろと手伝いもあるだろうから、店の者にしたよ。源さんもいつまで独り者でいるつもりなんだろうね」

祖父の歿後、源七は小僧時代からのながい住み込みをやめて、ほかに部屋をかりて、日本橋の店へ通っていた。

「あたしたちで誰か見立てて、すすめて見ましょうかね」

「今までだって、いろんな話があったんだけど。なくなったお父うさんも幾度か話を出してたけどね」

宿につくと、正二がすぐ、海へ行こうと騒ぎ立った。母をのぞいてみなは、宿の部屋から裸かで海辺へ出た。進一はまるでもやしのような白っちゃけた身体をしていた。

進一の父は意外に泳ぎがうまかった。川で覚えた泳ぎは海だと勝手がちがうと言いながら、少年時代に戻ったみたいに楽しそうに泳ぎ廻った。その父は翌朝、ひとりで東京へ帰った。宿に残った進一たちは一週間ほど滞在の予定だった。

宿の庭の一隅に、ブランコと鉄棒が並んでいた。中学生の進一がブランコに乗り、小学生の正二が鉄棒に飛びついた。逆の感じだった。正二は二三回身体を振ると、鮮やかにその足を鉄棒にかけて、ひょいと上体をあげ、

「あ、江の島が見える」

鉄棒の上から叫んだ。

「海が綺麗だなあ」

ブランコの進一に、

「お兄ちゃんもここから見てごらんよ」

と、正二が言った。

進一は気のりのしない顔だった。それを無理にすすめて、手を取って、鉄棒の下に引張ってきた。うるさいなと進一は怒ったように言って、鉄棒に手をかけた。乾し物竿からだらりと濡れた洗濯物がぶらさがっているみたいな恰好だった。その兄に正二が、

「上へあがんなきゃ……」

「これで見えるよ」

「うそだい。それじゃ、見えないよ」

何を——と、進一は歯を食いしばり、弟にできることが自分にできないわけはないと、やけ

のように身体を振って、鉄棒に足をかけようとあせったが、駄目だった。あがけばあがくほど、みっともない姿が際立《きわだ》つだけだった。

正二の心に奇妙な狼狽が来た。偉いお兄ちゃんにも、できないことがあるのだ。そのできないことを強いて、自分の前で醜態をさらさせた。それを兄のためにすまないと思うと同時に、見てはならない兄の正体を見てしまったと思うことが正二をひどく狼狽させていた。

その二

湘南の海岸から進一が帰って、一週間ほど経つと、二学期の始業式のある九月一日だった。朝の式だけで授業はないので、いつも肩にかける重い赤褐色のかばんは持たないで玄関に立った進一は、黒い編上靴の足を上り框《かまち》にかけて、ズボンにゲートルを巻いた。一年生のときから巻きなれたゲートルだから手早くやれた。足をきゅっとしめつけると、心もおのずとしまってくる快感を、久し振りに味った。下級生だった頃は、細い足にゲートルを巻くと、まるで棒みたいな醜さだったけど、この頃はふくらはぎに肉がついて、恰好がいいと進一は見た。座敷でまだ朝ごはんを食べている正二が大きな声で、

「お醤油がなくなっちゃったよ。お醤油が……」

と女中に言っているのを聞きながら、進一は黙って玄関を出た。これが正二だったら、行ってきまーすと大きな声を出すところだ。

門の前に、バナナの皮が散らばっていた。前の晩、通行人が夜店のタタキ売りのバナナを道々食べて、ここへ捨てて行ったのだろう。皮は黒く変色していた。父が日本橋の家に住むようになってからは、家の前を毎朝、掃き清める習慣が、いつの間にか失われていた。

赤い電柱が目印の停留所で、進一は弁当箱を小脇にした勤め人たちと一緒に電車を待った。やがて、マッチ箱みたいな電車が、人影のすくない街を、傾きながら走ってくる。吹きさらしの運転台で、運転手が大きなハンドルを、全力をこめて廻している姿が眼の前に近づくと、電車はがっくんがっくんとうなずきながら、進一たちの前にとまった。その電車の前部には、線路とすれすれに、四ツ手アミみたいな救助網というのがつけてある。

車掌台にまで人があふれている満員電車に、進一は無理やり、人の身体を押して乗った。手垢で黒くなったヒモを、車掌がひっぱると、チンチンと運転台のほうで鳴った。

終点が桜田門の電車である。その終点で降りて、進一は学校へ急いだ。正門を通りすぎて、校舎の裏にある運動場の通用門へと、ぐるりと廻った。それが学生の登校口で、時間がくると、しめられてしまう。正門は遅刻した場合におそるおそるはいる口である。

通用門のかげで、同級生のひとりがゲートルを巻いていた。いかにも泥縄の感じなのは、兵隊みたいなゲートル姿の通学がいやだったからだろう。その嫌悪は、この中学校の軍隊式教育への反抗なのでもあった。進一は従順な学生を自分のうちに感じた。

その同級生はノートに小さな字で書いた春本《しゅんぽん》の写しを、何冊か持っていて、ひそかにみなに貸し与えていた。進一もそれをのぞいてみたいのだったが、回覧希望を自分から申し出ることが、進一にはできなかった。

集合ラッパを合図にして、学生は校庭に整列した。軍隊でラッパ卒をつとめていたという老人の使丁《してい》が、昔ながらの軍服を着せられて、皺だらけの頬をふくらませて、ラッパを吹くのである。

学生の教練を受け持っている老中尉が、これも色褪せた軍服を着て、他の体操教師の指揮官格で、学生の服装検査をして廻る。それがすむと、ラッパをまた合図にして、学生たちは二列縦隊で式の行われる講堂へ粛々と足を進めた。

式がすむと、進一は市電の学生定期券を買いに、歩いて電気局へ寄って、それからまっすぐ家へ帰った。蒸し暑い日だった。

進一がシャツ一枚になって、縁側に立つと、正二が庭で、バケツの水を如露《じょうろ》に入れていた。蓮の実の形をした如露の頭をさしこんで、その根もとを正二は手でおさえながら、自分が丹精している草花に、霧雨のような水をそそいだ。

「クビが抜けて困っちゃう……」

さしこみの部分がゆるんで抜けやすく、抜けると、どっと太い水が出て、やわらかい地に穴があいて困るのだと言う。正二は縁側に近い庭の隅に、自分の手で花壇を作っていた。強い日ざしに、葉がしおれたのを正二は心配したのだろうが、

「水は夕方、やるもんだよ」

と、進一は言った。この進一はそう言うだけで、自分から手を下して、こういうことをしためしはない。自分にはそんなひまはないとしていた。

辰吉をのぞいた一家は、この庭に面した座敷で昼食をとった。

食事が終って、妙子は女中を呼んだ。正二はまだ箸を離さず、おしんこをつまんでは、お茶を飲んでいたが、

「さげておくれ」

と妙子が言ったとき、ごおーっと、聞きなれない地鳴りがした。と思うと、いきなり地面が上に突き上げられ、ちゃぶ台の食器類がひっくりかえった。家自身がまるでちゃぶ台みたいに、たあいなく揺られて、地震というより何かほかの異変のようだった。壁がざらざらと崩れ落ち、屋根瓦が雨あられと庭にそそがれ、家の内外は土煙が立ちこめた。

「頭を、気をつけて……」

と叫びあいながら、みなは座敷から外へ転げ落ちるようにして飛び降りた。

「ねえや、ねえや」

ふと気がついたように、妙子が呼び立てた。もう一人の台所女中の姿が見えない。

その女中が、はだしで裏から、泣きながら駈けてきて、庭にべたりと坐りこんだ。腰が抜けたみたいな女中に、

「七輪の火に、水をかけたかい?」

と妙子が言った。まだ子供のその女中は、歯の根が合わず、返事どころではない。妙子は上女《かみ》中に命令した。

「早く、見てきておくれ」

大正十二年の関東大震災である。揺りかえしがつづいて、家族は庭にいたまま家へはいらなかった。上女中が家へ飛びこんで毛布をひっぱり出して、庭に敷いた。

この辺一帯は家のしっかりした屋敷町のせいか、倒潰はなかったらしく、火事も出なかったが、下町のほうはどうだろう。不安な眼が下町の空へと向けられがちだった。今し方までの青空が、地上から舞い上った土煙のためか、火災の煙のためか、たちまち暗く曇って、かんかん照りつけていた太陽が、夕陽のような不気味な色に変っていた。

「安政の地震のときは、地面がぱっくりと口をあけて、あっという間に、人がそれに呑まれてしまったそうだよ」

祖母のおさきがそんな話をした。

「地割れですね」

そんな強震がまた襲ってくるかもしれないと、妙子は眉をよせて、

「ここも雨戸を地面に敷いたほうがいいかしら」

「よしきた」

と進一は立ち上った。

「いいよ。ねえやにして貰うから……」

と、母がとめた。危険だからと進一の身を気づかう母の言葉がよけい、進一を勇躍へと駈り立てた。

縁側に上って、戸袋から雨戸をひき出した。震動で家が歪んだのか、その雨戸が敷居からはずせない。進一は雨戸を蹴って無理にはずして、庭へ放り投げた。普段はできない乱暴が進一には愉快だった。自分に強いられた現在の、非人間的とも言いたい生活から、この地震が自分を解放させてくれるかもしれないと、進一は心を弾ませていた。

「もういい、もうたくさん……」

と、母は言った。そうしている間にも、いつまた揺りかえしがきて、家が潰れるかもしれないと、母ははらはらしていたが、進一はやめなかった。

正二は「偉いお兄ちゃん」の活躍ぶりを、ほれぼれと見ていた。そうした正二たちへ、進一は自分の豪胆を誇示したい気持なのではなかった。自分に阻まれていたものへ、直かになまなましく身をひたしている喜びは進一以外、誰にも分らないものだった。

「やっぱり、男の子は頼りになるね」

と、祖母が言った。お世辞ではないその言葉が進一の熱狂を突然、冷却させた。

日本橋の店の喜助が、自転車でやってきた。旦那に言いつかって、こちらのお見舞いに来たと言って、店のほうも無事だと告げ、

「お店は助かったんですが、あちこち、火の手があがって、とても、あれでは……」

火から免れられないだろうと、喜助は言って、

「さ、ひとっ走りして、旦那にお知らせしなくちゃ……」

そのひとっ走りが、ほんとはひとっ走りにならないほど、自転車に乗ったままでは通れない道が多いと、喜助はつけ加えた。

夕方近く――時刻はそれでも、日のながい季節ゆえ、まだ明るいなかを、源七が店の者をひきつれて、避難してきた。蔵前へ、鉄道便の荷を運ぶときに使う大八車の二台に、店の品物が積めるだけ積んであった。火のなかをくぐって来たらしく、ボール箱がこげて、シャツの類いがむき出しになっているのもあったが、同じ商品の赤い都腰巻《みやこ》が半こげの姿で露出しているのは異様だった。

大八車をひいてきた小僧たちは、みんな股引き姿だった。それが店のおしきせで、店や問屋街で見る分にはおかしくないが、こんな際とはいえ、山の手ではこれもいささか異様だった。

並べた雨戸に夜具を敷いて、その上の座蒲団に、時代劇の奥方みたいに妙子が坐っている庭へ、源七は走りこんできて、雨戸のはじに両膝をついて、うやうやしく、

「ご無事で何より……」

まっさきに妙子に言って、眼をしばたたいた。何か芝居がかったようでいて、そこに真情がこもっていた。真情がむしろ、そうした大仰な表現をとらせていたのだ。

「ご隠居さんも、坊ちゃんがたも……」

無事でよかったと挨拶する源七に、

「お店は？」

と祖母が聞いた。祖父の歿後は「おかみさん」が「ご隠居さん」になっていた。

「いや、もう、一面の火の海で……」

もちろん焼けてしまったと言外に匂わせた。

「旦那は？」

妙子が聞くと、

「ひえっ？」

とうにもうここへ来ているはずだがと驚いた声だったが、頸筋の汗をふいていた手拭いを顔にやって源七は妙子の眼から顔の表情を隠すようにして、

「旦那のことですから、きっと、こりゃ出入りの下職《したしょく》のところを、見舞いに廻ってらっしゃる

んでしょう」

「でしょうって——旦那は源さんに、なんにも言わなかったのかい」

「あの騒ぎでは、奥さん、とても……」

と、とりつくろうように言った。

「火の海んなかを、うろつき廻ってて、大丈夫なのかねえ」

なんとなく冷たい言い方に、源七は眼をあげて、妙子を見たが、その眼をそむけると、

「文吉は、こちらへ来ておりませんか」

朝方、使いに出したままだがと、源七はその身を案じて、

「それに、万吉も見かけませんが……」

文吉、万吉と吉が多いのは、永森商店のしきたりとして、小僧にはかならず吉をつけていたからだ。進一の父の辰吉は本名だったが、文吉の本名は文三郎である。店に四五年奉公して、羽織が貰えるようになると「吉」が「助」に変って、たとえば文吉が文助と呼ばれるこの習慣は、辰吉の代になっても受けつがれていた。

「源さん。あんたのところは?」

妙子が源七の間借り先の安否を心配すると、

「いえ、わたしんところなど……ま、ひと息ついたら、行ってみます」

なにごとも主家を中心とする考えに、なんの疑惑も持たないふうで、

「おい、みんなもご挨拶しな」

と、源七は言った。挨拶がすむと早速、小僧たちを指揮して源七は運んできた荷物の始末にとりかかった。

股引き姿の小僧たちは、これまたいずれも、赤い鼻緒の板裏草履をはいていた。これは辰吉の代になってからのことである。店へ品物をとりに来る小問屋あたりの小僧が、きたない自分の板裏草履と、ここのおろし立ての草履とをわざとはき間違えて帰って行く。辰吉はそれを防ぐために、鼻緒を赤と一定した。芝居小屋の上草履みたいでイキじゃないかと辰吉は言ったが、裏では、あの養子は百姓の出らしい、こまかい男だとかげ口を叩かれていた。

大八車の荷の下には、それぞれ、重い米櫃が、人目をはばかるように隠してあった。それを、妙子とおさきのところへ、別々に源七は、よいしょ、よいしょと運ばせて、

「これは、お手もとに……」

夕闇が迫った頃、辰吉がやっと辿りついたといった、疲れきった姿をここへ現わした。ちょうど源七が、芝居の奥方にでも仕えるみたいに、夕食の膳を自分から妙子のところへ運んできて、

「お口に合わないでしょうが、こんなときですから、ご辛抱願って……」

と言っているところだった。この妙子のほうでも、辰吉がまだ上京しない頃、小僧の源七をわがままにこき使った小娘時代に戻ったみたいに、

「源さん、源さん」

と、いちいち呼び立てて、女中に言えばいいことを、源七にやらせていたのだった。

「辰吉さん。今まで、何をしておいでだね」

妙子よりさきにおさきが、言葉はていねいだが、きびしい非難をこめてきめつけた。

「妙子が、そりゃもう心配して……。こんなときに、一家のあるじがいないほど、心配なことはありませんからね」

口では辰吉をあるじと立てながら、この家の主権はやはり女たちのほうにあるのだと、重々しい威光を示したおさきに、

「相済みません。おかあさん」

と、辰吉はあやまった。

「商売熱心も場合によりけりだわ」

と妙子が尻馬に乗った。

煙や土埃で黒くなった顔の、眼をぎょろりと光らせて、辰吉は源七に、

「東京はもうおしまいだね。うちの店も、どうなるかね」

「そんな心細いことを、旦那、おっしゃらないで……」

「そうですとも」

妙子があいづちを打つと、辰吉はとみに元気な声で、

「大丈夫だよ。わたしは百姓の生れで、ねばり強いほうだから……」

源七にも聞かす声だった。

源七は指物師《さしものし》の息子で、下町育ちだった。今はない父親が、この子はぶきっちょで、親の商売には向かないが、算盤《そろばん》は小学校でも一二を争う達者さだから、お店で仕込んでやって下さいと源七を預けていったのである。

あたかも辰吉が夜を運んできたかのように、あたりが急に暗くなった。

下町の火が赤々と夜空を焼いている、その色も急に強まってきた。正二は大事な花壇を踏み荒されまいと、番人のようにその前に突っ立って夜空を仰ぎながら、

「火事はどこだい。牛込だい――」

と、おどけた声を出した。宴会でもはじまるみたいに、日本橋の店の者がみんな集ってきた賑やかさに、正二ははしゃいでいた。小僧たちともすっかり仲よくなって、その小僧たちと一緒に今夜は野宿だということも正二を喜ばせていた。

「牛のキンタマ、丸焼けだい」

正二がひときわ、声をはりあげると、

「バカなこと言うんじゃないの」

と、母にたしなめられた。

進一はローソクの光を頼りに、単語カードをくりながら、ひとり黙々と英語の勉強をしていた。下町ふうの雰囲気にみたされた賑やかさは、正二とちがって進一を孤独にしたようだった。そしてそのことは、進一がそれからの解放を夢みていた受験勉強へと、やはり自分を追いやっていた。

――日本橋の店は焼けたが、山の手のこの家は残った。妙子が、ただひたすら進一の将来のためにと、山の手に家を持ったそのことが、今、この一家に思わぬ幸運をもたらした。店と自宅が一緒だったよその問屋とちがって永森商店は、下町が焦土《しょうど》と化したとき、いちはやく山の手の家で商売を開始できた。

大島町に永森商店は自家工場を持っていて、それが家屋は倒潰したけれど、幸い火災を免れた。これもまた好運のひとつだった。潰れた家の下から製品を掘り出した。こんな場合だから、半製品も持ち出したが、みんな飛ぶように売れた。銀行の扉がしまっているとき、こうして現金をつかめたことは有利だった。

本所深川の下職の多くは焼け出された。その家族をひとまず引き取って、家はまるで罹災者の収容所と化した。これは「おたな」の義務で、商売が目的ではなかったが、人が集まるとともに品物もおのずと集まってきた。地震の前は、女子供だけのしもたやの家が、今はかつての日本橋の店よりも人の出入りが激しく、活気が漲った。進一がこれでは勉強できないと妙子はこぼしたが、自分の親戚も下町から焼け出されて避難してきているので、辰吉に当るわけにもいかなかった。辰吉側の近い親戚は、いずれも田舎に住んでいた。迷惑をかけないどころか、辰吉の実家は、見舞いの者に、米、味噌等の食糧をしこたま背負わせてきていた。

文吉はとうとう行方不明のままだった。下職の工場へ使いに行ったのだが、帰りに地震に会って、どこかで火煙に巻かれて死んだのだろうという推測のほか、何の手がかりもえられなかった。出入りの下職のなかにも、犠牲者が出ていた。家族ともども、本所の被服廠跡に逃げこんで、焼死したのもあった。

日本橋の焼跡に、永森商店は同業者のどこよりも早くバラックを建てた。関西から品物を仕入れると一方、辰吉は東京の下職の立ち直りのために機械の購入の面倒を見たりした。

おたなのご養子と、下職の間で言われていた辰吉も、

「永森の旦那は、大したもんだ」

と、呼び方まで変った。旦那の礼讃は妙子の耳にもはいり、妙子の前で礼讃を口にする下職もあった。すると、妙子は、

「これからは、男ものばかりでなく、女の下着もどんどん出るようになるでしょうね。機械を新しく備える場合は、それを勘定に入れとかなきゃ……。あたしがハイカラ好きなんで、言うんじゃないのよ。今度の震災で、がらりと女の服装も変るにちがいない。そう思わない?」

下職は畏《かしこま》って聞いていた。当時は問屋の力が強い時代だった。

「あたしの見通しに間違いないわ」

女学校出らしい語調で妙子は言って、かたわらの源七に眼をやりながら、

「この家の場合だって、あたしは万一のとき、日本橋の店とは別に、家がもうひとつあったほうがいいと、そう思って、うちの旦那は反対だったけどね、無理やり、大旦那に頼んで建てて貰ったんですよ。それで、今度なんか、ごらんなさい、この家があったおかげで、どのくらいよかったか。ねえ、源さん、そうでしょうが」

「へえ。奥さんのおっしゃる通りです」

正座の膝を源さんは撫でくり廻していた。

「家がどうしたって?」

と辰吉がはいってきて、

「そうだ。源さんの家を心配しなきゃ、いけないねえ」

間借り先が焼けて、源七は宿なしになっただけでなく、一切の持ち物を失っていた。主家が大事だとして、自分のほうは放っておいたため、衣類をはじめ、すべてを焼いて、身ひとつになってしまった。

「当分はお店に置かせていただきたいと思います」

「それはいいけど、店はなんせ、狭いからね。わたしも日本橋に行かなくちゃならないし」

その辰吉に妙子が言った。

「店の者の監督は、源さんに見て貰って、あなたは、ここから通えば、いいじゃないですか」

「そうはいかない」

変に強い否定の声で、

「やっぱり、わたしが寝泊りしないと……」

「だったら、源さんのほうに、この家に来て貰うことにしましょうか」

「滅相《めっそう》もない」

これも変に上ずった源さんの声だった。

ちょうど四十の年を迎えた男盛りの辰吉は、おたなの旦那らしい貫禄ができて、その前に出ると、もとは辰吉の先輩だった源さんも位負けして、大番頭の生彩がなかった。

「家も家だけど、源さんはいつまで、ひとりでいるつもりなの?」

と妙子が言った。

「わたしは、もう、ひとりのほうが気楽で……」

「はたは、なんだか気楽じゃないわ」

「ご心配かけて申しわけありません」

「あやまることはないけどさ」

辰吉より三つ年下のこの妙子は、二人の息子の母親とは思えない若さをまだ保っていた。家つきの娘として、気がねも苦労もなく日を暮しているせいか。進一の未来に寄せる明るい希望も、妙子を若々しくさせていたとせねばなるまい。

年が改まって、山の手の家も、もとの静けさに戻った。

妙子が十年ぶりにみごもった。

「みっともなくて、主人に言えやしない」

と妙子は母の耳にささやいた。

「進一も受かるね」

と、おさきは確信にみちた声で言った。

進一は入学試験が目睫に迫って、一心不乱に勉強していた。この進一には、人なかで緊張すると、ひどくあがるくせがあった。ヘマをすまいと緊張しすぎて、かえってヘマをしてしまう。

前年の春の学芸会で英語劇に出たときが、それだった。英語の学習の一助にと、教師の指導で行われたのだが、誰よりも早くまた確実に科白《せりふ》を覚えたのは進一だった。稽古のときは、すらすらと見事にやってのけた。それが、いざ実演となると、しどろもどろだった。

日常生活でもそういうところがあって、それを母は心配した。試験場であれだと困る。

「どうして、ああなんでしょうね」

「やっぱり、わたしの子だ」

と辰吉が顔をほころばせた。妙子は、こっちが心配していることを、嬉しがっていると、気を悪くしたが、辰吉は進一のなかに、自分と共通の農民的なものを見たのだ。

東京の生活のもうながい、そして東京での商売も手際よくやっている辰吉だが、東京人のなかに出ると、そのぬけぬけした感じに対して、何かギクシャクした自分を自覚させられる。若い進一とちがって今はもう、あがりはしないが、今だにしかし、自分でもくやしく思いながらも、気おくれを覚えさせられる。だが、そのことが常に、商売への闘志をかき立てていたから、辰吉は自分の農民性を微笑をもって口にできた。進一の年の頃は、自分も同じだったと、そう思っての微笑ではなかった。辰吉は早くから人なかでさんざ揉まれていたから、進一みたいなことはなかった。

「進一は、あたしに似て、負けず嫌いですからねえ」

と、妙子は、進一を自分の子だと主張する声で、

「勉強だけは、人一倍やってますけど、実力が出せなかったら、しようがありませんものね」

その負けず嫌いとは、見栄坊のことかもしれない。進一には、そうした点で母の妙子に似たところがあり、同時に辰吉が見抜いた通りの、父に似たところもあった。だが、進一には、この両親とは全く異質の、新しい性格が形づくられていることを、この両親は見おとしていた。

農民の血の流れている辰吉には、精神的郷土といったようなものがあり、母の妙子にもそれがあった。たとえ彼女自身は下町を嫌っていても、精神の根はその伝統の土壌に深くおろされ

ている。進一はそうしたものを持たない根なし草なのである。

明日からいよいよ大事な入学試験がはじまるという前の日に、進一はひどい下痢をした。これも、緊張のためのヘマの一種だろうか。

蒼《あお》い顔をして、進一は沈みこんでいる。試験場でお腹が痛み出したら、便所へ立たせてくれるだろうか。どんな理由にせよ、試験場の外へ出たら、失格とされるのではないか。それを進一はひそかにくよくよ心配していたが、母はあからさまに、それを口に出して言って、

「せっかく、ここまで来て、なんということだろうね」

となげいた。

「カイロを入れておいで……」

事もなげに、おさきが言った。

「金光《こんこう》さまのおヨネを腹巻きに入れてあげるから――大丈夫だよ」

「おばあちゃん。ぜひ、金光さまにお願いして……」

妙子は愁眉《しゆうび》をひらいた面持ちで、

「明日、教会へ行って、お願いして下さいな」

「いいとも、いいとも」

その夜、食事のすんだあと、明日は誰か、進一につきそって行ったほうがいいという話になっ

た。母親がついて行きたいのはやまやまだろうが、それではまるで小学生みたいで、進一も友達の手前、いやだろうと、妙子のつきそい希望は通らなかった。辰吉は商用で駄目だった。そこへ源七が何かの用でこの家へ来て、

「わたしがおともをして参りましょう。坊ちゃんのおともは、わたしにさせて下さい」

と、自分から買って出た。みなも賛成して、進一を呼んで聞くと、

「いいよ。いやだよ」

にべもなく拒否した。源七を嫌ったのだ。

「お兄ちゃん。僕、行こうか」

と正二が言って、

「馬鹿！」

と進一にどなりつけられた。正二はしかし、にこにこしていた。

この正二は、進一と同じ根なし草のはずなのに、進一とはまるでちがっていた。

案じていた入学試験を、進一は支障なく受けることができた。そして見事に合格した。小学校は七つ上りで、中学校は四年修了という進一は、「浪人」出がざらの高校生のなかでは、珍しい若さだった。

新入生は特別の事情のないかぎり、東京に家のある者でも、寄宿寮にはいらねばならぬ規則

だった。寮にはいると進一の若さが際立った。ひげもじゃの同級生から、この秀才は白い眼で見られた。

進一は毎週、土曜日に家に帰り、その夜は泊って、日曜の夜に寮へ帰った。母のお腹が目立ってきた。

ある日、進一は同じ四年修了の友だちと一緒に街に出た。業火《ごうか》に焼かれた東京の街には、すでにバラックがひしめくように立ち並んでいた。

「大川端へ行ってみよう」

と小説好きのその殿木という友だちが言った。朴歯《ほおば》を鳴らして二人は歩いた。電車に乗らず、歩きつづけると、肌が汗ばんでくる季節だった。

受験勉強から解放されて、好きな小説本が読める喜びを、殿木は進一に語っていた。進一は文学に興味がなかった。

「僕も読んでみようかな」

なにか面白い小説を教えてくれと進一は言った。

「さあね」

と殿木は言って、実は小説が自由に読めるとなると、この頃はすこし気のりがしなくなって、文学より社会思想のほうが面白くなってきたと、そう言った。

「社会思想って……」

「社会主義さ」

進一は、びくりとした。今まで受験勉強に没頭していた進一は、社会主義は「危険思想」だという以外には何も知らなかった。

「大杉栄なんかの社会主義とはちがうんだよ」

「じゃ、どういうんだい」

と進一は言った。両国の橋際から川ぞいに、下流へ向って二人は歩いていた。気持のいい川風に吹かれながら、進一は殿木の話に耳を傾けていたが、右手の道になにげなく眼をやって、

「おや?」

と足をとめた。道の向うから、赤ん坊を抱いた男がやってくる。離れているが、それは父の辰吉のように見えた。若い女がそばから、その赤ん坊をあやしている。進一が眼をこらしていると、向うでも進一に気づいて、つと横の路地にそれた。あわてて姿を隠した。

「なんだい?」

殿木がふりかえった。

「いや、なんでもない。君の言う、その階級闘争って、なんだい?」

その三

その年の、暮も押しつまったあわただしいなかで、進一の母は女の子を生んだ。正二が生れてから十年あまりも経っての久し振りの出産のせいか、長男や次男のときとちがって、ひどい難産だった。

その子は、妙子と辰吉の夕を取って多喜子と名づけられた。母の名は二字なので、滝子にしようかという話もあったのだが、

「滝は、落ちるものだから、縁起が悪いよ」

かつぎやの祖母のおさきがそう言って反対したので、多喜子となった。喜びが多いというこの名も、

「名前負けがしやしないかしら」

と、最初、妙子はためらいを見せた。喜びの逆の悲しみが多すぎることになりはしないかというのである。尖端を行く洋装(当時の、これは表現だが)をいちはやく身につけた、いわゆるモダンなこの妙子の心のなかにも、いつしか、祖母のおさきに劣らぬかつぎやが住んでいた。農村出の辰吉のほうが、そうしたことにこだわりがちと思われるのだが、むしろ逆に、くだらない迷信だと一蹴した。

「そうかしら」

「取りこし苦労は、よしなさい」

「知らないわよ、そんなこと言って」

辰吉に押し切られると、妙子は不平顔で、

「ゆくゆく、この子は、あたしに苦労をかける子になるかもしれない」

生れるときから、難産で自分を苦しめた——と、妙な理窟をつけて、

「進一などは、ほんとに楽だったけど」

こんなことまで、進一を自慢する材料にしていた。次男の正二だって楽に生んだのに、それは口にしなかった。

進一は自分に妹ができたと知らされたとき、まっさきに心に来たのは、大川端で見た異母妹のことだった。あのとき赤ん坊を抱いていた男は、やはり進一の父だったのだ。そしてその赤ん坊が女の子だというような事実を進一は、番頭の源七を責めるようにして白状させたのである。

初め源七はあくまで、しらを切っていたが、

「そんなら、お母さんに聞いてみよう」

進一がそう言うと、その一言は見事に源七を屈服させた。その効果を進一は意図していたわけではないが、拷問に負けた囚人のような惨めな表情で源七は、お玉という女を父が囲っている事実を打ちあけて、

「坊ちゃん。これは奥さんに――お母さんにだけは、お願いですから黙ってて下さい」

「どうしてだい?」

「お母さんにおっしゃるおつもりですか?」

その場合は主家の長男といえども容赦せぬぞと、源七はきっとなった。

そこへ喜助がはいってきて、

「まあ、まあ」

と取りなした。こっそり立ち聞きしていたらしく、

「坊ちゃんも、もう子供じゃないんだから……」

源七と進一のどちらへともなく言って、

「去年の大地震のときは、旦那もあぶなくお玉さんと一緒に、火に巻かれるところだったんですよ」

これは苦り切った源七に向って言った。

「初めて源七さんの耳に入れるのだけど、あたしも、旦那のおともをして、あんなひやひやしたことはありませんね」

話をそらせて、進一と源七の間の緊張を緩和しようと努力しながら喜助は、自分のほうが源七よりも、旦那の信任が篤いことを暗にほのめかしているようだった。

進一は父の秘密を母に告げ口したりはしなかった。そして父にも、自分が父の秘密を知って

いることを告げようとしたりはしなかった。進一は自分もまた、父や母に隠しておきたい秘密を持っていたのである。

自分にも秘密があるということで、秘密を持った父を許す気持だったのではないのは、源七に事実の告白を迫ったのでも明らかだが、事実をたしかめると、父の秘密は進一にとって、その頃の進一の知りはじめた暗い事実のひとつとして受けとられたのである。現実にはもっと暗い、もっと許しがたい事実がいっぱいあることを、驚きや悲しみとともに一種の発見の喜びをもって知りはじめた進一には、父の情事は、それが事実と分れば、それ以上追及の興味のないものとなったのである。

友人の殿木に導かれて社会主義研究の道にはいって行った進一は、受験勉強でならされた克己心と集中力でその理論書を貪り読んだ。そうして進一は、あの受験勉強のために、秀才とうたわれる身となった自分が、実際はまたあのために、いかに無智になっているかを知らされた。危険視されていた社会主義を学んで初めて進一は、社会とは何かを知りえた。まことに、それは目がくらむようなおもいだった。今までの自分に進一は、眼隠しをされてただもう鞭打たれるままに盲進していた馬車馬《ばしやうま》を見ねばならなかった。眼隠しがはずされた瞬間、進一に迫ったものは苦痛に近い驚きだったが、新たな受験勉強のつもりでその驚きをたしかめて行くと、それは受験勉強にはなかった喜びを進一に与えた。現実の暗い、許しがたい事実を知ることが、悲しみよりもむしろ喜びをもたらしたと言ったほうがいい。あの地震も進一に与えてくれなかった解放がそこにあった。進一の喜びは解放の喜びであった。その喜びは進一にとって、人生を知る喜びになっていた。それはほんとうは観念的な喜びなのだが、人生を知らない進一には、そうした喜びのほうが魅力的だった。

この喜びはあくまで父や母には秘密にしておかなくてはならないものだった。特に進一の将来に大きな望みをかけている母に対しては、そうだった。母の望みとは、社会主義が進一にその存在を教えてくれた憎むべき支配階級の陣営へと進一を送りこもうとしていることだった。それがはっきりと分ったことは、かならずしも、それをはっきりと拒否する決意へと進一を赴かせていたのでもなかったけれど、母の望みの正体を見究めたということは、その正体についての認識のない母には秘密にしておかねばならぬことだった。

お玉の娘は澄子と言った。澄子が三つになった年の雛祭のとき、父の辰吉は呉服屋に命じて、この娘に美しい振袖をこっそり作ってやった。そしてお玉の家に黙って送りつけて喜ばせようとしたらしいのだが、どうした手違いからか、それが山の手の家のほうに届けられた。家でも、多喜子の初めて迎える雛祭だというので、まだ何も分らない幼児ながら、新しいお雛さまを買って、雛段の飾りつけをしているところへ、旦那からのご注文だと言って、呉服屋が妙なものを持ってきた。お嬢さんの着物だと言うが、開けてみると、多喜子にはまだ着られないものができた。これがもとで、辰吉の秘密が露見した。隠し女に子まであるとは——妙子はびっくり仰天して、うかつな自分にも驚いた。

「養子の身で……」

と、おさきも妙子も口にこそ出さないが、その激怒には露骨にそれが出ていたし、それが明らかに彼女たちの激怒をひとしお煽っていた。養子の身と今なお、ことごとに、彼女らから頭をおさえられることが、つまりは辰吉をこの不行跡へと赴かせたのかもしれないと、そんなふうに思いやることはしないし、また、できないのである。

辰吉を眼の前にして、おさきは、こうも言った。

「そのお玉さんとやらが、同じよし町でも芸者衆だというんならまだしも……」

よし町の小料理屋の女中だったということも、家の面《つら》よごしとして、このしゅうとめを怒らせた。芸者の落籍ならまだ筋が通っているが、永森商店の旦那ともあろうものが、そんな女中風情に手を出したとあっては、こけんにかかわることだった。

騒ぎの最中に、進一は何も知らずに寮から家へ来た。雛祭のご馳走を食べに来るようにと言われていたのだ。進一は読みかけのブハリンの「史的唯物論」を手にしていた。母に見られても、妙子にはこれが何の本か、分らないから平気である。進一自身にもこれは難しい本だった。進一が社会主義研究をはじめてからこの一年たらずのうちに、研究テキストに急激な変化があって、ボルハルトやディーツゲンなどの解説書のかわりに、レーニン、スターリン、ブハリンのものに、いわば直接当ることが必要とされてきた。同時に日本の無産階級運動に関する政治論文が必読のものとされて、理論と実践の問題が今では避けることのできないそれとして進一に迫っていた。

もとは和服で通していた父が、この頃は洋服だった。そのズボンの足を畳にじかに正座させて、まるで白洲《しらす》に呼び出された罪人のように妙子と祖母の前で、かしこまっている姿を進一が見たとき、あれじゃないかなと直感が来た。そしてそれは誤たなかった。

はちきれそうなズボンの足をきちんと組んで、こんもりと盛りあがった股に両手をついて、悄然とうなだれている父を、進一は正視できなかった。父の秘密をつとに知っている進一は、自分のうちに共犯者のうしろめたさを感じた。父が正視できなかったのは、しかしそのせいではなく、父の惨めな姿が正視できなかったのだ。

「あっちへ、ちょっと行っててておくれ」

のび加減の茶せん髪のさきを癇性にふるわせて、祖母が進一に言った。

進一はそのまま、家をぷいと飛び出した。見えない何かにつっかかって行くように右肩をあげて、ほとんど駈け足の朴歯を荒々しく鳴らしていた進一は、強く父を憎んでいる自分をそこに見出した。父の不行跡を憎むというより、かげで不行跡をしておきながら、いかにもいくじのない父なのが、やり切れないのだった。開き直って威丈高になる父を期待したわけでもないが、その不行跡には父としてもそれだけの覚悟があっていいのではないかと思うのだ。いつかは露見するにちがいないのに、それを隠しおおせるとでもしていたような、そして露見したとなると一言もなく恐縮しきっているあのざまはなんだ。父のその不行跡の、事のよしあしは別として、進一の眼にした父のふがいなく、だらしのないさまが、進一の神経をたかぶらせたのである。

いわゆる実際運動からそれまでつとめて離れていた進一が、

「よし！」

と決意したのは、このときだった。理論だけ学んで、実践から身を離していた自分を、これもいくじのないものと、はっきりこのとき断定を下した。そんな自分も憎まねばならないのだ。ふがいなさは、ひとごとではなかった。

危険な実際運動に近づくことを避けていた自分を、かねて進一は、だらしがない奴だと考えながら、ふんぎりがつかなかったのだ。進一に夢を託している母の歎きをおもえば、心がひるむのも当り前ではないかと、他人よりもまずもって自分に言いきかせていた。躊躇はそこから来ているのだとしていたが、その進一にとって、母の夢はそのまま彼の夢でもあって、その夢を自分から断ち切ることに進一みずからが躊躇していた。その躊躇が苦し紛れみたいに見出した口実が、実は母の歎きということだった。そうなのだと、進一は自分に言った。

進一の社会主義研究は、社会や人間における不正と悪への怒りを進一のうちに目覚めさせていた。父の不正に対しては当然、母とともに糾弾すべき進一だったのに、逆にここで、母を歎かせることが明らかなその決意によって、むしろ父の不正に荷担《かたん》するみたいな奇妙な結果になった。進一が奇妙な根なし草だったせいだろうか。

ずっと後になって、進一が知ったことだが、源七は山の手の家に呼びつけられて、

「お前さんは旦那の女のことを知ってたんでしょうが——。どうしてあたしたちに、黙ってたんだい？」

と、おさきから、きつい叱責をうけた。

「申しわけございません」

髪がうすくなったその頭を垂れて、しかし悪びれずに源七は言い切った。

「でも、奉公人が、さようなことはできません」

「と言うと、源さんは、辰吉さんのところへ奉公したんかねえ。源さんは大旦那の代に、うちへ来て貰った人だと思いますがねえ。源さんのおとっつぁんから、大旦那が頼まれて——そうじゃなかったかね」

「はい」

「源さんのおとっつぁんがなくなったときなぞ、大旦那は身うちの者をなくしたみたいに泣いてらしたもんだが」

「大旦那のご恩は一生、忘れはいたしません」

今も和服を通している源七は、角帯《かくおび》の前に両手をあわせて、法事の席みたいにうなだれていた。

「だったら、源さん……」

「お言葉をかえすようですが、今では旦那がわたくしのご主人です。大旦那が見込んで、おたなをお譲りになった今の旦那に、わたくしは大旦那に代って、お仕えしなくちゃならない身体でございます」

「だから、旦那がどんな勝手なことをしても、庇おうというのかい」

「そうじゃございませんが、ご主人のおうちのなかに、波を立てるようなことを、わたくしの口からは申しあげられません」

「忠義の気持は分るけどね。源さんもそんなことだから、いつまで経っても……」

入れ歯の口をもぐもぐさせて、侮蔑の言葉をおさえたが、源七に促されて、

「源さんも、しっかりおしよ。もう、とっくに、のれんを分けて貰っていい齢なのに……」

「いいえ、ご隠居さん……」

源七は語気鋭く、何か抗議めいたことを言おうとしたらしいが、語調を変えて、

「奥さんも、わたくしが旦那のことをお耳に入れなかったので、さぞご立腹なんでしょうね」

「そりゃ、そうさ」

ぴしゃりとおさきは言って、打ちのめされたような源七に、

「女を、源さん、うちへ連れてきておくれ」

「こちらへ?」

「それなら、源さんだって、できるだろう?」

「承知いたしました」

と源七はひきうけてから、

「どうなさろうというんですか」

「どうもしやしないよ。小料理屋の女中だったそうだが、そんなのを相手にして、あたしたちがむきになったら、それこそ、こっちがみっともないからね」

「はあ」

拍子抜けというより、その高飛車に源七があっけにとられると、

「その玉枝さんとやらに、お店を出させてやりたいと思うんだよ」

「お店を?」

「大したこともできないけど、小料理屋ぐらいなら……。お玉さんの働いていた小料理屋ぐらいの店は、出してやらなきゃ恥しいじゃないか」

「そいで、ご隠居さん。旦那と手を切らせようというおつもりで……?」

「こっちから、そんな……それは向うで考えることだわね。ちゃんと、そりゃ、考えるでしょうよ」

皆寄宿《かいきしゅく》制度と呼ばれて、東京にたとえ家のある者でも一年間は、当時本郷にあった一高の

寄宿寮にはいらねばならなかった。そして二年からは本人の自由意志で、自宅からの通学を選ぶことができたのだが、進一は寮にとどまるほうを選んでいた。

その進一は一年生のときのように土曜から日曜にかけて、かならず家へ帰ってくるということを、ほとんどこの頃しなくなった。たまに土曜の夜、泊りに来ても、お義理の顔出しみたいで、翌日は朝食をとると、家からそそくさ出て行った。そうしたある朝、

「友だちと映画を見る約束をしたから……」

むっつりとそう言って、進一が家を出ると、うしろから正二がついてきて、

「お兄ちゃん」

「お兄ちゃんは、よしなさい」

「兄さんに頼みがあるんだよ」

「なんだい。早く言いなさい」

「あの――おばさんが、兄さんに会いたいって」

「おばさんって誰だい」

それが父の愛人のお玉のことだとは、夢にも思わなかった。正二はお玉のことを、よし町のおばさんと呼んで、

「お兄ちゃんに会わせてくれって……」

禁じられた「お兄ちゃん」を使って、甘えるように言った。

「正二は、しょっちゅう会ってるのかい」

「そんなことないよ」

「僕になんの用があるんだろう」

草色の表紙をした雑誌「マルクス主義」を丸めて手にしていたが、それで片方の掌を叩きながら、

「正二はどうしてその人を知ってんだい？　お父さんに連れてって貰ったのか」

「偶然なんだよ」

そんな言い方をして、小学校六年生の正二が、

「頼まれてほしいな」

こんな言い方をした。

普段は頭の隅に押しやられているお玉が、進一の前に、立ちはだかるように出てきた。まだ一度も会ったことのないお玉だが、急にここで、そのお玉を進一は、うとましい存在として確認した。母への同情とそれは無関係のことだった。進一の社会主義研究が、母への反抗とはほとんど無関係だったのと同様である。

「会おうか」

と言った進一は、それを突然というより偶然と感じた。弟の生意気な言葉の作用をそこに認めながら、それを不愉快がらないことに、進一は自分の成長を見て、

「頼まれてやるか」

とも言った。

研究会の友人と進一は、会うことになっていた。治安維持法が公布され、学内では軍事教練が実施され、そして進一の属していた社会科学研究会に解散命令が下された。研究会の学生たちの間では、この際われわれは嵐に抗するため、学外の社会運動に身を投ずべきだと主張する者と、学生としてはやはり、全体の闘争の一環として、学内活動を強化するほうが正しいとする者とが激しく論争をかわしていた。

進一は正二と午後、会おうと約束した。約束の時間より進一は遅れたが、約束した場所の停留場に正二は辛抱強く立っていた。これが進一だったら、きっと言ったであろう文句を、正二は別に口にしなかった。市電から降りた進一は、正二とふたたび市電に乗った。

うとましい存在に自分を近づける気分は、進一にとって、うっとうしかったので、

「勉強しなくていいのかい。勉強しなくちゃ、いけないよ」

忠告というよりはいささか八つ当り気味だった。

来春は中学へ進む正二が、かつての自分とちがって受験勉強に没頭してないことが、不思議でもあり羨しくもあった。正二には母も一向に勉強を強いない。

「お兄ちゃんとちがって——兄さんみたいに僕は頭がよくないんだから、いいんだよ」

頭がよくなかったら、よけい勉強しなくちゃいかん——と進一は言わなかった。

「らくな中学にはいるから、いいんだよ」

のんびりと正二は言った。少年らしい呑気さのなかに、ちょっと少年らしくない落ちつき払った小憎らしさが進一に感じられ、進一をして自分は純真だと思わせる一種のふてぶてしささえ、そこに感じられた。

正二の言う「おばさん」の家は震災後のバラック建てだったが、小さいながらも、いきな作りの家だった。

「今日は……」

格子戸の玄関から正二が声をかけると、お玉が前掛けで手をふきふき飛んできた。「おばさん」という語感とはひどくちがう若さで、進一が大川端を散歩していて偶然見かけたときよりも若く見えた。それが小娘みたいに顔をぽっと赤らめて、

「お兄さままでいらっしゃいますか」

と進一に言って、手早く前掛けをはずして、

「これは、ようこそ……」

急に大人扱いされて進一はまごまごした。

「はじめまして……」

対抗的に大人ぶった挨拶をしながら、進一の眼は澄子を探す眼になっていた。

「きたないところですが、どうぞお上りになって……」

そして正二に、はじめて声をかけた。

「この間の鳳仙花《ほうせんか》が、正二さん、ちゃんとつきましたよ」

小さな下駄箱の上に、くだらない草を植えた素焼の鉢が大事そうにのせてある。正二が家の庭からもってきたのか。そんなに、正二はお玉と親しいのか。そういった進一の眼に、正二がイガグリ頭を手で掻いているところへ、

「お兄ちゃん……」

澄子と覚しい女の子が出てきて、この家と正二の親しさを進一にはっきり印象づけるなれなれしさで正二にまつわりついた。

お兄ちゃんか――苦笑した進一に、お玉が、

「スーちゃん。こちらは、お兄ちゃんのお兄ちゃん。ご本宅の坊ちゃんですよ」

そんなことを言っても分らない幼なさだが、澄子は人なつっこそうに進一を見あげた。その笑いは、お玉から大人扱いされたときよりももっと進一をまごつかせた。ここへ来る前に会った友人から進一は、二者択一的な態度決定を迫られたのだが、ここでもまた、それが待っていたのだ。澄子の笑いはそれを進一に告げた。

お玉はいそいそと進一をもてなした。進一を味方につけようとする技巧もあろうが、心根のやさしさが自然に出ているところもあって、進一の心のなかにあったうとましい女とはすこしちがうようだった。

そうしたお玉には、日かげの女にはじめから生れついてきたようだと感じさせるものがあって、そこに哀れさを感じとる齢ではない進一は、勝手が分らないままに、自分には苦手だといった沈黙をつづけていた。正二がこういう女と、何のこだわりもなくなれ親しんでいるのを、不潔と強く断定しないまでも、進一には快くは思えないための沈黙でもあった。

「おばさん。引越しはいつ？」

と正二が言って、それがきっかけで、その正二に頼んでこの家へ進一に来て貰った理由を、お玉はようやく口にした。

「坊ちゃん」

今度は進一をそう呼んで、

「わたくしも、こうしてぶらぶらしていては、申しわけないと言いますか、もったいないと思っておりましたが、おかげさまで、お店を出さしていただけることになりました。それで、坊ちゃんのお父うさまとはお別れすることになりましたんですの」

店が持てる喜びを告げるにしては悲しいその声だった。その顔にも悲しみを溢れさせて、

「坊ちゃんにわざわざ、ここへ来ていただきましたのは——そんなわけで、ひと目、あの澄子に会ってやっていただきたいと思いまして」

正二と楽しそうに遊んでいる澄子に、うるんだ眼をやって、

「あの子は、あたし、どんな苦労をしてでも、自分の手で育てますが、坊ちゃん、あの子のこ

とをどうか、お願いですから、覚えててやって下さいまし」

薄倖を思わせるそのうすい小鼻を、進一は言葉もなく見ていた。

「坊ちゃんはご立派な学校におはいりになって、さぞかしご立派におなりになることでしょうが、お願いですから、あの子のことをお忘れなく……何かのせつは、可哀そうなあの子の頼りになってやって下さいまし。こちらからは決して坊ちゃんのご迷惑になるようなお願いに上ったりはいたさないつもりでございますが……」

「父と、もう——縁を切るんですか？」

進一は口を開いた。芝居に出てくる学生のぎごちない科白みたいなのに自己嫌悪を覚えながら、

「お店を出して貰うんで、それを条件に……」

「は、はい」

「はじめから君は、そういう……」

浅間しい量見だったのかと、お玉を見据えた。言葉をみなまで言えなかったのは、進一自身、まさかそうとは思えなかったからだが、お玉はあたかも進一の問いを肯定するような無言で、逆に進一にむごいことを言ったと思わせる姿だった。進一は眼をそらせて、

「父とは、お互いに好きで、こういうことになったんじゃないんですか。それが、金銭で解決できるなんて、僕は分らない」

「坊ちゃんのおっしゃる通りですが、世の中には、義理というものがございます」

「金銭で解決しようなんて、父も卑劣だ。僕は反対だな。そんなの、いやだな」

身震いするみたいな声で、

「僕は父に言ってやる」

「なにをおっしゃるんですか」

「卑怯にも程がある」

「お父うさまにそんなこと……。これは、あたしの言い出したことなんです」

「父がそれに賛成したのなら、同じことだ」

「そのお言葉だけで、坊ちゃん、沢山でございます」

お玉は袖で顔を蔽《おお》ったとおもうと、こみあげる嗚咽に肩を震わせた。澄子は母がいじめられたとでも思ったのか、泣き声をあげて母のそばに駈けよってきた。

祖父の七周忌が浅草の菩提寺で盛大に営まれたとき、進一は大学の一年生だった。

震災で焼かれたその寺の、まだ仮建築の狭い本堂に、永森家の一族、その店員一同、そして同業の人たちがひしめくように居並んでいた。家つきの娘として、こういうときはしゃきしゃきと取りしきる妙子が、大事な法事だというのに、まるで腑抜けみたいになっていて、てんで何も手がつかないふうだったが、ほの暗い本堂にがっくりと首を垂れている姿は、はたの見る眼もいたましいほどだった。それは彼女の隣りに当然坐っていなければならない金ボタン姿の進一が、席に欠けていることに原因しているのだった。

このあと、みなは、祖父がひいきにしていた料理屋へ行った。一切は喜助が世話を焼いていて、源七はすけてみたいに、しょぼしょぼとあとからついて行った。その源七に喜助は、今日の料理をあらかじめ折りに詰めさせたのを五つばかり、女中に持ってこさせて、

「では、これを……」

差し出す腰の低さは、やはり大番頭に対する礼儀を忘れてはいなかった。源七は大広間の席にすでについた家族のうしろから、

「行って参ります」

と小声で挨拶した。妙子が振りかえって、黙ってうなずいた。

さがろうとする源七に辰吉は、

「ちょっと……」

と低い声で呼びかけた。

「なんでしょうか、旦那」

「ふむ」

自分のかわりに警察へ行く源七に辰吉は何か言いたいことがあったようだが、

「源さん、よろしく頼む」

とだけ言った。数え年四つになった多喜子が、その可愛い洋服姿におしゃまぶりを発揮させて、祖母の横ではしゃいでいた。私立の中学の制服を着た正二は、胴長の父に似た短い足を窮屈そうに折り曲げて、その傍に坐っていた。

源七は進一が留置されている警察へ行った。これでもう何度目かだが、まだ進一との面会は許されない。警察通いのこの役は源七がみずから買って出たのである。進一に裏切られたと、初めのうち半狂乱だった妙子が、

「放っとけばいい……」

と、自分はもちろん、辰吉が警察へ行くことも許さなかったからだが、お巡《まわ》りさんが来るよと言えば泣く子も黙るくらい、警察の恐れられていた時代ゆえ、辰吉も警察行きはいやだったようだ。商人にとって警察はただもうこわいところだった。源七だって、こわいことに変りはなかった。そのいやな役を源七が進んでひきうけたのは、おさきの言う忠義の気持からだけのことではなかった。

特高の部屋へ、おそるおそる伺候するみたいに源七は行って、すでに顔なじみの刑事のひとりに、

「ごめん下さい」

挨拶というより、あやまる声で、

「お邪魔をいたします」

「差し入れか」

「今日はお店の大旦那さまのご法事がございまして……」

風呂敷に包んだ折りのひとつを、刑事に差し出して、

「これを、恐れ入りますが、坊ちゃんに……」

あとの折りの山を別に机の上にのせて、

「これは、どうぞ、そちらへお納めになって……」

「いらんよ、そんな」

突慳貪《つっけんどん》に言ったが、突っかえすわけではなく、

「大事な長男があげられてるんじゃ、法事もよけい、しめっぽくなったろうな」

「はあ」

古びた背広の肩さきが陽に焼けて変色しているのに、源七は眼をやりながら、

「坊ちゃんは、いつ頃、出していただけますんでしょうか」

「分らんね」

腰をこごめて立っている源七に刑事は言った。

「本庁から来て、しらべてるんだから、分らんよ」

「はあ？」

「オクリになるかもしれんね」

「オクリと申しますと？」

「相当深入りしているようだから……」

刑事はペン先の尻で耳をほじくりながら、実直なこの番頭を見あげて、

「青年同盟のフラク(1)の疑いがあるんじゃ、ちょっとややこしいな」

「フラク？」

源七には分らない言葉だらけだった。無産青年同盟に党フラクとしてはいっているとなれば、拘留だけではすまないで送局《オクリ》になるかもしれない。そういう意味だったが、そんな説明をしたところで、分らない相手と刑事は見て、

「親はどうしてるんだ。どうして親がこないんだ」

源七は身体を縮めて、

「奥さんは――いえ、親御さんは、大変なご立腹で、警察のご厄介になるような息子は勘当ものだとおっしゃってまして、それでわたくしが代りに……」

「そうだろうな。親の身にしたら、せっかく大学までやっといて……」

同情の語調とちがって、何か満足そうに刑事は言って、

「こういう親不孝の学生が、この頃は多くなって、嘆かわしいこった。当節の大学は、国賊を作る学校みたいなもんだ」

「国賊？」

「国賊も国賊――一番たちの悪い国賊だ」

「ひえ」

泣き出しそうな顔を、刑事はじろじろ見ていたが、

「ひとつ、会わせてやるか。特別の計らいだぞ」

「申しわけございません」

「余計なこと、しゃべるんじゃないぞ。いいか」

「は、はい」

椅子を立った刑事のあとを、源七がくっついて行こうとすると、

「ここで待ってるんだ。留置場から今、出してきてやるから……」

と刑事に注意された。警察の内部を知らない源七は、刑事がこの自分を進一に会わせるために留置場へ連れて行ってくれるのだと独り合点をしたのだ。

部屋の隅にしょんぼりと立って源七は、殺気の立ちこめているような狭い部屋に不安な眼を向けていた。治安維持法ができてからの急激の増員で、この狭い部屋はごった返していた。それは賑やかな活気とはならないで、背筋をしーんと凍らせると殺場の残忍なさわがしさを思わせた。

バンドを取られたズボンを手でおさえながら進一が、冷飯《ひやめし》草履の足音も陰気に、蒼白の顔をやがてそこに現わした。

「坊ちゃん」

源七の眼に、みるみる涙が溢れてきた。

「源さんか」

子供の時から頑《かたく》なにこの源七を拒みつづけていた進一の心に、このとき、その涙は乾いた土にそそぐ雨のようにしみて行った。

その四

書類送局で進一は自宅に帰された。

身柄引受人として警察に呼び出された父の辰吉は、

「ハンコはこちらへ押しますんでしょうか」

と、分り切ったことまで口に出して、進一の眼からすると見るに堪えない卑屈な態度だったが、その進一にはひとことも口をきかず、自動車で山の手の家へ送りとどけるなり、すぐさまその車で日本橋の店へ行った。

「お店が大変なんだよ」

母の妙子がとりなすように言って、進一に意外感を与えた。母の愁嘆場《しゅうたんば》を覚悟していたのに、

まるで腫れ物にさわるみたいに母は、

「さ、お風呂がたててあるから早くおはいり……」

と、進一に言った。勝手がちがって進一はかえってむっつりしていた。

シラミだらけの身体を風呂場へ運んだ。洋服はひとまとめに丸めて隅に置き、これは洗濯屋に出すことにして、下着はのこらずタライに入れて、女中に用意させた熱湯を自分からそそいだ。裏返しにぬぎ捨てたシャツの縫い目にびっしりつらなっているシラミの列がもぞもぞと動いた。進一はあばら骨の出た脇腹をこすりながら、自分の血を吸ってころころに肥ったシラミを見ていると、垢がいっぱいよれてきた。それを進一はシラミの上におとした。

留置場にぶちこまれていたときは、早くそこを出て自由の身になりたいと進一は考えていた。出て、どうしたいということより、とにかく出たいということで頭がいっぱいだった。長期拘留という初めてのこの経験が進一には堪えがたいものだった。自由を取り戻して息がつきたいのだった。

そしていざ出てみると、これからどうしようということが早くも進一の心に来た。ほんとは、思い悩む必要のないことだった。出てから、なすべきことは進一に、はっきりしていた。闘争の道へと直ちにまた自分を進ませる以外に、道はない筈だった。彼の思想はそれを彼に命じていた。

進一は党に関係のある身ではなかった。進一なんかの闘争経歴で、おいそれと党にはいれるものではなかった。党にはいることを、進一自身もはっきりみずから望ましいこととして考えていたのではなかった。入党はそのまま投獄を進一に約束するものだった。

進一は風呂の中で眼をつぶっていた。汗が額を流れて、進一は湯から身体を出した。くらくらっとめまいがした。

茶の間に行って、進一は、

「心配をかけて、お母さん、すみません」

初めて母に挨拶した。

「ジバンのえりが飛び出しているよ」

と、祖母のおさきが言って、

「おじいちゃんの七周忌ぐらいは、ちょっとお寺へ顔出しをさせてくれたっていいのにね。警察も人情がないね。源さんが頼みに行っても駄目だった」

「源さんは、進一のことをとても庇って、まるで源さんまで社会主義になったみたい……」

と、母が言い出して、進一が、ぇ? と顔をあげると、

「盗みかたりで警察にあげられたのなら、一家の恥だけど、進一のはそうじゃない、ちがうって、源さんは言い張るんだよ。私利私慾のためじゃなくて、言ってみれば、ひとのために自分を犠牲にしているのだからって、そう言って庇うんだけど、おかしな人だね。進一の勝手な真似で、進一だけじゃなくて、一家まで犠牲にされては、たまったもんじゃない」

「ま、それは、あとにして。進一も、もう、こりたろうから」

と、おさきに止められて、母は、

「おじいちゃまのご法事は盛大でしたよ。銀行の取りつけ騒ぎで、ご法事どころじゃなかったんだけど」

そして面妛《おもやつ》れの目立つ顔をおさきに向けて、

「無理して、ご法事をああ立派にやったのも、よかったんでしょうね。お店の信用が、あれで、すっかりついて……」

「辰吉さんは何もそんな魂胆じゃなかったんだろうがね」

と、祖母は辰吉を庇った。

昭和二年の金融恐慌は永森商店にも強い余波を及ぼしていた。むしろ、こういう中小企業のほうにしわよせが行われていて、辰吉の心労はひと通りではなかった。

進一が家に戻ったときは、夏物の納品が終って、冬物の取引で忙しい最中だった。小売屋との取引は、ダラ勘（ダラダラ勘定）がながい間の習慣になっていて、それを急にあらためるわけにいかないし、不景気となると、よけい困難だった。勘定はあと廻しとなれば、むしろ品物だけは取って、問屋の犠牲で自分の四苦八苦をのがれようとする。集金は納品後のしきたりで、小さい店は二千円の納品に対して普段でも二百円三百円しか出さないというふうだったし、たとえ全額の手形をくれても、早い家で六十日、普通は八十日から九十日の決済である。

辰吉は一日、金ぐりで奔走していて、家に帰るのは、夜遅くだったが、その家にも、現金がすこしでもほしい下職がつめかけている始末だった。こういう場合に発揮される農民出の粘りで辰吉は困難に立ち向っていた。朝は朝で、満洲へ行っていた出張員が、いま東京駅へついたといって、早朝に自宅へやってきたりした。日貨排斥で、ほうほうのていで帰ってきたのである。

永森商店は辰吉の代になってから、台湾や朝鮮にも出張員を出していて、その取引を、「輸出」をもじって「移出」と呼んでいた。辰吉のところのような個人商店では、貿易会社とちがって銀行の強い後押しがないので、不景気の金づまりとなると、この「移出」の面もとみに苦しくなって行く。

進一は長い旅行の疲れが出たみたいに、寝込んでしまった。夕方になると微熱が出て、寝たり起きたりの日がつづいていた。

「学校のほうは、どうなんだい？」

祖母のおさきがおそるおそる進一に尋ねた。

「大学ですか。身体がなおったら、行きます」

「大丈夫なのかい？」

検挙で放校になったのではないか。おそらく妙子の最も憂慮している、それだけに口に出しかねていることを、祖母が言った。

「学校とは関係ないですよ」

「ほんとかい」

祖母は愁眉をひらいて、

「それじゃ、これからはまじめに学校の勉強に精出しておくれだね」

「うん」

「お父うさんも、あれからは心を入れかえて、まじめになってるんだから頼みますよ。お父うさんのことで、お前も気持が曲っちまったんだろうけど」

進一は黙って口を結んでいた。おさきは取りつく島がないように、進一を不安な眼で見ていた。父にとっては、つとに気心の分らないこの進一だったが、祖母や母にとっても、同じ進一になっていた。


進一が家でぶらぶらしているうちに大学は早い夏休みにはいっていた。

進一と一緒に検挙された殿木は、進一と別の警察の豚箱に入れられていたが、やはり身体をこわして鎌倉にいるから遊びに来ないかと言ってきた。進一もこの殿木には会いたかった。

「行くんなら、正二を連れて、一緒に行きなさい」

でなかったら、許さないといった母の語調だった。そばに正二が突っ立っていて、困ったような顔ながら、別にそれを口にはしない。

「スパイか」

口のなかで進一がつぶやいたのだが、正二の耳にはいったらしく、

「え?」

怒るかと思ったら、その反対で、正二はひょっとこの面みたいな顔をして見せた。

「正二がお目つけ役か」

改めて進一は言って、

「心配なら、正二と行きますよ」

「進一の身体を心配してんですよ」

母は怒った声と顔で、

「炎天に出て、ふらふらっとでもしたら、どうします。気をつけておくれよ」

殿木の父は弁護士で、鎌倉に別荘を持っている。殿木は夏休みをそこですごすつもりだと言ってきた。その殿木が書いてきた地図にしたがって、進一は鎌倉駅から由比ガ浜のほうへ行って、八幡宮の一の鳥居から右手にそれると、松林のなかに目指すその別荘はあった。縁側の籐椅子で殿木が本を読んでいる姿が、いけ垣の外からのぞかれた。

これは質素な小さな別荘だが、渋谷にある殿木の家は、進一が初めて訪ねたとき、ほうと驚いた宏壮な邸宅だった。弁護士と一口に言っても、殿木の父は多くの一流会社の顧問弁護士をやっていて、丸の内に事務所があった。事務所のほうは、進一は行ったことがない。

「よお」

と、殿木は手をあげて、庭からはいって行った進一を迎え、一緒の正二に怪訝の眼を向けた。

進一は大人びた白麻の絣《かすり》に下駄ばきなのに、正二が学校帰りのような小倉の夏服に靴なのは、母の言葉で言えば、

「この頃、生いきになって」小学生みたいな筒袖の絣を着るのを嫌ったからである。

「弟だ。泳ぎたいと言うから、連れてきた」

「弟さんか。いらっしゃい」

と、殿木は愛想のいい声をかけた。身体をこわしたというが、黒く陽焼けしたその顔はいかにも元気そうだった。

「あがれよ、永森」

「うん」

脾弱なくせにあぶら足の進一は、砂地を歩いた素足の裏が汚れているのを気にしながら、縁側にあがって、殿木の前の椅子についた。正二は縁側にじかに腰かけて、短い足をぶらんぶらんさせていた。

「どうだい」

と、殿木は言った。

「うーん」

進一があいまいな返事をすると、殿木が、

「山東出兵は問題だな。パニックで痛めつけられた国民の不満を外へそらせようということだろうが、出兵だけですめばいいけど、戦争にでもなったら事だな」

進一とは同級生でも、同志としては先輩格の殿木が、進一に対してさも指導者のような口調で早速、時局批判をやり出した。いつものことだから、この口調に進一は慣れているが、今日はそれにふと、空疎なものを感じた。それは殿木の言う、パニックに痛めつけられた国民というのを、進一は父の店やその周囲の人々の姿などから、具体的な現実として感じとれるのだが、この殿木はそうした現実からは遠い筈だと進一に思われたからだった。しかしその進一だって、観念的ということでは殿木と五十歩百歩の存在にはちがいなかったから、殿木を軽蔑することはできないのだった。

「中国の市場を日本資本主義はどうしても必要とする。それを確保せねばならない——それがあの山東出兵ということだろうな。国民の眼を外にそらせるという目的も同時にふくみながら……」

進一も殿木に劣らぬ観念的な言辞を弄して、

「しかし、今度のパニックを見ても、日本資本主義の行きづまりは明瞭だね。末期的な現象だな」

「いや、そんなふうに見ることは誤りじゃないかな」

進一の言葉は殿木によって直ちに批判された。

「日本の資本主義は一応まだまだ発展の方向にあると見るべきじゃないかな。発展の上向線をたどりつつ、しかもその過程において、内的矛盾は激化されている。その現われが、あのパニックだと、そう見るべきだよ」

「そうかな」

いつもならすぐ頭をさげるところだが、それを渋ったのは、正二がいるせいか。殿木は、むっとした顔で、

「パニックは矛盾の尖鋭化の現われだが、しかもそのパニックによって、結果としては日本資本主義が強化されてるね。資本の集中と独占化が、結果としてもたらされている。たとえば今度のパニックで、政府の出した救済資金は、ほとんど一流銀行に吸収されてしまったのが現実だ。そうして金融資本が強化されたということは、日本資本主義が同時に強化されたということだな」

こう出られると、進一も歯が立たず、

「なるほどねえ」

「しかし、そうした強化は中産階級などのプロレタリア化に拍車をかけているから、内的矛盾もいよいよ激化するわけだな」

「今度のパニックで一番打撃をうけたのは、中小企業だね」

ひとごとのように進一が言うと、

「資本の集中と共にこれからも中小企業なぞはどんどん没落するね」

殿木はそれを愉快がるみたいに言った。そこへ、果物をいっぱい盛った大皿を、婆やが持ってきて、

「いらっしゃいませ」

と進一に大人の客にするようなひどく鄭重だが、顔はにこりともさせないで、正二にも、

「坊っちゃん。どうぞこちらへいらして、召しあがって下さいませ」

わざとらしいとも聞かれる言葉遣いだが、これが殿木家の躾《しつ》けなのだろう。

「坊っちゃま。ちょっと……」

坐ったまま後ずさりしながら殿木に言うと、婆やは腰をあげて、部屋をさがって行った。

殿木は黙って椅子を立って、物かげに行き、婆やとひそひそ話をして、

「永森は、泊ってくんだろう?」

と、進一に言った。

「いや、帰ろう」

「どうして? 泊ってけよ。泊っていいんだぜ」

「帰るよ」

「そいじゃ、晩に何かご馳走を出してくれよ」

と、殿木は婆やに言った。

「何が、よろしゅうございましょう」

「なんでもいいよ」

「何か、おっしゃって下さいませ」

「何がいいだろう」

と殿木が進一に言ったとき、外から陽気な歌声が聞えてきた。ヴァレンシア、あたしは南の国から来たのよ——少女の可愛い歌声がだんだん近づいて、それに顔を向けていた進一の眼に、間もなく、大柄な少女が庭からはいってくるのが見えた。女学校の四年生ぐらいか、軽快なワンピースをきた少女は、縁側の進一たちの姿を見ながら、なおも歌いつづけていた。

ヴァレンシア
あたしは浮気な娘じゃないわよ
ヴァレンシア
お金や力じゃくどかれやしないわ

流行のジャズを歌い終ると、

「お友だち?」

と殿木に言って、ながい睫毛をまたたきながら進一を見た。無邪気とはややちがう感じの直視だった。

「僕の一高時分からの——これは、スミちゃん、親友なんだ」

狼狽に、何かはじらいの混った表情で殿木が、

「永森君と言って、大学の経済学部の……秀才だ」

紹介されて、進一はどぎまぎしていると、

「今日は……」

と少女はそんな進一をからかうような声で、ぴょこんとおじぎをすると、殿木から紹介して貰えない正二のほうに、すぐ眼を移して、

「弟さん？」

機先を制するみたいに言った。

「弟です」

と言って、進一は自分が殿木よりも、もっと狼狽していることを感じさせられた。何の狼狽かは分らない。正二は顔を伏せたまま、指のさきで帽子をくるくる廻していた。

そのそばに、つかつかと行って、少女は正二の帽子をつまんで、徽章を見て、

「あら、うちの弟と同じ中学。君、何年？」

「二年」

微笑を投げて、正二は言った。なれなれしい微笑だと進一は見た。

「弟より一年下ね。あたしたち、歳子《としこ》なのよ」

そんなことまで言って、

「うちへ来ない？」

「いま？」

「トランプしない？」

殿木のところへ遊びに来たのだが、進一がいるので、正二を誘ったというより、殿木を何か無視した声で、

「うちで遊びましょう」

「僕の一年上の人、いるの？」

急に子供っぽく、甘えるような声で正二が言った。

「いなくたって、いいじゃないの。さ、いらっしゃい」

正二をたちまち子分にして、そんな感じで、

「さあ……」

と追い立てるようにして、連れ出した。

「僕、トランプより、花のほうが強いんだ」

歩きながら、正二が言っている。

「花って、なーに？」

「花札……」

「変なもの、知ってんのね。あの遊びは、いけないんじゃないの？」

「お金を賭けなきゃ、いいんだって」

そんな会話を仲よくかわしながら二人は遠ざかって行く。

「隣りの別荘の娘だ。ブルジョア娘だ」

ほき出すように言いながら、殿木の眼は少女の後姿を追っていた。眼と一緒に上体をかしげて、籐椅子をキーときしませて、吸いよせられるように見送っていた。

「弟の奴、全く、人見知りをしない……」

あきれたように言って、進一はあつかましい弟を眼で叱るといった恰好で、これも少女の後姿に食い入るような眼をそそいでいたが、その眼を突如、鋭い光で射られたかのごとくに、顔をそむけて、

「あの人の名前、どう書くの?」

「澄むの澄」

「澄子……?」

あの異母妹と同じ名なのか。進一がびっくりした声を出すと、

「澄江だよ」

と言って、殿木は冷笑のようなものを頬に浮べて、

「永森の恋人は、澄子という名前なのか」

「あの澄江さんは殿木の恋人か」

と進一はやりかえしたが、恋人という言葉を口にしただけで、進一の身うちに青春の血が一時に湧き立った。恋人というようなものが進一にはないから、そして、ひそかに恋人というものにあこがれていたから、ひとしお心は騒ぐのだった。

だが、それは口外できないことだった。なぜなら、進一はそして進一たちは、恋愛を享楽的なもの、だからブルジョア的なものと見る奇妙な考えにとらわれていた。思想運動に対して当時の学生が一種の求道精神で接していたことから、これは来ていて、享楽否定の禁慾的な傾向が彼らの間では一般的だった。しかし、彼らの、そして進一の青春は、恋愛と恋人とをほんとは強く欲求していたのである。

「僕は実践からしばらく離れて、本格的なマルクス主義の勉強をするつもりだ」

と殿木が言い出したのは、日が大分傾いてからのことだった。

「研究ならいいが実際運動はいかんと、お父さんから釘をさされたのか」

「それもあるが、もちろん、それだけじゃない。グルンドの研究がたりないと、痛切にそれを感じたんだ。これは僕だけの問題でなくて、一般に理論的武装の貧しさということが、運動の最大の欠陥だ。これではいかんと思うのだ。実践実践で、理論的水準が実に低い。理論の低さと弱さを実践実践の掛け声で、ごまかしている。こんなことでは、運動を正しい方向に導く理論は、いつまでたっても確立できない。大体、今までの指導精神は、君も知ってるように、真のマルクス主義に貫かれたものかどうか、大いに疑問じゃないか。マルクスやレーニンの生っ噛りの、実にいい加減な公式論が指導理論でございという顔をして、はばをきかせている。これでは駄目だ。マルクス、レーニンを基本的に研究し直して、真のマルクス主義者になることが、僕らに与えられた当面の任務だ」

滔々とまくし立てる殿木に進一は、

「しかし、君、実践を通してはじめて理論は……」

「分かってるよ。理論と実践とを切りはなすことは間違いだというんだろう。そのお題目に僕らは踊らされて、実際運動の無給書記に動員させられてきた。だが、それは理論と実践との真の意味での統一ではなくて、チャチな実践第一主義だ。しかも、いい加減な理論による実践なんだから、話にならない」

「しかし、僕らインテリは、実践を通してはじめて自分のプチ・ブル性を克服できるんだ。実践から離れて、個人的な研究だけで真のマルクス主義者になろうとすることは間違いじゃないのか」

「それが公式論という奴だ。組織にいたら、追い使われるだけで、基本的な真の研究などしている暇がありゃしない。それは、君だって、経験したことじゃないか。ビラ貼りだ、連絡だ、ガリ版切りだで、時間がたってしまって、しかも悪いことは、それで何か自己満足に陥っている。更にもっと悪いことは、たとえそのなかで本格的な研究をしようとしても、組織のなかの雑音で、真のマルクス主義の研究そのものが歪められて行く、そういう点も考えなくちゃならん」

「現在の組織のやり方に君は疑問があるのか。その疑問に対する内部からの解決を放棄して、外部から批判しようというのかい」

「僕は組織だけを批判しているんじゃなくて、僕ら自身に対して自己批判をしているんだ。というのは、僕ら学生が労働者の解放運動に動員され、参加しているのは、マルクス主義を労働者の闘争のなかに持ち込むということ、そこに意義があるわけだ。僕らの本来の指導的役割はそこにあるのだ。その僕らのマルクス主義が、土台、真のマルクス主義かどうか、そこに疑問が生じてくると、実践へ参加する資格が果して僕らにあるかどうかということになってくる。その点から言っても、何よりも先ず自分自身のグルンドをしっかり固める必要があると思うんだ。別にこれは君に要求していることじゃなくて、自分に要求していることだがね。君は君の気持で、実践への参加をつづければいいんだ」

「僕も実は、ちょっと自信がないんだ」

白麻の袖をたくしあげて汗ばんだ腕に風を入れながら進一は言った。

「自信？」

「君のようにマルクス主義を根本的につきつめようというほどの気力もないんだ」

「気力？」

「つまり僕らは、しょせん、観念的なんだな」

と弱音をはいた進一の耳に、

「浜へ行かない？」

澄江の声が明るくひびいてきた。進一の心を今までとらえていた観念の魅力と全くちがう、そのなまなましい肉声の魅力は進一に、一種の激痛に似たものを与えていた。

澄江は浴衣に着かえていて、黄色いメリンスの帯を男の子のようにきゅっと締めていた。大柄な割に、そのくびれの細いのが目についた。うしろは豊かな蝶結びにして、それを可愛くゆるがして、

「泳ぎに行きましょうよ」

と澄江はせっかちに言った。

正二が、ぬいだ上衣を片手にかけ、片手に自分の靴をぶらさげて、借り物の下駄の足を縁側に近づけると、

「これ、ここへ置いといていいですか」

と手にしたものを出した。浜へ行くときめている顔である。

「よし、泳ぎに行くか」

と、殿木が椅子を立った。

昼日中の海水浴は日帰り客のすることだと、別荘の人々は軽蔑していて、外人のように日が落ちかけてから浜に出るのを、習慣というより見栄《みえ》にしていた。

「身体がまだ、ほんとでないから……」

海へははいれないと進一は言って、しかしみなと一緒に浜へ出た。正二はいつの間にか泳ぎを覚えていたが、進一は泳ぎができないのである。

「永森さんのおうちは、メリヤス屋さんなんですって？」

と澄江が言った。

「ええ。日本橋の……」

進一はそう言って、

（正二のおしゃべり……）

と舌打ちをしていた。

その進一の眼の前で、澄江は帯をといた。浴衣の下に水着をつけていた。進一は澄江にそれまで女性を感じていたが、水着姿の澄江はまだおさない身体つきだった。それでも進一にとって、それはまぶしかった。

殿木の裸かを進一は初めてここで見た。いい身体をしているのが、なんだか意外であり、妙な妬ましささえ感じさせられた。みなのぬぎ捨てた衣類の番人を、進一はつとめることになった。澄江と正二は、駈けっこをしながら、海へ飛んで行った。そのあとを殿木が追った。

進一は砂の上に腰をおろした。日が落ちても、砂は熱気をまだ保っていた。

眼は海に向けながら、手はそっと澄江の浴衣に触れさせたいとしている自分をそこに見出して、進一は強い恥を覚えた。その手を進一は砂のなかに差しこんだ。熱いのは表面だけで、下の砂はひやりとしたつめたさを、秘密めいた感覚とともに進一の手に伝えた。それは進一にとって官能的な感触と名づけたいようなものだった。

進一は熱い砂を手ですくった。乾いた砂は痩せた指の間から、たあいなくこぼれて行った。みるみる、砂は逃げて、手のなかにとどめることはできなかった。

なにげないこんなことが、むしろ屈辱のおもいを進一に与えた。湿ったつめたい砂なら、手のなかにとどめることができると、そんな分りきった、はじめから分っているようなことを自分で発見するまで、進一は幾度か砂をすくいつづけていた。

その五

三・一五事件と呼ばれる大検挙があったのは翌年の昭和三年だが、いわゆる「実践」からその頃自分を遠のかせていた進一は検挙を免れた。学外の組織から、学内団体の新人会のほうに「退却」していた進一は、投獄が次は約束されていると思われる実際運動から自分を遠のかせ、自分はとうてい危険な実際運動などのやれる強い人間ではないとしていたのだが、その進一を、学外の闘争組織に当然加わっていると見ていた学内の同志たちの眼には、進一の「無事」だったのが意外と映ったようだった。その眼は進一には痛かった。信頼を裏切っている自分の怯懦《きようだ》が、彼らの眼の前に、むき出しにされていると感じられた。

この進一をそもそも運動へと導いた殿木は今では、進一よりももっと後退していて、逆にひそかに高文の受験勉強に早くも取りかかっているのを、進一は知っていた。殿木がひた隠しにしているそのことを進一は知っていたけれど、知っているということを殿木には言わなかった。同じような裏切りを進一は自分にも許したいからというのではなかった。殿木のは、今のまで行くと、ほんとうの裏切りになり、進一のは裏切りとはちがうけれど、しかし消極的なそれだと思うことで殿木を責められなかった。そういう消極的な気持と同時に、それの鬱積がときには、殿木に向けての激しい怒りとなることもあった。その怒りを、しかし、殿木に対してぶちまけることをしなかったのは、殿木に紹介されたあの澄江が進一の心のなかで鮮やかにほほえんでいたためだった。

殿木は「ブルジョア娘」のあの澄江とも、ずっとつきあっていることを進一に秘していた。進一がそれを知っているのは、弟の正二が、あの夏以来、澄江の弟のところへときどき遊びに行っていたからである。その正二が（進一の用語で言えば）澄江に関する「情報」をもたらすからである。

あの夏以来、進一は澄江に会ってない。もっとも銀座などで偶然、顔を合わせ、挨拶をかわす機会は何度かあったが、一緒にお茶を飲んだり、二人きりで話をするという機会はなかった。

進一の気持からすると、それは会ってないということだった。会おうと思えば、正二を間に立てることによって、会えないこともないのだが、会わなかった。澄江が嫌いだからでなく、好きだったからである。

どのくらい好きかと進一は自分で考えた。その自分に進一は言った。自分には今初めて、自分が好きだと思う女性が現われたのだ。好きだと自分に、はっきり言える最初の女性が現われたのだと。

澄江は大森の家から駿河台の文化学院に通っていた。大学から近い駿河台のその学院の前の通りを、進一はときどきひとりで歩いた。わざわざ省線に乗って大森へ行って、石の門柱に香取という表札のはめこんである、澄江の家の前を、澄江に会えはせぬかという期待で胸をわくわくさせて歩いたことも何回かあったが、会えなかった。

会いたいという気持を、正二を通して伝えればいいのに、それができなかった。正二にそんなことは言えないという気持よりも、自分から澄江に会いたいとは言えない気持だった。進一にとって、それは自尊心なのか、羞恥心なのか自分で分らなかった。はっきり分っていることは、あの「ブルジョア娘」に自分のほうから積極的に近づいて行くためには、殿木と同じような裏切りを、自分に積極的に許さなくてはならないということだった。

その殿木の好きな、そして澄江のほうでも好きらしい、そうした澄江を進一が好きになったということは、進一にとって、こういう場合の誰にもある悲しみのほかに、誰にもあるというわけではない悲しみも重った、だから絶望に近いような悲しみなのだった。

恋愛を悪しき享楽的なものとしていた当時の急進的学生のひとりだった進一は、そうした恋愛の対象として、更によりによって、あの澄江のような「ブルジョア娘」をどうして好きにならねばならなかったのかと、みずからそれを深く悲しまねばならなかったし、自分の「意識」の低さが何よりもそこに暴露されているといった幼い悲しみもまた、強く悲しまねばならなかったのである。

だのに、その澄江のことを進一がどうしても諦めきれなかったのは、その澄江が彼にとって初めて彼の好きになった女性だったからか。あるいはそれはむしろ、澄江を好きになったことが、こんなにも強い悲しみを進一に与えていたためだからだろうか……。

夏が来て、殿木は鎌倉の別荘へ行った。その殿木から今年は進一に、遊びに来ないかという誘いはなかったが、正二のところへは、澄江の弟の潤吉から、泳ぎに来ないかと誘いの葉書が来た。

「兄さん、どうする」

「行っておいでよ」

「兄さんは行かないの？」

「潤吉君も、下級生の正二と仲良しとは、面白い子だね」

「姉さんがませてると、弟はそれに逆比例するんだね」

と正二はませたことを言った。

正二はひとりで鎌倉へ行った。三日ほどしか行ってないのにすっかり日やけして帰ってきた。正二は、進一が問いもせぬのに、自分のほうから、澄江の弟が殿木にひどく憤慨していると言った。来春の入試にそなえて受験勉強をしている中学四年生の潤吉は、殿木のために精神統一の邪魔をされて困っていると正二は言ったが、精神統一云々は、潤吉の言葉か、正二の言葉か不明である。高文の受験勉強をしているはずの殿木が、澄江の家で夜おそくまで遊んでいて、ときには、澄江の部屋に朝方までいることがある。潤吉がその事実を両親に告げると、二人の前で言ったところ、殿木よりも澄江のほうが、そんなことしたら、承知しないわよと弟に怒ったという。

「ひどいズベ公だね」

と正二は、早くもにきびを出した顔に、侮蔑的なその言葉とはちがう愉快そうな笑いを浮べていた。

「来年の夏は、正二も受験勉強で大変だな」

と進一は言った。

一高寄りの横丁の、坂になった道を降りたところに、カフェー・エトアールというのがあって、昼間は食事だけでもはいれるので、進一は時たまそこへカレーライスなどを食べに行った。

大学前からちょっと外れているため、店はいつもそんなに混んでないので、進一は友人と話がしたいときはそこまで足を運んでいた。そうしたあるとき、そこの女給のひとりが、

「永森さんは、えりあしが綺麗ね」

と進一に言った。経済学科の友人と一緒に、教室からここへ昼食を取りに寄ったときである。

「俺の名前を、どうして知ってんだい」

と進一は怒ったように言った。夏前にはいなかった女給である。そして、いるのかいないのか分らないような眼立たない女給だった。

「スパイみたいか」

と一緒の友人は笑ってから、とりなすようにその女給に言った。

「えりあしとは、女に言うんで、男には使わないね」

「そうかしら」

とその女給は聞き流して、進一にじっと眼をそそいでいた。進一はその視線を感じながら、友人に顔を向けていた。そして何気ないふうを装って女を見ると、女は急に眼をそらせて、その場を去って行った。

眼立たない、くすんだ顔だが、よく見ると、可愛い——と、進一は見た。齢もよく分らない——進一には大体、女の齢というものがよく分らないのだが、特にこれは分らなくて、自分では進一より齢下だと言っているこの女は、口のきき方などはそうでも、身のこなしには何かの

拍子にずっと齢上を感じさせるものがあった。曖昧模糊として、煙のようにつかみがたいと進一の見たこの女の、眼だけは、暗い店の隅で猫の眼のように光っていた。

進一は、飲めない酒を飲みに、夜、そのカフェーへしげしげと通うようになった。自分のかわりに酒の飲める友だちを探して、そこへ行った。

進一にもこうして、進一に殿木が隠していたみたいに、仲間に言えないことができたのである。とんでもないカフェー通いをはじめた進一だが、酒はとんと飲めなかった。その女も女給勤めをしていながら、酒は飲めなかった。その頃の習慣として女給たちは住み込みときまっていたが、店の主人や古顔の女給から、酒が飲めないのではしようがないと叱られてばかりいると、女は言っていた。

秋の終り頃、その女が進一の制服の金ボタンに指を当てながら、店をやめるとささやいた。やめて習志野《ならしの》の兄の家へ帰ることになったから、その日は両国駅まで進一に送ってきてくれと言った。進一は黙ってうなずいて、その女の顔を見つめた。輪郭がはっきりしないような白いその顔の眉間には、小さなにきびの跡があった。

進一は、この女の顔立ちにはどこか自分の母に似ているところがあるようだと思った。ふと、今、それに気づいた。

会う場所を進一は女と約束した。派手な喫茶店は避けて、そば屋を進一は指定した。女は、ちらと進一の顔を見あげ、

「はい」

と、素直にしかし寂しい小声で言った。

あいにくと、その日は雨だった。

二人でそばを食べてから、店を出た。進一は自分の洋傘をひろげて、女にさしかけ、女の手から小さな風呂敷包みを取って、荷物はこれだけかと尋ねた。あとから送って貰うことにしたのだと女は言って、

「すこし歩きましょう」

と、つめたい雨のなかに、高下駄の足を進めた。進一に対して何か怒っているような素振りで、いやなら、いいのよと言いたそうな横顔だった。

進一はそれを感じながら黙っていた。安っぽいショールをかけた女は、カフェーのなかで見る白いエプロン姿とちがって、幻滅というほどでもないが、とみに生彩を失っている。そうした女と雨のなかをしょぼしょぼ行くのは進一に、相合傘《あいあいがさ》の楽しさとはまるで反対の佗しいおもいを与えていた。だが、その進一もまた、その日は、きたないソフトに、よごれたレーン・コートだったから、女にも同じおもいを与えていたのかもしれない。

通りに出ると、進一は金ボタンを隠したくなって、風呂敷包みをさげたままの手で、レーン・コートのえりを合わせた。風呂敷包みのなかには何がはいっているのか、ゴツゴツしたものが、

進一の胸にこつんとぶつかった。

このとき女が突然、口を開いてこう言った。そば屋のなかで言ったらよさそうなことを、雨の道で言ったのである。実は新潟のほうへ自分はお嫁に行くことにきまったので、それで急に店もやめたのだが、結婚すると東京へは当分出られないから、今日一日、東京見物をして、兄の家へ行きたいと、こう進一に言った。

兄が親代りというわけか。進一はそれを口のなかで言って、その兄さんは何をしている人かを聞くと、騎兵中尉だと女は言った。

進一は、どきんとした。進一は軍人が嫌いだった。

騎兵中尉の妹？　その意外感には、嫌悪と別に、女を見直す気持がなくもなかった。

故郷は新潟なのだと女は言った。進一はそれ以上もう立ち入るまいとして、

「では、東京見物をしよう」

と女に言った。同時に自分自身に向って進一は、この東京見物といった女の言葉遣いにも今まで進一の見のがしていた素朴な女の一面を見ねばならぬと言っていた。その素朴が都会育ちの自分には分らないままに、謎めいた曖昧模糊と感じていたのだと、そうも進一は自分に言いきかせた。

――東京見物と言っても、別にあちこち見て廻りたいというのではなかった。女の興味は東京の喫茶店をのぞくことにあった。それも、神田や神楽坂などの、学生の出入するところが見

たいという。

希望通りに、そうした喫茶店を廻って歩いた。当時の趣味として、学生に好まれる喫茶店は、洞窟めいた暗さの、グロテスクな店が多かった。暗いなかで女は、いきいきと眼を光らせていた。

進一はこの女が自分に好意を持っていることは分っていた。だが、その好意とはどういうのだろう。単なる大学生として自分を見ているのか。それとも、大学生のくせに「要視察人」という烙印が押されている進一だということを知っているのか。女の好意は、それを知っていてのことか、知らないでのことか。

進一はこの日、それをたしかめてみたいと思って、左翼雑誌の一冊をポケットに入れておいた。暗い喫茶店の一隅で、進一はポケットの雑誌を取り出して、テーブルに置いた。女の反応を進一は待ったが、女はそんな雑誌など見向きもしなかった。

夕方になると、帰りの駅に近いという理由で浅草へ行き、これも女の希望で六区の映画館にはいった。

出ると、雨はあがっていたが、今夜はもう東京に泊って、明日帰ると女は言い出した。どこに泊るのかと聞くと、旅館に泊ると女は言った。くたびれたから、もうどこか、この近くでやすみたいと、女は急に疲れが出たように立ちどまって、

「どんな旅館でもいいから、探して……」

翌朝、進一は女と一緒に浅草の宿屋を出た。進一も泊ったのである。

「ねえ。ひとりじゃ、こわいから、あなたも泊って……」

と女は進一を離さなかったのである。

駅へ女を送りに行った進一は、改札口の前で女と別れた。ホームまで行こうと言った進一に、いいの、ここでと女が進一の胸を突きのけるようにしたからだった。それをむしろ、いいことにして進一は、じゃ、さよならと言った。人目を浴びながらホームで手を振って別れるといった情景が進一には照れ臭かったのである。

進一は、しかし、女の後姿を見送っていた。女のほうも幾度か振り返って、やがて人波のなかに消えたが、姿は消えても女の高下駄の歯の音は、進一の耳に残っていた。

昨日にかわって、からりと晴れ渡った秋空の下に、進一は出た。そうしてひとりになってみると、進一はその心になんとも言えぬ寂しさを覚えて、そわそわした。外泊の証拠を人の眼よりも進一自身の心に突きつけてやまない雨傘を、進一は何度か持ちかえた。

生れて初めての経験をえたことが、逆に進一の心に、これも初めての、かつて味わったことのない喪失感を与えていた。うつろなその喪失感は、いま別れた女をふたたび自分の手に戻さなかったならば、永久に心から去らないそれのごとくに思われてきた。事実、心に空洞ができたかのようで、あの女の愛情の手によってしか、その回復は望まれないのではないか。……

こうして進一は、このままだと進一から永久に失われて行くあの女を、ほんとは失ってはならない女として自分が、自分で今まで自覚しなかったけれど、深く愛しているのだと、そう思うのだった。どうしてそれに自分は気づかなかったのだろう。気づくことを、自分で避けていたようでもある。

そうだ、気づいていたのだ。その証拠に——と進一は自分に対してうなずいた。こうなった以上は、君と結婚しよう——それを進一は幾度言おうとしたか分らない。

しかし言わなかった。言うべきだったと今は思うのだが、女の前では言えなかった。言わないですませたのは、言わずにはいられない愛情とは異ったものが、進一の心にあったからではないか。言わなくては悪いかもしれぬといった一種の責任感にすぎなかったのではないか。そうも思うが、いや、そうじゃないと今の進一は思う。

責任感と言えば、自分の愛情に対するそれがあったのだ。言う以上は、それだけの覚悟が必要だったからだ。自分にその覚悟があるか。自分としては、あの澄江などと結婚するよりは、このほうが自分らしい結婚だと思うが、大学生の自分がカフェーの女給と結婚したいと、母に言えるだけの覚悟があるか。当然予想される家の反対を押し切る意力が自分にあるか。

その日一日は、こうして自分をみつめることで費やされた。素朴なのはむしろ進一なのだった。次の日、進一は習志野へ行った。女に会おう、女の兄にも会おうと決意した。いきなり行って、女の家が探し当てられるだろうかという不安は、習志野についてから進一の心に来た。

女の姓を、兄の騎兵中尉のそれとして言うと、そこは習志野だけに、その人なら、なになにさんの家にいると教えてくれる人が出てきた。農家の離れを借りて住んでいるという。

その農家をたずねて行った進一は、母家《おもや》に声をかけながら、離れはどこだろうと眼をよそに向けていた。その眼にすぐ、女の高下駄が映った。ひと眼で女の高下駄と分るのだった。あの雨の日に女のはいていた高下駄が、綺麗に洗った歯を上に向けて乾してあった。ここですよとそれは進一に呼びかけているかのようだった。赤いつまかわも外して、秋の陽に向けて乾してあった。進一は胸がきゅっと締めつけられるおもいだった。

すぐさま、そこへ駈けて行こうとしたとき、老婆が前掛けで手をふきふき出てきた。進一が来意を告げると、女は留守だという返事だった。女の兄も隊へ行っていて、今はいないと、突慳貪な声で、じろじろと進一を、警戒とも軽侮ともつかぬ眼つきで見るのだった。

女はどこへ行ったのだと進一が聞くと、東京へ遊びに行ったのだと、こともなげに言うではないか。

「遊びに?」

うんと、老婆はうなずいて、遊びがてらに、新しい住み込み先きを探しに行ったのかもしれないと、これも無造作に言った。

お嫁に行くと言っていたのだが――進一は自分の声が震えるのをなさけなく思った。老婆は笑い出して、こんなことを言っちゃ、なんだがね、学生さん、そう言うと、笑いを消して、進一を憐れむように赤くただれた眼をまたたいて――学生さんのような人がここへはよく、あの娘さんをたずねてくるんですよと言った。

進一はいくじなく泣けそうになってきた。老婆はその進一に、兄さんはまじめな軍人さんなんだが、素行の悪いあの妹さんにはほとほと手を焼いているとも言った。


東京に戻った進一は、気がつくと、お玉の店の前に来ている自分を見出した。その家は、進一の祖母が小料理屋を出してやると豪語していたような、そんな構えの店ではなく、ささやかな飲み屋にすぎないが、小鉢ものもやっている小粋な店ではあった。

下働きの婆さんらしいのが、店のたたきに水を流して洗っている。その戸口にたたずんで、進一はぼんやりとそれを見ていた。なにしにここへ来たのだろうと、これもぼんやりと進一は自分に問うていた。お玉がこの店を出した当時、進一はどんな店だろうと前を一度素通りしたことがあるだけで、こんなふうに訪ねたことはない。

婆さんは手をとめて、進一に怪訝の顔を向けた。ここでもまた、婆さんかと進一は、いやな気がしたが、

「お玉さんは……?」

自分の名は言わずに、いきなりそう聞くと、

「玉枝は今ちょっと……」

留守とも取れるし、家にはいるけど会えないとも取れる言葉だった。要するに、それ以上は

押せないと知らされたその言葉は、その婆さんをお玉の老母と知らせる言葉でもあった。母をお玉がここへ呼び寄せたことを進一は知らなかった。それほど、ここはもう、進一とは縁の遠い家になっているのだと思ったとき、お玉の娘の澄子が、奥から小さな顔をのぞかせているのが、進一の眼にとまった。この家とは疎遠でも、澄子は血を分けた進一の妹なのだ。その進一をしかし覚えてはいないらしい澄子に、

「スーちゃん」

と進一は声をかけた。澄子の笑顔を期待したのだが、見知らぬ男からなれなれしく名を呼ばれた澄子は、おびえたように顔をひっこめた。進一には、ひどくそれがこたえた。

「あなたさまは、あの……」

進一が誰かと気づいたらしいその老母の声を、進一は背に聞いたまま、逃げるようにその場を去った。


若い心が頽廃に陥る危機に、このとき、進一は見舞われたのである。

進一はしかし、自分をふたたび禁欲的な求道精神へと閉じこもらせた。マルクス主義の本格的な勉強に進一は自分を打ちこませて行ったのである。


その年の冬、源七が風邪をこじらせて、肺炎になった。入院を嫌って、下宿先で呻吟してい

ると聞いて、進一はすぐ、見舞いに行こうと思い立った。

警察へ何度も足を運んで差し入れに来てくれた源七のことを、進一は忘れられない。見舞いかたがた、ぜひ入院をすすめようと進一は思った。

仕立屋の二階に源七は間借りをしていた。そこを進一は初めて訪ねるのだった。

その家は向島の花街の外れにあった。きたない路地の奥だったが、玄関には女下駄がいっぱいあって、色とりどりの鼻緒は、一瞬、華やかな感じを与えながら、それは一瞬のことですぐ、裏町の女風呂の下足場のようなあじけなさに変って行った。

「今日は……」

ガタビシした戸をあけると、格子にとりつけた鈴がチリンチリンと鳴った。

座敷のふすまが開かれた。裁《た》ち板を並べて、近所の娘たちが裁縫を習っているのが見えた。

その娘のひとりが立って、階段の下から、

「お客さまですよ」

と二階に声をかけた。大学生の進一は、若い娘たちの眼をひいた。

二階から忍びやかに女が降りてきた。うす汚れたその足袋を眼にして進一は顔をそむけた。

手伝いの女だなと思っていると、

「あら、若旦那さま」

びっくりした女の声に、進一もびっくりした。二階から降りてきたのは、日本橋の店になが

くいた女中の加代だった。この一年ほど前に、自分から暇を取ったのだが、

「加代が看護に来てくれてるのか」

進一が言うと、

「は、はい」

加代はひどくどぎまぎしていた。三十はまだ越してないはずだが、進一の眼には母よりも老けて見えるその加代は、狼狽で顔を醜く歪ませて、おろおろした眼を階段に向けたりしていた。

進一が靴をぬぎかけると、

「ちょっとお待ち下さいませ」

と加代は二階へひとりで戻ろうとする。部屋の片づけでもするつもりか。進一は、いいんだよと手に言わせたが、

「いえ、ちょっと……」

と加代は階段を駈けのぼって行った。降りるときとはちがって、乱暴な足音だった。

進一にある疑惑が来た。狭い上り框に進一は腰をおろした。進一は当惑していた。

座敷からは、はしゃいだ娘たちの笑い声が聞えてきた。いったん締めたふすまが、うすめに開かれたり、そのふすまに、誰かのいたずらで、身体をぶっつけたりする音がした。裁縫の稽古に倦んでいた娘たちに、大学生の出現は楽しい刺戟になったようで、二階には重病人がいるというのに、遠慮のない笑い声を立てている。それは二階とは関係のない笑い声だと進一に告

げる。

やがて加代がそそくさと降りてきて、

「さあ、どうぞ……。ようこそ、まあ」

前とは打って変った口数の多さで、

「こんなむさくるしい所へ、わざわざお越し下さって……」

と言いながら、進一を二階に導いた。

二間つづきの向うの部屋に源七は寝ているらしく、手前の部屋を、どうぞと加代に言われて通るとき、その加代のらしい着物が、たった今くるくると丸めたらしい恰好で、からの衣紋かけの下においてあるのが、進一の眼についた。鏡台のまわりに取り散らかした女の持ち物も眼をひいた。

源七は、ごつごつした木綿の蒲団のなかに寝ていたが、がっしりしたその体格からは考えられないかさのなさで、ぐったりと横たわっていた。しめ切った部屋は、むっと暑く、屍臭めいた臭いがこもっているのも、進一に薄気味の悪いおもいを与えた。

瀬戸びきの洗面器が、火鉢の五徳の上に不安定にのせてあって、もやもやと頼りない湯気があがっている。もうひとつの火鉢には、湿布用のこんにゃくを入れた真鍮の金だらいがのせてある。永森商店の大番頭の部屋とは思えない佗しさだった。

「坊ちゃん」

と源七は坊主枕から首をもたげた。天井から麻紐で吊った氷嚢《ひょうのう》がぶらんと宙にさがった。予期以上の衰弱ぶりで、うつろな源七の眼だったが、

「源さん」

と叫ぶように言った進一と眼が合って、お互いの胸にしゅーんと交流するものがあった。それは特高部屋での二人をまざまざと思い出させた。

進一の眼に涙がふっと溢れてきた。なんだか分らないが源七が可哀そうで可哀そうでならないのだった。


家へ帰ると、ちょうど夕食どきで、父の辰吉も家族と一緒に、ちゃぶ台に向っていた。祖母のおさきは風邪気味を用心して床にはいっていて、座には見えなかった。

「加代が手伝いに来ていた」

と進一は自分の茶碗に眼を落したまま、そう言った。

「お加代が？」

母は正二の茶碗にごはんをよそっていたが、その手をとめて、

「田舎から、わざわざ出てきたのかしら？」

父は黙って、盃に酒をついでいた。

「なんだか、ちょっと変だな」

と進一はつぶやいた。軽率なおしゃべりをしていると自分で感じながら、言わずにいられなかった。

「あの加代は、源さんが病気と聞いて手伝いに来ているという感じじゃなかったな。部屋の様子からすると、なんだか、もうずっと前からいるような……まるで夫婦みたいな……」

「そうなのさ」

ずばりと父は言った。その無表情の顔を、進一と母とは同時に、あっといったふうに見た。それから進一と母とは、どういうわけか、顔を見合わせていた。そのことに進一は異常な恥しさを覚えた。

正二は妹のたった五歳の多喜子と、たあいないおかず争いをしていた。

「源さんは、そいじゃ、あのお加代と……」

母がそう言う前には、深い溜息のようなものをついていた。

「そうなんだよ」

と父はすぐ相槌を打った。

「お加代が日本橋をやめたのは、そうすると……」

「そうなんだね」

「そうなんだねって、あなたは、それを知ってて、今まで隠してたんですか?」

「隠してたわけじゃないさ」

「じゃ、どういうんですか？」

母はいきり立って、

「わたしたちに、今まで、なんにもおっしゃらなかったのは、隠してたということとちがうんですか」

「隠してたとなると、まるで悪いことでもしてるみたいじゃないか」

「源さんも源さんですね」

と、鋒《ほこ》さきをそっちに向けて、

「お加代と一緒になっておきながら、わたしたちに知らん顔とは、源さんも失礼な……。随分ひとをふみつけにした話ですね。一緒になったのなら、なったとそう言えば、いいのよ。一緒になりたいと、そう言えば、わたしたちもお祝いをあげたのに、黙って、そんな……。齢がちがいすぎるので、恥しかったのかしら。それとも女中と一緒になったのでは、世間ていが悪いからかしら」

「源さんも今まで、ずっと自分は独身で通すと言ってた手前があるんだろう」

「それにしたって、あんた」

母がこんなにいきり立つとは思わなかった進一は、自分のうかつなおしゃべりを悔みながら、

「源さんの部屋は、ひどく粗末だったたな」

と話をそらせた。

「うちの大番頭ともあろうものが、あんな、きたない……源さんが可哀そうだった」

「源さんは、握り屋なのさ」

と父は源七を別にさげすむ口調ではなく、事実を伝えるといったふうで、

「店では、ちゃんと、出すだけのものは、出してるんだから、家の一軒ぐらいは持とうと思えば、立派に……それを源さんは、やらないのさ。独身だという建て前もあるんだろうけど」

話はまたもとに戻って、

「おかしな建て前……」

と母はすぐひきとって、

「人気稼業の役者衆じゃあるまいし、独り者を看板にすることもないでしょうに」

「それはね」

父は進一たちにちらと眼をやって、

「源さんは、お母さんが好きだったからですよ」

と変にていねいな口をきいた。

「あーら、いや」

と母は顔をしかめたが、わざとらしいその顔のしかめ方は、源七のそのことを、今初めて聞いて知ったのでなく、前から知っていたらしいことを進一の眼に、はっきりと告げるのだった。

進一は、つと立って、黙って座敷を出て行った。

第二章

その一

正二は兄の進一が本郷の大学を出た年に、三田にある大学の予科にはいった。やぼったい角帽ではない慶応独特の制帽をかぶると、中学生時分は父親に似た身体つきのせいか、学生言葉で言うごつい感じだったのが、いわば中和され、いっそちょっと不良じみた趣きさえ加わって、急に年よりは大人っぽく見えた。正二も一躍自分のうちに青年を意識した。その意識は、兄の進一に今はすっかり絶望した母の妙子が、かわりにこの正二をちやほやし出したことからも来ていた。はじめは正二に、くすぐったいおもいを与えていた母のその態度は、やがて勝利感に似たものを正二に齎《もた》らし、そのことは兄のようなしねくねした性格ではない正二にも、あまりいい作用はしなかった。

子供のときから正二を可愛がっていた父の辰吉は、中学生の正二が成績のいい子ではなかっただけに、この大学にはいれるかどうかと心ではひやひやしていたこと故、その入学をひとしお喜んだのは言うまでもない。日本橋の老舗《しにせ》の息子は、大学と言えばおおむね慶応だったから、これで家の立派なあとつぎができたと大喜びだった。

山の手の家から正二は大学に通った。電車に乗るとかえって遠廻りになり、乗換えがあったりして面倒なので、学校への往復を正二は歩くことにした。その帰り道で、あるとき、正二は中学校から一緒の友人に会った。

「これから芝居の稽古に行くんだ」

柿沢というその友人は得意そうに言った。東京っ子らしいへらへらしたその口調は、軽薄なその性格をも現わしているようで、おまけにひょろひょろした身体までがその口調そっくりで、正二はこの柿沢を好きでなかった。柿沢はしかし、人のいい下町のおかみさんが貰い物のお裾分けをするみたいに、自分の喜びを正二にも分け与えないではいられないといったふうで、

「君もどうだい。役者がたりないんだが、やらないか。端役《はやく》だけど……」

「いやだよ」

と正二は言った。

「端役じゃ、いやかい」

「役者なんて、いやだよ」

「役者と言ったって、普通の役者じゃないんだ。僕らのやるのは芸術的な新劇なんだ。芸術的な翻訳劇をやる演技者なんだ。芸術なんだぜ」

芸術芸術と柿沢は強調したが、それに魅力や威圧を感ずる正二ではなかった。子供のときは

草花の好きだった正二も、いつか、そういった繊細な神経みたいなものを、昔は草花など見向きもしなかった兄のほうにいっさい預けたとしているような正二だった。花を愛していたあのやさしい心情を失ったというわりではないが、芸術だの社会悪だのといった夢想的な言動は、兄だけでたくさんだ、兄にまかせたと、口に出して放言しなくても、性格そのものがそう言っている正二になっていた。

「稽古場だけでものぞいてみないか」

歩いてすぐだと柿沢がすすめるので、正二はなんとなくついて行った。

柿沢の言った通り、それはすぐだったが、大きな邸宅の庭の一隅にそれだけぽつんと建てられたアトリエへ柿沢は正二を案内して、ここだと言った。稽古場というからには、もうちょっとちがったところを正二は想像していた。ここは美術学校に通っている学生の家で、その学生が舞台装置を担当するのだという。

そのアトリエには柿沢と同じような学生や女学生ふうの女たちが、がやがやと話し合っていた。役者のなんのと玄人《くろうと》めいた口を柿沢はきいていたが、これは素人の集りにすぎない。男女の自由な交際が、うるさい目で見られていた頃だから、芸術を口実に、若い男女がこうして集まって青春を楽しんでいるのだろう。そんなふうにも取れる、そしてそう解釈することが、闖入者の正二の気持を楽にし、更にその心を楽しませるこの場の雰囲気だった。

「さ、稽古をはじめよう」

画家のように髪をながくのばした、年かさの男が、髪を手でかきあげてそう言うと、

「柿沢君。その人、誰？」

正二のほうに顎を向けて、

「稽古のときは、座員以外の人は遠慮して貰いたいんだがね」

「この永森君は僕の同級生で、劇団の演技部にはいらないかと僕が勧誘したんです。はいってもいいと言ってるんですよ」

勝手にきめて、正二をその男に紹介した。

「こちら、演出の有光さん」

正二は黙って軽く頭をさげた。無言のまま、柿沢の言葉を否定しなかったのは、もうすこしここにとどまっていたかったからだ。有光の言う「座員」のなかに、

（すげえモダン・ガールだ）

と正二の眼をひいた女性がいたのだ。思い切った断髪の、うしろをまるで男の子のように刈りあげている。大胆なその短いスカートからは、その頃のお行儀のいい女の子には見られないまっすぐな脚がすらりとのびている。

（これもズベ公かな）

と正二は澄江を思い出していたが、顔立ちはまるでちがうのだった。澄江はこの女性とくらべると、顔のまんなかにちょっと眼鼻が集まりすぎている。それともこの女性のほうが、眼と眼

の間など離れすぎているのかもしれないと正二はそうも思ったりした。それだけに舞台向きの派手な顔だった。

その派手さが正二の眼をひいたのだが、齢上のあの澄江を正二は好きではないように、この女性だって、これは自分と同い齢ぐらいだけど、別に好きだというわけではないのだと、そう自分に弁解した。大学生になった自分には、ひとりぐらい女の友だちがほしい。それには、こういう派手な女性が向いている。正二はそういうふうに見た。傲慢ではなく、現実的なのだった。

容貌だけでなく、性質も派手らしいこの女性を中心にして、稽古がはじめられた。台本の科白はひどくなまな翻訳調で、玄人にだってこなしにくい生硬さだったが、それがむしろ魅力なのだろう。芸術的とはこういうことかと、正二があっけに取られていると、

「はい、ストップ」

と有光が手をあげて、

「そこんところをもう一度。美弥子さんが、その、不可能よと言うところから、こ、い、がえし願いましょう」

いっぱしの演出家気取りの言葉から、正二はその女性が美弥子という名だと知らされた。

やがて柿沢が登場する場面になって、彼は扉をノックするしぐさをしたのち、あたふたと部屋に飛びこむ恰好をして、

「皆さん。私のこの突然の来訪が皆さんを驚かせるだろうことを知らないほど、私は……えーと」

息切れがしたみたいにここでつまって、柿沢は頭を掻いて、

「うまく言えないな。言いにくいな」

醜態を恥じる眼を、ちらと正二に向けた。正二は、こんな直訳的な科白では、言いにくいのは当り前だと柿沢に同情したが、

「もう一度、はじめから……。向うに戻って、扉をノックして」

と有光は容赦なく命令した。

こうした稽古が一時間ほどつづいて、正二をすっかり退屈させたとき、うまい工合に休憩ということになって、

「さ、ダンスの練習だ」

みなは口々に、いそいそとした声で言った。さっそく誰かがレコードをかけた。この芝居のなかにダンス・パーティの場面があって、そのための練習なのだった。

アトリエの板張りの床はダンスにはもってこいである。隅に片づけられたイーゼルの横に突っ立った正二は、こんな機会に自分もダンスを習いたいと思った。

「ダンスだけをやる役なら、やってもいいね」

と正二は柿沢に言った。一、二、三、二、二、三とみながワルツのステップを習っているなかで、美弥子が相手役の男といかにも優美に踊っているのを、正二は小癪なおもいで見ながら、

「科白のある役はごめんだよ。覚えるの、面倒臭いから……」

そう言ったとき、ひらりとターンして近づいた美弥子の耳に、それが聞えたらしく、わざわざ振り返って、軽蔑したような眼ざしを美弥子は正二に投げた。

「あの人、普蓮土《フレンド》を今年出たんだ」

遠ざかって行く美弥子のことを柿沢はそう言った。フレンドとは三田の魚藍坂《ぎょらんざか》にある女学校の名だった。柿沢はそんなことを言っただけで、美弥子を正二に紹介しようとはしなかった。

「演出をやってる有光さんは、どういう人なんだい」

ほんとは美弥子についてもっと詳しく正二は聞きたかったのだ。

「東大の仏文の人だ」

「学生なのか」

「学校にはほとんど出てないようだね。中退かもしれないね」

この素人劇団の公演は、帝国ホテルの演芸場を借りて行われた。小屋代さえ出せば誰でも借りられるので公演の場所だけは堂々としていた。一晩だけの公演である。原作はフランスの新進劇作家だが、翻訳が下手な上に演技も下手と来ているので、まるで学芸会のお芝居だった。

正二は端役に出演した。

ダンスを習うだけのつもりで仲間に加わったのだが、加わってみると、新劇の真似事みたいなことでも、そこにはそれなりの楽しさがあった。最初、アトリエへ行ったときは、なんだ、これはと馬鹿にしていた正二も、こうしてその空気にとけこむと、すっかり面白くなって、切符の売り捌きにも奔走した。友人知人に切符を売りつけて廻り、玉枝の店へ宣伝用のポスターを貼りに行ったりした。

そうしてこのホテルでの公演だが、お金を取って人々に見せるというような代物ではなかったにしろ、見物人は無理に切符を買わせた知り合いばかりだから気は楽であり、むしろなれ合いの余興のような親密な喜びに出演者たちはいずれも胸をわくわくさせていた。

舞台は、ともかく玄人も出る晴れやかなところだから、たとえ端役でも正二にははじめて脚光を浴びる昂奮があり、その息苦しい昂奮は不思議な陶酔と結びついていた。ダンスだけの仕出し役をと正二は言っていたのだが、やはり科白のすこしばかりある端役をやらされた。端役なので、なりてがなく、いつまでも空いていたそれを、科白のすくないほうが助かると引き受けた正二は、端役だからとて投げないで勤めたのである。

公演後一週間ほどして、三田通りの喫茶店の二階で、劇団の集りがあった。その夜、正二は正二にすっかり甘くなっている母の妙子にせびって作って貰った背広を着て行った。

舞台装置を担当した美術学校の学生が、経営部も兼ねていて、その夜の席上で会計報告をした。自分のアトリエを無償で稽古場に提供していたその学生は、彼の画家志望を許すほどいわゆる理解のある親からあらかじめ金をひき出したらしく、前払いの小屋代などを自分が負担していた。

ずさんな会計報告ながら、かなりの借金のできたことを彼はみなに告げた。有光の言う座員の主だったものが劇団の同人ということになっていて、それが借金の責任を負うのだった。公演の費用は同人の積み立て金のほかに、切符の売り上げでまかなう予定になっていた。それぞれ責任額がきめられてあったが、その売れ行きが香ばしくなかったのだ。切符は出ていても金の回収がつかないというのもあった。

みなは暗鬱な顔をして押し黙っていた。ひとり頭、いくらになるだろうと胸算用をしているのだろう。今までの楽しさ、陶酔も、これでいっぺんにさめはててしまったような顔だった。臨時加入の手伝いみたいな形で端役をやった正二は、同人ではなかったから、借金に対しても責任はなかったのだが、

「僕も、すこし、負担しましょう」

と申し出た。黙視にたえないというより、こういう場合のこういう言葉が正二には快いのだった。

このとき、赤いネクタイをした同人のひとりが、すっと立ち上って、

「その財政の問題とは別箇のことだが、しかし、関連のある問題を、ちょっと……」

と翻訳調がまだ抜けないような言葉遣いで、

「われわれとしては、そんな経済的犠牲を払ってまで芝居をするくらいなら、社会的に意義のある芝居をやるべきだと思うんです」

左翼だなと正二は思った。

「今度のような芸術至上主義的な芝居は無意味な自己満足にすぎないと思うんです」

有光は眉間に八の字を寄せていた。

「楽しい芝居じゃ、つまらないと言うの？」

と美弥子が、からかうみたいなことをまじめに言った。

「ちょっと問題がちがうな」

と赤ネクタイは軽蔑的に言ったが、ちょっと不正確な言葉だった。

「自分でやって楽しくない芝居なんて、つまんない」

「美弥子さんは主役だから、今度のような芝居だって、楽しいだろうけど……」

「そんなこと、それこそ問題がちがうわ」

と美弥子は正確に言った。

正二の隣りに腰かけた柿沢が、

「兄さん、どうしてる？」

と小声で言った。兄の進一のことをこの柿沢は知っているのだ。

「大学はまあ、出たことは出たが」

「運動をやっているのか？」

「就職難だからね。兄貴に就職はむずかしいけど」

「えらいね。だんだん弾圧がひどくなるのに……」

どんな言葉も柿沢が言うと軽薄にひびいた。

「いやあ、兄貴の場合は、あれは秀才意識だよ。エリート意識だよ」

と正二は言った。席上では、劇団の内部で社会科学研究会をやろうという話が出ていた。賛否両論に分れて議論が沸騰したが、借金の問題をその沸騰で押し流そうとしている点では、みなの気持は一致しているようだった。

散会後、美弥子の提案で数人の者がダンス・ホールに行った。正二もそれに加わっていた。背広を着て来てよかったと正二は思った。ダンス・ホールは正二にとって初めてだった。広いホールの片側に、ダンサーたちが椅子に腰かけて並んでいた。和服のもいたが、ほとんどはスカートの短い洋装で、なかには背中までむき出しにしているのもいる。バンドの演奏が始まると、そうしたダンサーの前に、客の男がホールを横切って進み出て、これと思う相手にお辞儀をする。随分てれ臭いなと正二は見ていた。相手になって貰うダンサーたちが、自分よりみんな年上のように見えるのも、てれ臭さを増していた。

美弥子と踊りたいのだが、すでに有光とホールに出ている。正二に対して美弥子はまだ無視的な態度をつづけていた。

まごまごしてちゃ、みっともないと、正二がダンサーのほうへ足を進めようとしたとき、

「正二さん、どうしたの？　こんなところへ……」

思いがけない澄江だった。正二は侮辱を感じて、むっとした顔で、

「こんなところって、僕、もう大学だよ」

抗議のつもりでも、澄江の前だと、言葉つきまで子供っぽくなる。

「予科ではまだ大学生とは言えないわね」

澄江はせせら笑って、

「見物に来たの？」

「踊りに来たんだよ」

「いつの間にダンス覚えたの？」

「ダンスぐらい、覚えるさ」

「踊ってあげようか」

澄江は高飛車に出た。なにをと思ったが、正二は、

「いいんですか？」

連れの男に悪くないかと、した手の皮肉を言った。

「なに言ってんのよ」

ズベ公振りを発揮した口をきくと、澄江は正二の腕をつかんでホールに連れ出した。

「兄さんは？」

「大学を出た」

「それは分ってるわ」

「殿木さんと一緒じゃないんですか」

ぞんざいな口と丁寧な言葉とを正二はごちゃまぜにしていた。澄江は終始、ぞんざいな口調で、

「知らない、あんな人」

喧嘩したのかと正二が聞くと、

「あんな秀才は面白くないわ」

高文を通って内務省に入った殿木は秀才の典型だった。進一を思想運動に導いた殿木は、あっさり転身して、内務官僚の出世コースと言われる警察畑にはいっていた。

「それより、正二さんの兄さん、元気?」

「ええ」

あいまいな返事をすると、

「あたしね、正二さんの兄さんみたいな人、好きだったのよ」

と澄江は変な言い方をした。

「みたいな?……」

「ああいう、まじめな人」

「へーえ」

「ほんとよ。進一さんを、あたし、ほんとは好きだったのかもしれないわ」

「かもしれない？」

「好きだったんだわ」

うそばっかし……と正二は言いたかった。

「今でも好きだわ。でも、あんなこわいことをしてるんじゃ……」

「僕はね、殿木さんが大学を出たら、澄江さんと結婚するんだとばかり思ってた」

澄江はふと、踊りの足をとめて、

「下手ねえ」

「ごめん」

「下手で駄目。もっと上手になってよ」

幸い曲が終って、二人は客席へ戻った。そばで見ると澄江はいくらか面窶れがしたようだと思ったが、離れると、前よりも逞しい潑剌さがあふれているとも見えた。

「じゃ、またね」

と澄江が去って行くと、美弥子がすぐ正二のそばに来て、

「永森さんは、なかなか隅におけないのね」

と言った。一緒にここへ来た座員のなかに、澄江の後輩に当る女性がいて、

「あの香取澄江さんは、学校で評判だった人よ」

とそばから追加的に言った。評判とはどういう意味かは正二に言わなかったが、美弥子にはそ

れを言ったようだ。その澄江と知り合いだということで、正二は急に美弥子から認められた自分をそこに見出した。認めさせたのだと正二は顔に微笑を浮べた。

その二

正二は意外なことを柿沢から聞いた。兄の進一が劇団の研究会の講師(柿沢はテューターと言った。)に選ばれたというのだ。有光が左翼の友人と相談したところ、その人が進一を紹介してきたのだと柿沢は言って、有光がこんなふうに語っていたとも正二に言った。劇団の研究会などにはもったいない人なのだが、小遣いのたしにでもなればと思って頼んだら、快く承諾して貰えたと、有光はそう言って喜んでいたという。兄の進一を褒めることは弟の正二にとっても快いことにちがいないと思っているような柿沢の表情だったが、正二は苦笑とも取れる笑いを浮べたまま黙っていた。

「有光さんもやっぱり、この時代のインテリとして、彼なりに動揺してるんだね。シンパ程度の意識はあるんだね」

と柿沢は言った。正二はその柿沢に、君はどうなんだと言った。

「君の兄さんが来てくれるんだから、研究会には出るよ。君は?」

「どうしようかな」

正二はその研究会には出なかった。兄がもしテューターでなかったら、出てたかもしれないと正二は思った。

左翼嫌いというのではなかったが、正二は兄とはちがう自分でありたいと考えていた。兄が嫌いというのではなかったが、兄とは別の人間になりたいと考えていた。正二はもう兄の下風《かふう》に立つことがいやなのだった。兄がもし左翼でなかったら、自分がきっと左翼になっていたろうと正二は自分に言うのだったが、そうした考え方をする正二はすでに兄とは全く別の人間なのだった。

兄は正二が研究会に出なかったことについて、何も言わなかった。正二が劇団に関係していたことを兄は知っているはずなのだが、その研究会のことについても一言もしない。そうした兄なので正二も、ダンス・ホールで澄江から聞いたことを兄に言いたいと思いながら、言いそびれていた。それは、兄を澄江が愛しているというあの言葉がでたらめかもしれないと思うためらいだけのことではなかった。正二の眼からすると、兄の進一はあらゆる享楽を悪とする禁欲的な修道僧のようだった。その顔も蒼白く、神経的な過労のせいか、とげとげした形相になっていた。暗いところで会うとまるで幽鬼《ゆうき》みたいに見える痩せ細った身体に、きたない背広をつけて、いつも猫背のような前こごみの姿勢だった。その背広の肩さきに点々とフケが浮いているのは、不潔感よりもむしろ一種の安心感、生きた肉体を感じる安堵を、見た眼に与えるのだった。

　進一は左翼系のある労働調査所にはいって、月刊の機関紙の編集をしていた。そこでは重要産業の労働条件、労働争議、労働運動等の調査をしていて、その調査報告を毎月の機関紙で発表するのだが、進一は単なるその編集だけでなく、資料の蒐集や資料に基く報告原稿の執筆もした。機関紙発行は啓蒙宣伝の役割をしていたのである。合法的なこの出版活動を強力にするために、所員には共産党のフラクが送りこまれていると進一は見ていた。

　機関紙はひんぴんとして発禁処分を受け、内幸町の粗末な木造ビルにあるその事務所には毎日のように特高刑事が来ていた。絶えずガサも食っていた。調査所の資料として大切な共産党機関紙の「赤旗」はもとより、全協[2]系の組合の機関紙を、押収《おうしゅう》から守ることも進一たちの仕事になっていた。調査所の活動はひとつの闘争なのだった。

　進一はしかし、一応は合法的な調査所勤務なので、家へは就職のように言っていたが、家で考えている就職というのとはおよそ遠いものだった。母の妙子の考えていた就職とは、帝大を出た息子が輝かしい官途につくことだった。殿木のような内務省入りをすることが妙子の夢だった。大学だけは出てくれたものの、危険な思想を依然として捨てずに、月給もロクに出ないケチなところへ勤めているのでは、就職でもなんでもない。こんなくらいなら、いっそ兵隊にでも取られてたほうがよかったと妙子はなげいた。徴兵検査の延期願いを出していた進一は、卒業間際に検査を受けたが、丙種で兵役を免れた。

「先き様《さま》で敬遠したんだろう」

と父の辰吉は言った。進一の思想傾向を知って、軍隊の赤化を企てられるよりはと、むしろ入隊を拒否したのだろうというのだ。

「困ったもんですね。どうしたら、いいんでしょうね」

進一にはとうにサジを投げている妙子とはいえ、やはり愚痴《ぐち》が出て、

「あんたの放任が大体いけないんですよ」

と辰吉に当るのだった。

「子供のときから、あれはわたしの言うことなど聞く子じゃなかった」

と辰吉は突っ放して、

「正二がまじめなので、ま、助かるよ」


正二は美弥子に会って、彼女もまた研究会に出てないと聞くと、自分自身出てないくせに、美弥子に対する奇妙な軽蔑を覚えた。

「マルクス・ボーイにエンゲルス・ガールなんて、もう、はやらないわ」

と美弥子は言った。それがまた正二の軽蔑を強めた。

だが、その軽蔑が正二を逆に美弥子に近づけさせた。一緒に喫茶店にはいると、正二はいちはやく美弥子のための椅子をひいて、どうぞとすすめた。翻訳劇の延長のような気障っぽさで

それをやったが、わざと気障っぽくやってのけることが正二には愉快だった。

美弥子は鷹揚《おうよう》にうけて、つんと顎をあげたまま椅子についた。正二の気障っぽさは美弥子をも喜ばせた。

ボーイが註文を聞きに来ると、

「ボクは……」

と美弥子は男の子のように言って、

「レモン・ティにアップル・パイ。永森さんは?」

「僕もおんなじ」

「個性がないのね」

「そいじゃ、コーヒーにベイクド・アップル。これならいい?」

「素直すぎるわ」

と美弥子は言って、見せびらかすように足を組んだ。自分の足は美しいと美弥子は自慢なのだった。

顔の美しさより足の美しさのほうが重要なのだという新しい見方が流行し出した頃である。女の魅力を足の美しさに見るという新しい流行がモダン・ガールの美弥子に、自分の足は美しいと思いこませたのだ。正二は美弥子が自分で思い込んでいるほどその足を美しいとは思わなかったが、

「全くステキだな」

と見えすいたお世辞を言った。こういうわざとらしさ、気障っぽさが正二の気に入っていたのは、青年への成長を自分でそこに感じられる喜びのためだった。女の気に入るようなお世辞を言うこと自体が正二の気に入っていたのではなくて、気障っぽくお世辞を言えることのうちに、自分の成長をたしかめられる、その確認が正二を喜ばせたのである。

「ほかの人みたいに、足が曲ってないのは、子供のときから、あたし、洋間で育ったからなのよ」

美弥子は誇らかに言った。

「たたみに坐ってる日本人って、みんな足が曲ってて、いやねえ。曲った足ほど、醜いものはないわね」

美弥子の父は、第一次大戦後に急激にふえた町工場の経営者で、小型のいわゆる「成金」なのだ。昔は木賃宿の居並んでいた麻布の川岸に建てられたその工場は震災を免れて、いよいよ膨脹した。その工場の隣りに事務所兼用のすまいがあって、美弥子の言う洋間とは、そういう意味のものだった。

荒くれ男のなかで育った美弥子なのである。言いかえると、子供のときから美弥子を男のなかで育てた家庭だから、男性との自由な交際を美弥子に許しているのも不思議ではない。

その美弥子は、「銀ブラ」というといつも大概、二三人の青年をお供のように従えていた。劇団関係の男だけでなく、ときにその取り巻きは私立大学のラグビー選手だったり、ダンス教習所のにやけた助教師だったりする。そうかと思うと、麻布の小さな喫茶店でとぐろをまいている自称文学青年の、えたいの知れない男たちを銀座へ連れ出したりする。

男たちに囲まれていることが、美弥子は好きなのだ。そしてそのなかで小さな女王のように振舞うことが、ことのほか好きなのだ。

「映画から勧誘が来たんだけど」

と美弥子は取り巻きを前にして、こんなことを言う。

「映画女優だなんて、冗談じゃないって、ことわったわ」

こうした言葉を楽しめるのも、取り巻きがいるためだ。

「映画をそう軽蔑しなくたっていいでしょう」

と正二は、取り巻きと一緒のときは丁寧な語調だった。美弥子の言葉には半信半疑だったが、そう言うと、

「ミーちゃんハーちゃん相手の映画なんて、いやだわ」

西洋映画とちがって日本映画は程度が低いから駄目だと言う美弥子は、みずから新劇女優をもって任じていたからだが、その劇団は借金が片づかないので、次の公演のめどがつかなかった。

社会科学研究会だけは熱心につづけられていた。そのことを正二は柿沢から聞いた。そのとき柿沢は、

「君の兄さんは大したもんだな」

と言った。会を重ねるにつれて、テューターとしての進一がマルクス主義をいかに深く研究しているかを知らされて、柿沢はいよいよ敬意を強めたというのだ。

「でもねえ」

と正二は血色のいい頬に皮肉な笑いを浮べて、

「兄貴はもとよく、理論と実践の統一、理論の実践的把握ということを言ってたもんだが、いまの兄貴は実践がお留守になってる。兄貴にしてみれば、本格的勉強がもっと大切だ、理論的武装がたりないというところなんだろうが……」

柿沢はびっくりした顔だった。正二の口からこんな左翼用語が出てこようとは夢にも思わなかったと驚いたらしいが、その驚きは柿沢に話題を急に変えさせて、

「君はこの頃、美弥子さんとひどくつきあってるんだって？」

と妙な言い方をして、

「ああいう女が君は好きなのかね。僕は嫌いだな。君があんな女を好きになるなんて……」

「別にそう、君の言うほどそんなに好きじゃないがね」

と正二は言った。照れての逃げ言葉ではなかった。

「好きじゃない？　好きでもないのに、つきあってるのか」

「好きでないほうが、つきあいやすいんじゃないかね」

正二は何もひねった言い方をしているのではなかった。兄については揶揄《やゆ》的な言辞を弄した

正二も、自分については素直に言っているつもりだったが、柿沢は詭弁と取ったようで、

「もっと正直に言えよ。好きでもないのにつきあうなんて、そんなことありえないじゃないか」

「ありえない？」

正二はむっとした。自分がさも出たらめを言っているかのように取られたと、それが気にさわっただけでなく、自分という人間そのものを否定されたかのような怒りを覚えさせられたのだ。何もそんなにむきになる必要のないことで正二は怒っていたが、その怒りは、正二の性格というものを出していた。すぐむきになるということではなく、逆に、むきになることの嫌いな正二なのである。何事にかけても、むきになることのできない正二だから、むきになる必要のないことでかえって怒っているのである。

「ありえないと言ったのは、ちょっとそんなこと考えられないという意味だよ」

と柿沢が言い直した。

「だって、そうなんだよ」

正二は制帽のつばを裏側から人差し指で突きあげて、

「事実、僕はあの美弥子さんをそう好きじゃないけど、だから気が楽なんだろうな。好きじゃないからかえってつきあえるんだ。分らんかな、それが」

「それじゃ、一体、なんのためにつきあってるんだ」

「なんのためって……」

正二はそう理詰めに問われると、自分でも分らない。

「なんか目的がなくちゃ、いけないのかい」

「いけないというわけじゃないが」

「一緒に遊んでると、なんとなく面白いんだ」

「遊ぶって、ただ銀ブラなんかして、一緒にお茶を飲んだりして、遊ぶだけかい？」

「その雰囲気が楽しいんだ。それだけだよ」

「楽しいかねえ」

柿沢は軽蔑するように言って、

「僕なんか、あんな女と一緒に遊んだって、ちっとも楽しかないね。あんな軽薄なの、いやだね」

「軽薄？」

正二はそう思わなかった。美弥子なりに青春を楽しんでいるのだと見ていた。それを軽薄と見ることは、自分をも軽薄と見ることになるので、柿沢の言葉に反対したのか。

「性格を言ってんだ」

その柿沢はノートや教科書を布製のベルトでからげて、そのベルトのはじを持って、ぶらぶらとぶらさげていたが、ひょいとそれを持ちあげて小脇にかかえて、

「ああいう軽薄な女が嫌いなのは、自分が軽薄なせいかな」

今度は正二がびっくりした。自分で自分の軽薄な性格を柿沢は知ってるのか。

軽薄な柿沢を正二はあまり好きでなかった。それは軽薄な性格を正二が好まないということなのだが、相手が男の場合、そうなのか。女の軽薄は許しているのだろうか。

「君があぁいう軽薄な女とつきあえるのは、君が軽薄じゃないからかな」

柿沢はそうからかってから、ふと語調を変えて、

「君も性格的には君の兄さんと同じなんだな」

「いや、ちがうよ」

と正二は言った。兄とはちがう自分でありたいと正二は思っていたし、事実ちがうのだと思っている。そのちがいが美弥子とのつきあいを正二に楽しませているのだろうか。

美弥子がいつも自分の周囲にまるで家来みたいに従えているその取り巻きのなかで、一番年の若い正二は、いつの間にか、美弥子の一番お気に入りの家来になっていた。正二もまた忠実な家来らしく振舞っていたが、それが正二には楽しいのだった。楽しいのは自分が軽薄だからか。気障っぽく振舞うのが面白く、それが美弥子を喜ばせるのも面白い。これは軽薄とはちがうものだと正二は思った。

兄の進一のことを柿沢は軽薄でないと見ている。軽薄でないどころか、深刻だと見ている。だが、そう見ることには疑問があると正二は考えていた。

赤羽橋を渡って、二人は芝公園にはいった。池の蓮は、その葉のさきがもうすがれていた。

「有光さんなんかも、あの美弥子が好きらしいんだが、どういうのかなあ」

柿沢はひとりごとのように言うと、突然、

「君はまだ童貞だね」

軽蔑の語調でなく正二に言った。

「うん」

正二はあっさりうなずいた。軽蔑されたとは正二も感じないし、自分の童貞を軽蔑すべきことだとも思わないが、柿沢の突然の質問はどういう意味だろうかと思った。童貞なので、美弥子のような女ともつきあえるのだという意味なのか。さして好きでもない女とつきあえるのは、童貞のせいだというのか。聞こうとすると、柿沢が、

「僕は童貞を吉原で捨ててきた」

「吉原？」

「いつでも案内するぜ。今度、一緒に行ってみようか」

「吉原なんか、いやだ」

と正二はきっぱり言った。

「玉の井のほうがいいか」

柿沢はそんなふうに取った。

「いやだよ。そんなとこ」

「素人のほうがいいか」

正二はこの柿沢を軽蔑した。だから黙っていた。すると柿沢が、

「素人をだましちゃ、罪だぜ」

珍しく美弥子と二人だけのときに、

「永森さんは香取澄江さんとこの頃、どうなの」

と正二は聞かれた。

「どうって、別に……」

あの澄江は自分の知り合いというより、自分の兄が関心を持っていた女性だということを正二は黙っていた。

「永森さんは年上の女性にもてるタイプかもしれないわね」

と美弥子は言った。

「どうして?」

「澄江さんって、相当なのね」

「美弥子さんは?」

言ってから、しまったと思ったが、美弥子はちらと正二を睨むような眼をして見せただけで、

「学校にいた頃から恋人があったのね」

「殿木という人だ」

「あら、そんな名じゃなかったわ」

正二のはす向いに腰かけた美弥子は、短いスカートから可愛い膝を出していた。わざと出しているようでもある。ともすると、それに眼が行きがちなのを正二は、美弥子に気づかれたらみっともないと、自分でおさえることはしなかった。むしろ美弥子に気づかれることを意識しながら逆に正二はそれに眼をやっていた。美弥子もそれを喜んでいるのだと正二は知っていた。

「人のことなど、どうでもいいわね」

美弥子は足を組んで、

「今日は有光さんから電話があって、一緒に遊ぼうって誘われたんだけど、ことわっちゃった」

「悪いな」

「ちょっと、うるさいのよ」

「うるさい？」

「有光さんは、あたしに気があんのよ」

美弥子は品のない言葉を使って、

「あたしのこと、好きなのよ」

「そうらしいな。柿沢君から聞いた」

「柿沢クンから？」

美弥子は顔をしかめて、

「あの人、おっちょこちょいで嫌い」

それを正二は、よけいなお喋りをするという意味かと思ったら、

「あんなおっちょこちょいのくせに、あたしのこと好きだなんて、生意気だわ」

「好きだと言ったの？」

「言っただけじゃなくて、あたしをだまして、変なホテルへ連れてこうとしたのよ。いやよとはねつけたら、それ以来、あたしのことを、あの人、なんだかんだって、悪口言って歩いてる」

「有光さんのことは、別に悪口じゃなかった」

「有光さんは、まじめにあたしと結婚したいらしい……」

正二に聞かすというより、美弥子はこうしたお喋りをひとりで楽んでいるふうで、

「でも、あんなルンペンじゃ駄目だわ。どこかへ、ちゃんと勤めたらと言っといたけど……」

「勤めたら、結婚してもいいと言ったの？」

「そう言って逃げたのよ。結婚は、ボク、おじいちゃんとするの」

無邪気な少年のように言って、

「結婚するんなら、相手はおじいちゃんがいい」

「おじいちゃんが好き？」

「お金持ちのおじいちゃんと結婚すんのよ」

「好き嫌いは別として……？」

「ボクは贅沢が好きなの」

「贅沢させてくれる人がいい？　だったらおじいちゃんとかぎらない……」

「でも、おじいちゃんのほうが親切よ。それに若い娘と結婚できれば、きっと感激して、わがままをさせてくれるわ」

本気で言っているのかどうか分らなかったが、正二はそれをたしかめようとはしなかった。

「だから、結婚してからも遊べるけど、結婚する前も、うんと遊ぶの」

ふーんと正二は感歎の声をあげて、

「随分新しい思想を持ってるんだな」

美弥子の言っていることは、アメリカ映画に出てくるフラッパーの科白そっくりだと思わないでもなかったが、正二はよけいなことは言わなかった。

その夜、円タクで美弥子を家へ送る途中、

「正二さんは、あたしを好きなんでしょう？」

クッションに頭をもたせて、ずりこけそうな恰好で美弥子は言った。

「うん」

「うんじゃ分らない。好きなら好きと言ったら？」

「好きだよ」

「もう一度」

美弥子は胸にさした花から無造作に花びらをむしって、唇にくわえた。正二は何かどきんとして、その唇に眼をひかれながら、

「好きだ」

怒ったように言うと、美弥子は唇の花びらを、ぷっとその正二の顔へ飛ばして、

「接吻してもいいわよ」

「……」

正二は運転手の後頭部を横目で睨んで、

「いきなりそう言われても……」

「感じが出ない？」

美弥子は運転手の存在など眼中にないみたいで、

「勇気が出ない？」

「勇気はあるけど」

「可愛いわね。無理しなくていいの」

正二を子供扱いして、

「じゃ、この次、いつでも……」

「お預けか」

「でも、接吻だけよ」

「もちろんさ。僕だって……」

「え？　なーに？」

「僕は、こう見えても、まじめなんだ」

「知ってるわよ」

美弥子はこくんとうなずいて、

「あたしだって、結婚前に、そんなこといやよ」

「急に、古い思想に戻っちゃった」

「そうじゃないわ。高く売らなくちゃならないもん」

えげつない言葉が正二の耳には、そうでなく聞えた。映画の真似ではない新しい言葉をここで初めて聞いたおもいだった。

その三

正二は美弥子とのつきあいに倦怠に似たものを感じた。

接吻はずっと「お預け」のままだった。そのための一種の倦怠なのではなかった。正二は接吻をもとめようとしなかったし、もとめようとも思わなかった。いつでも接吻できるとなると、接吻をもとめる気になれなかった。そこにつまり、倦怠に似たものがあった。それは、接吻がいつまでも「お預け」のために生じたものではなく、接吻を実行すれば除かれるというものでもなかった。接吻をしたいと思わないところに、原因があったのだ。

正二はしかし、美弥子との接吻を望んでいなかったということでもない。美弥子のほうからもとめてくることを望んでいたのだ。

そうして両方で、お互いに接吻をもとめさせようとしていたのだ。女の美弥子が正二のほうから接吻をもとめてくるのを待っていたのは当然だが、正二は美弥子がもとめるのを待っていた。最初にそれを言い出したのは、美弥子だからだと、正二は自分でそんな理窟をつけていたが、ほんとの理由はその奥に隠されていた。

いつか年が改まっていた。

正二は前のように、美弥子へのサービスにつとめることをしなくなった。そういう気持が失われていた。緊張が失われていたのである。

美弥子と遊ぶことが、だんだんつまらなくなった。どうしてか、自分でもよく分らなかった。それが分ったのは、ある日、香取澄江に会ったときだった。

澄江は正二をまじまじと見つめて、

「急に大人っぽくなったわね」

と年上ぶった口をきいた。その唇は以前とちがって、そんなに濃いルージュをつけていなかっ

た。そのせいか澄江の言葉も、もとのようなズベ公ぶりの発揮とはちがうようだと正二は聞きながら、

「そうですか」

年下らしい応答をしながら、

(何を……)

と思った。いつまでも子供扱いするないと思った。そう思うことがつまり、大人っぽくなったわけだ。

「正二さんたら、とても大人になった。変ったわ」

「澄江さんだって……」

「変った?」

正二は黙ってうなずいて、澄江の顔に眼をすえた。こんな正面切っての直視は、初めてだ。それが心に来て、正二は眼をそらしそうになった。そらしてはいけないと直視をつづけて、

「だんだん綺麗になってく。いよいよ綺麗になった……」

「お世辞がうまいわね」

澄江はおちゃらかして、

「お世辞までうまくなった……」

お世辞じゃないと正二は真顔で言って、

「やっぱり僕が大人になったせいかな。女性を見る眼ができたのかな」

効果をうかがうと、澄江は顔が喜びで綻びそうなのを抑えて、

「浜尾さんと仲良しなんですって？」

美弥子の姓を言った。お世辞に乗る自分ではないと暗に、におわせて、

「ちゃんと情報がはいってるのよ」

「情報か」

正二のほうにだって、この澄江と殿木に関する情報がはいっていた。澄江自身は殿木を嫌ったかのように言っていたが、事実は逆なのだ。処世上の見事な転身をやってのけた殿木は、澄江との火遊びからも身をひるがえして、逃げ去ったのである。

「僕だって、もう、女の友だちがいたって、いいでしょう」

昂然と正二が言うと、澄江は、

「面白い人らしいわね」

美弥子のことをそんなふうに言った。この澄江は美弥子のように、相手の悪口を言ったりしない。美弥子より年上の澄江は、逆手に出ているのかもしれない。

「一緒に遊んでて、とても面白い人なんだ」

はじめとちがったぞんざいな口をきいた。

「そう」

軽く受け流す澄江に、

「向うでは、僕なんか面白くないかもしれないが。ものたりないかもしれないが」

黙っている澄江に正二は、あたかも澄江から、どうして？　とふたたび聞かれたかのように、

「だって僕は——うまく言えないな。僕はこう見えても、女性にはおとなしいもの」

「そう見えるわ」

と澄江はすぐ言った。正二はがっかりしたが、

「そりゃ、澄江さんは僕を、もとから知ってるからな」

「正二さんもあたしのことは知ってるわね」

「澄江さんのことって、性格？」

「それだけじゃない」

「僕は自分に関係ないことは、あんまり興味がないんだ」

「正二さんは、そういう性格ね」

「兄貴とちがって？」

澄江は聞き流して、

「あたしのことも興味ない……？」

それ来たと、正二は思わずにやりとした。

「なにが、おかしいの」

「だって、澄江さんは僕を馬鹿にしといて、そんなことを言う」

「馬鹿になんか、しない」

「僕、ダンスがすこしはうまくなったけど」

「馬鹿にしたって、そのこと？」

「いくらかは、うまくなったけど」

「ホールに行きたいの？　そんなら、そうと言えばいいのに」

「言うと、笑われるかもしれないと思って」

「馬鹿ねえ」

と澄江は口をすべらして、

「馬鹿ねえは取り消し。正二さんて、いいとこ、あるわね」

おほめにあずかって、かたじけないと、正二はおどけたいところだったが、

「ここが、かんじん」

つい言葉にして、自分を抑えた。

「なーに？」

澄江に聞き咎められて、

「点をかせがなくちゃ……」

正二がごまかすと、

「浜尾さんを好きなの？　正二さんは」

「さ、どうかな」

「逃げなくたって、いいのよ」

「柿沢もそんなことを言った」

「だーれ？」

「僕の友達だ。僕のことを童貞だって軽蔑した男だ。ごめん、変なこと言って」

「下品ね」

澄江は顔をそむけた。その首筋のしわが正二の眼をひいた。年上をそこに正二は感じた。

「軽蔑されて、正二さん、どうしたの？」

さりげなく澄江は言ったが、興味を持った声だった。

「どうもしないさ。澄江さんも軽蔑する？」

「別に尊敬もしないわ」

巧みにいなしたが、

「大人っぽく見えるけど、正二さんて、そうなの」

言った途端に、その顔を赤くそめた。正二が、おや？　と眼を据えると、

「正二さん。爪がのびてるわよ」

いつの間に見ていたのだろう。

「ああ、そうだな」

正二は自分の爪に眼を落した。

学生服でのダンス・ホールの出入は禁じられていたので、日を改めて、正二は背広を着て、溜池のダンス・ホールへ澄江と行った。

「上手になったわね」

と澄江は正二を褒めた。ダンスを習いたての頃は誰でも、実際はまだ下手くそでも自分は大層上手になったと思うもので、澄江から正面切って褒められると逆にそのことを気づかせられたが、正二は照れないで黙っていた。

「正二さんにリードされてると、年下の人と思えない」

その澄江の手は冷たかった。

「美弥子さんはね、僕のことを、年上の女性に――ええと、なんと言ったかな」

「可愛がられる?」

「そう、可愛がられるタイプだって」

「まあ、いやらしい」

「美弥子さんが言ったんだよ」

暗いホールのなかで澄江を見ると、皮膚が爬虫類のように光っていた。手の冷たさからの連想もあろうか。美弥子にはない光りだった。美弥子は自分で言っていた通りやはりまだ処女なのかもしれないと思った。

「正二さんは、それでなんと言ったの？」

この澄江が果して男を知っている女かどうか、正二はその事実は知らない。男を知っている女だと、そう思っているだけだった。そこに別に、澄江の言葉で言えば、尊敬も軽蔑もない。しかし、そういう女の心を動かすことには興味があった。

「その、年上の女性って、澄江さんのことだぜ」

と正二は澄江の耳もとにささやいた。

「年上だなんて失礼ね」

「僕もそう美弥子さんに言った」

「あたしに失礼だと言ったの？」

「年上なんて感じじゃないって。これも澄江さんに失礼かな」

「いいわよ」

「美弥子さんのほうが、見たとこは、年上みたいだって」

「そんなこと言っちゃ、浜尾さんに失礼よ」

「たしかに失礼だった」

「ちょっと待って。今の話、おかしいわね」

バンドがちょうど一曲終ったところだった。二人はホールに立ったまま、次の演奏がはじまるのを待った。

「おかしいって、どこが」

正二は澄江の顔を見た。ちまちまっとした顔と、ひそかに正二は名づけていたが、それが今夜は寂しそうな顔に見えた。美弥子の派手な顔との対比からか。寂しいと見えるのは、ひきしまっているからだと正二は、寂しいと見ることを自分で拒んだ。

気の強さのせいで、顔までひきしまっている。正二はそう見ることを好んだ。気の強さで凝縮している顔だと正二は見た。そうした顔をあげて、澄江は言った。

「年上の女性に可愛がられるタイプだって、浜尾さんが言ったのね?」

「そうなんだ」

「その浜尾さんのことを、年上の女みたいだと正二さんは言ったの?」

「うん」

「それじゃ、正二さんがまるで、浜尾さんに可愛がってちょうだいと言ってるみたい」

「なるほど、そうだね」

「そのつもりだったの?」

バンドが演奏をはじめた。

「さ、踊ろう」

正二が手をさしのべると、

「正二さんのポマード、においが強すぎる」

と澄江は言った。

その澄江の手は暖くなっていた。

ここことはちがう、ほかのダンス・ホールへその後、二人で行ったときのことだが、二人の間にこんな会話が交わされた。

「弟が春休みに東京へ来たら、みんなで遊びましょう」

鎌倉へでも行ってみようと澄江は言った。

「みんなって、兄貴も誘って?」

「なーに、それ」

「それって、なにさ」

「進一さんをどうして誘わなくちゃ、いけないの」

「僕だって誘いたくないさ」

「正二さんは兄さんが嫌いなの?」

「兄貴が僕を嫌ってるんだ」

「正二さんは社会主義に関心ないの?」

「潤吉君も社会科学を勉強してんの?」

澄江の弟の潤吉は地方の高等学校にはいっていた。

「弟はレコードに凝ってるわ」

洋楽レコードに凝っているという。高等学校の寄宿寮から下宿に移ったのもそのためだが、たえずレコードをかけるのでその下宿先でもうるさがられているらしいと澄江は言った。

「澄江さんは何に凝ってるの」

「なんにも興味ないわ」

僕と同じだと正二は言った。ちがうわと澄江は直ちに否定して、

「女は、何かに興味を持って凝ったって、お嫁に行けば、生活が変って、中断されておしまいですもの」

暗い声ではないが、それだけ何かうつろな感じだった。暗さもひとつの充実である。

「正二さんは花札を今でもやってんの?」

「花札なんか、やんないよ」

「鎌倉で初めて会ったとき、そう言ってたけど」

つまんないこと覚えてると正二は笑いながら、殿木との破綻がやはり澄江にはかなりこたえているようだと思うのだった。

「女はね、たとえばその花札が好きでも、結婚した良人が花札なんか嫌いでトランプが好きだっ

たら、花札はもうやれないわ。これはたとえだけど、何かに凝っても、どうせお嫁に行く身体だから、なんにもならない」

絶望的というような強い語調ではなく、

「女なんて、つまんないわね」

男に生まれてくればよかったと澄江は言った。

「いやだねえ。寂しいこと言うね」

今日はひどく元気がないなと正二が眉をよせると、

「そんなことないわよ」

澄江は眉をあげてすぐ反撥してきたが、美弥子とホールへ行ったときに会ったあの頃の澄江から感じたような逞しい潑剌さは今はない。

だから自分なんかとこうしてつきあっているのだろうか。正二はちょっといやな気がした。

「正二さんは、お芝居のほう、どうした?」

「あの劇団は潰れちゃった。芝居が何も好きだったわけじゃない」

「浜尾さんは芝居が好きなんでしょう?」

さあねえと正二は言葉を濁して、

「美弥子さんは面白いことを言ってたな。あの若さで、おじいちゃんと結婚するんだって」

「正二さんとは、だから、結婚できないって言ったの?」

「いや、一般的に言って」

進一の口調が出てきたのに自分から苦笑して、

「原則的に、自分はそういう方針だって……」

「大方針ね」

と澄江は笑ったが、

「でも、えらいわね。はっきりと、そう割り切れる人って、えらいわ」

「夢がないのは、どうかと思うな」

「夢なんて、二十《はたち》前のことだわ」

「澄江さんも、夢のない人なの？」

夢を失った人という意味で言ったのだが、その正二が澄江から、

「正二さんだって、若いけど夢のない人よ」

と言われた。正二は自分を、夢を失った人とは思ってない。夢を失わされた覚えはない。

「軽蔑して言ってるんじゃないの。夢のない点は、あたしと同じ。あたしは夢を捨てちゃったほうだけど」

「夢のない人と夢を失った人とはちょっとちがうな。僕は夢のない人間か」

「正二さんて、そういう人よ」

「そうかねえ」

——これは正二にとって生涯忘れられない言葉になった。ふだんは忘れているのだが、何かのときに、ふと心によみがえって、

(夢のない人間か……)

澄江の言った通りだとその言葉がまざまざと思い出されるのだった。……

春休みになって、潤吉が東京へ帰ってきた。この香取姉弟と会う約束をした日の朝、正二は父から小遣いをせびろうと日本橋の店へ寄った。裏へ廻ろうとすると、

「坊ちゃん」

と源七に声をかけられた。店員たちが木函の荷造りをしている。源七はその監督をしていた。震災前は股引だった店員も、今はズボンをはいているが、源七は昔ながらの和服に前掛け姿だった。夏ものの出荷である。正二の幼い頃の記憶では、出荷というとまるで戦争のような騒ぎだったが、今は何か活気がない。これは永森商店だけのことではなく、総じて日本橋の問屋街は不景気で青息吐息なのだった。

「お父うさんは?」

「寄り合いへちょっとおいでになりました」

困ったなと正二は舌打ちをして、何の寄り合いかと聞くと、共和一新党の何かの会合らしいと源七は言って、

「旦那はあまり政治はお好きじゃありませんがね」

義理があってとつけ足した。この妙な名前の政党を、正二も新聞記事で読んで知っていた。二月頃出来たもので、もとは日本橋の問屋の旦那たちが集まって不況対策同盟というのを作って、政府に決議などをつきつけていたのだが、それでは大した効果がないというところから、中小商工業者の団結をはかる小政党を作ったのである。

「奥さんは——お母さまは奥にいらっしゃいますよ」

「午後のはずだったのに……」

もう母は来てるのか。母からはすでにせびったあとなので、父をねらったのだが、これでは逆だと正二はがっかりした。

「午後は、お不動さまへいらっしゃるそうで……」

そのため早目に見えたのだろうと源七は言って、

「進一坊ちゃんに、とんとお目にかかりませんが、お元気でしょうか」

「僕もあまり会わないんだ」

「ひぇ?」

と源七は横っ面をひっぱたかれたかのような声を出した。

「どこかへ下宿したんだよ」

「下宿? さよですか」

安堵と不満の入りまじった表情だった。進一が何も知らせてくれないことを源七は寂しがっているふうで、

「進一坊ちゃんにお目にかかりたいんですが」

「何か用があんの」

「いえ、用というわけじゃございませんが」

あわててそう言って、

「下宿はどちらで？」

「知らないよ」

にべもなく言ったが、源七はもう驚かないで、

「進一さんの下宿へいらしたことがないんですか」

「兄貴は下宿を言わないんだ」

「坊ちゃんにおっしゃらない？」

「うちにも言ってないんだ」

源七は黙ってうなだれた。そんな源七はひどく老けて、じじむさく見えた。

「ときどき、みんなの留守を見はからって、めしを食いに来てらあ」

毒づくみたいに正二が言うと、源七はきっと顔をあげた。正二の罵りをたしなめようとするようなその顔に、

「兄貴は源さんのことで憤慨してた」

「わたくしに怒ってらした?」

「そうじゃないんだ。お父うさんに怒ってたんだ。源さんを会社の重役にしない手はないって。当然、重役にすべき人だって」

「めっそうもない」

と源七は手を振った。永森商店は会社になったのである。専務取締役の肩書のついた母の妙子は、肩書だけで満足しないで、毎日のように日本橋の店に出張ってきて、店の仕事に嘴《くちばし》を入れていた。

「進一さんが家をお出になったのは、お父うさんとのそんな口論が何か……」

原因になっているのかと、源七は気がねした声で尋ねた。

「それはちがうんだよ。出て行ったのは、兄貴の勝手さ。勝手なことをしたいからさ」

「お母さまやお父うさんはおとめにならなかったんですか」

「とめたって、そんなことを聞く兄貴じゃない」

「なんで、家をお出になったんです」

「だからさ、勝手なことをしたいからさ」

「どなたか好きな方でもできたんでしょうか」

恋愛結婚でも反対されての家出かと源七は解したようだ。

「源さんはどんなことでも兄貴の味方だね」

と正二はひやかして、

「兄貴の気持としては自分勝手な行動じゃないんだ。被圧迫階級の解放に一身を犠牲にしてという気持なんだろうが」

源七は顔をしかめた。それを正二は、意味が分らないのだろうと取って、

「つまりね、源さん達のために、闘っているんだよ」

「ご冗談おっしゃっちゃ、いけません」

かかりあいを恐れるみたいな、しかしまた辱しめられた怒りとも取られるような源七の声だった。

そこへ、板裏草履をはいた若い男が、自転車で乗りつけて、正二に挨拶をすると、源七に、

「作田さんのところで同盟罷業がおっぱじまったそうですよ」

へーえ、あすこでねえと、源七は不思議がって、

「この頃は全くストライキばやりだな」

若い男が古風な同盟罷業という言葉を使い、じじむさい源七が逆にストライキと言うのを、正二は不思議に感じた。若い男は大島町にある永森商店の自家工場の事務員だった。

「作田さんのところの調子つけの職人が今日、うちの工場へ来ましてね。ストライキだから働いちゃいけないんだが、カマの調子が気になって、見に来ましたって」

「職人気質《かたぎ》だね」

ストライキをはじめたのは、メリヤス機械を作っている工場なのだった。永森商店とは密接な関係のある会社なのだった。

「この頃は、ほんとにストライキばやりですね」

「不景気だからだな」

ぼそっと源七は言った。

「不景気のときは、番頭さん、ストライキをやっちゃ、よけいまずいんじゃないですか。会社だって苦しいんだから、その首を締めるようなことをしちゃ、親子共倒れだ」

「親は食えても、子は食えないからだろうよ」

「そんなら、うちの工場《こうば》でもしもストライキがおっぱじまったら、番頭さんはストライキ組に荷担するんですか」

「そりゃ、話がちがう。このわたしには、主家に弓をひくことはできないさ」

「そりゃ、そうでしょうね」

と男は言って、源七をいよいよにがにがしい表情にさせて、

「作田さんのところは、たちのよくない赤がはいりこんで職工をたきつけてるらしいですよ」

源七はちらりと正二に不安な眼を向けた。

澄江に会うと、一緒のはずの潤吉の姿が見えなかった。急に用ができて来れなくなったのだと澄江は詫びたが、正二は別に潤吉に会いたいと思ってはいなかった。潤吉のいないほうが、むしろいいのだった。

「浅草へ行きましょうか」

山の手育ちの澄江のこの提案は正二には意外だった。

「レヴィウでも見ない？」

町工場の娘の美弥子などは、浅草を軽蔑することで上品振っていた。正二はそれを思い浮べながら、

「鎌倉は、いや？」

殿木との思い出のある鎌倉は、いやなのだろうか。

「いやだなんて、言わない」

「浅草は不良がいて、いやなんだ」

「喧嘩をふっかけられるから？　そんなことないわよ」

「でも、なんだか、こわいんだ」

こわい？　と意外そうに言う澄江に、

「約束は鎌倉なんだから、鎌倉へ行ってみようよ」

「そうしましょうか」

そうときまると、澄江はハイキングにでも行くみたいに、いそいそといろんな店に寄って、お菓子や食料を買いこんだ。二人の間で、あたしが払う、僕が払うと、楽しい争いがあった。

「鎌倉の別荘は、いきなり行っても、大丈夫なようになってるの。お食事の支度だってできるけど、すぐ食べられるものを持って行きましょう」

鍵が表通りの商店に預けてあって、いつでもその別荘が使えるように一週間に一遍ずつ、掃除をして貰っている。しめきっておくと畳が湿って駄目になるので、ときどき風を通さないといけないのよと澄江は言って、

「お蒲団も乾して貰って、いつでも泊れるようになってるの」

「三人だと、泊りがけで遊べたんだがな」

と正二は言った。

鎌倉へ行った二人は、しかし、別荘に寄らないで、そのまま浜に出た。夏は海水浴の人でごった返している浜も、うそのように静かで、これがもし日曜だったら、やはり春の遊覧客などが来ているのだろうが、ウィークデーの今日はひっそりとひとけがなく、すがすがしい気分だった。

澄江と初めてこの鎌倉で会って、ここで一緒に泳いだとき、正二は中学の二年生だった。澄江がひどく年上に見えたものだ。今のように澄江と対等でつきあえる日が来ようとは、その頃、夢にも思わなかった。

早熟の澄江は、少女時代に急速のテンポで成長して、少女時代で成長しきったかのようだった。

ませた少女の澄江を、正二はほんとは好きではなかったのだ。ひどいズベ公だ――と見ていた正二は、澄江をもともと好きではなかったのだ。その澄江とこうして、今、親しくしているのは、気持が変って、好きになったのか。

これはそう単純に、好き嫌いということで説明はできないようだった。美弥子の場合もそうだった。

美弥子と遊ぶことがつまらなくなったのは、一種の征服欲みたいなものを美弥子が刺戟しなくなったからだった。美弥子に対して忠実な家来みたいに振舞っていたのは、それが自分にとって楽しいと同時に、美弥子を楽しませることでその心を自分に傾けさせたいとしていたのだが、その結果、接吻してもいいわよとなると、もう正二は興味がなくなった。精神的なこの征服欲は、たあいない遊戯のようだが、正二はこの遊戯に打ちこんだ。打ちこむにたる刺戟があって、その刺戟は正二にとって肉体の享楽よりもっと刺戟的だった。そうした刺戟を美弥子は正二に与えなくなったのだ。

しかし、こういうことが分ったのは、澄江とつきあい出してからのことで、澄江は正二を刺戟するのだった。新たな刺戟だった。そこには何か一種の復讐欲みたいなものもあった。復讐欲と、どぎつくはっきりは言えない何かであるが、それは、秀才の兄からいつも劣等扱いされていたことが正二の心に知らずしらず植えつけた何かにちがいなかった。その劣等扱いに復讐したいとする何かが、兄そのものに対してではなく、女性に向けられているのだ。兄には頭があがらないため兄に向けることはできないので、女性に向けているというより、それはもう、そういうものとして、はじめから女性に対するそういう一種の征服欲として結晶していたのである。

海から吹きつけてくる風はまだ冷たかったが、砂地に腰をおろしていると、快い暖かさだった。

「久しぶりに花札でもやりたいな」

正二はガムをかんでいた。

「トランプなら別荘にあるけど」

澄江は手で砂をすくいながら、

「思い出したの？　あたしも今、あの時分のこと思い出してたの」

「トランプやろうか」

正二も砂をすくって、澄江の手の上にこぼしながら、

「あの時分のことって、澄江さんは何を思い出してたの」

「正二さんは何を……？」

「言うと怒るから……」

「言わないと怒る……」

澄江は正二の肩を乱暴にこづいた。

「水着姿の澄江さんを思い出してたんだ」

「覚えてんの?」

「そりゃ覚えてる」

渚に崩れる波の音が高く、声もおのずと高くなった。

「ませてたのね。子供だとばかり思ってたら……」

「子供の眼にすら、その美しさはくっきりと強い印象をきざみつけた……」

「新劇調ね」

澄江は顔にかかる髪を小指でかきあげて、

「あの時分は、あたしだって、まだ子供よ。美しさなんてウソよ」

「今が、ほんとの美しさ?」

「悪くなったわね、正二さんも」

澄江は正二を睨むようにした。その澄江の眼には、湖のような深い色があった。陽を浴びた眼前の海のような色ではなく、山に囲まれた湖を思わせる色だ。波立つ海を思わせるのでなく、静かに澄んだ湖の色だ。

正二の心はひるんだ。その心に哀愁が来そうで、それを正二は、美弥子とちがって手ごわいぞとまぎらせて、

「ずるいな、澄江さんは。何を思い出していたのか、自分は言わない」

「つまんないことなの」

風を避けて、正二から顔をそむけて、

「あたしって、あの時分、いい子だったなあって。美しい子だったというんじゃないのよ」

「自分のことを思い出してたの?」

「正二さんのことも思い出したりど——言わない。首を締められたって、これは言えない」

大きな波が寄せてきて、渚につく前にその波頭が白く崩れた。


トランプをやろうと二人は別荘へ行った。鍵を外して家へはいると、正二は雨戸をあける手伝いをした。

家のなかは、澄江の言った通り、綺麗になっていた。その家のなかを澄江は案内して廻って、

「お米だってあるのよ」

と台所まで正二を連れて行った。

「お湯をわかして、お紅茶飲みましょう」

「ポットやお茶碗なんかを、そいじゃ僕が座敷へ運ぼう」

座敷で二人は、東京から買ってきたレモンを入れて、紅茶を飲んだ。サンドウィッチやお菓子を楽しく食べた。ひどく遠いところへ来ている感じで、秘密の逃避行めいたおもいが正二の胸をひたした。ガラス戸の外は暗くなった。

やがて、会話がはずまなくなって、正二はごろりと横になった。

「東京へ帰るの、面倒臭いな。ここへ今夜は泊ろうかな」

「面倒臭いだなんて……」

「朝の海岸を歩きたいな。気持いいだろうな」

「トランプしましょう」

「うん」

面倒臭いなどと言っていた正二が、元気よく身体をおこした。

二人はトランプに熱中した。というより、熱中しているふりをしている。自分はそうだと正二は思った。澄江だって、トランプに自分を熱中させようとしているのだと正二は見た。その
澄江が札を切りながら、

「泊ってもいいわね」

瞬間の思いつきのように言って、

「朝の散歩がしたいわね」

「うん」

正二は生返事をした。

「二人でここへ泊りましょうか」

さりげなく澄江は言った。

「明日、東京へ帰るか」

と正二も、こともなげに言った。トランプはそのままつづけられたが、正二は急にトランプがつまらなくなった。

「澄江さんは僕の兄が好きだと言ってたけど」

「だから、正二さんも好きなのよ」

「だから……？」

「進一さんのかわりと言うわけじゃないわ」

「それは分ってるけど」

「進一さんのことは、好きだったという過去の話よ」

風が出てきて、ガラス戸が音を立てていた。

「二人で泊ると、どういうことになるかな」

「あたしのうちのほうは、心配しなくてもいいのよ」

「僕たちのことさ」

「何が心配なの」

「僕も澄江さんの言う通り、大人になったんだから……」

正二は言葉を探す間をおいて、

「女性の神秘にふれてみたいし……」

「大ゲサね」

「心配しないの？」

「そう深刻に考えることないわ」

「それだけ僕はまだ大人じゃない？」

「大人じゃないと思うんなら、ふれなきゃ、いいわ」

そうはいかないと正二は言って、

「首を締めようかな」

「おお、こわい。変態ね」

「首を締めたって言わないって、あれは、なーに？」

「ああ、あれ」

不敵な笑いを浮べて、

「あれはね。あたしも、いい子だったけど、正二さんもいい子だったと思ったのよ。言うと、うぬぼれるから……」

「ちがうな。そんなことじゃないな。ま、いいや」

正二はネクタイに手をやって、

「やっぱり、帰ろう」

「なに言ってんの」

「帰ったほうがいいや」

「そんなこと言わないで、面白いから泊りましょう」

「いやだ」

「どうして、いやなの？」

「僕の兄は澄江さんを好きだったんだ」

「だから、兄さんに悪い？」

兄の鼻をあかしてやってもいい。正二はそうも思ったが、

「僕、帰る」

澄江が自分の手のなかに落ちかかってきたとなると、急に興ざめのようなおもいに襲われていた。

「じゃ、帰りましょう」

澄江は正二の心を見抜いたかのように、あっさり言って、

「今度の日曜に、あたし、お見合いすんの」

唐突だったが、それだけ事実と思わせる澄江の言葉に、

「今度の日曜と言えば、明後日《あさって》だ」

正二はなんとなくうろたえて、

「澄江さんは恋愛結婚をするんだとばかり思ってた」

「うちは、お父さんが案外旧弊なのよ」

澄江の父はいろんな会社の重役をやっていた。殿木との恋愛が結婚という形で実を結ばなかったのも父のせいだと言わんばかりだったが、弁護士の息子の、そして前途有望の殿木との恋愛結婚なら、澄江の父も許したはずである。

「いい加減に結婚しなくちゃ、売れ残っちゃう」

「旧弊なこと言う」

「だって、そういうもんよ」

言葉としては、しょげた陰気なそれを、まるで正二を愚弄するみたいな語調で言って、

「今までは、あたし、ことわりつづけてきたけど、今度はおとなしく、結婚するかもしれない」

「それじゃ、泊れない」

「いいえ、だから、泊ろうかと思ったのよ。馬鹿ねえ。さ、帰りましょう」

香取澄江の結婚は間もなく事実となった。相手はまじめな会社員だと正二は聞いた。新婚夫婦のために、澄江の父が大森の自宅の近くに、小綺麗ないわゆる文化住宅を買い与えたということまで正二の耳にはいった。

同じ頃、柿沢から有光が化粧品会社の宣伝部で働いているという話を聞かされた。

「美弥子さんと結婚するために、節を屈して就職したらしい」

有光なんかに安売りをする美弥子ではないと正二は、口から出して言いはしなかったが、笑

いにそれを言わせて、

「節というと？」

「ぶらぶらしていたかったらしいが」

「妙な節操だな」

「そうも言えないさ。君の兄さんの影響で、大分左翼化してるんだ」

八月を正二は学校の男友だちと一緒に山登りなどをして過した。九月にはいって学校に通いはじめた頃、号外売りの鈴の音が高台の教室にまでひびいてきた。満洲事変の勃発を告げる号外だった。

その号外よりももっと正二を驚かすニュースがつづいてはいってきた。噂だけで真偽は分らなかったが、作田メリヤス機械のストライキを煽動した「たちのよくない赤」の一味に、兄の進一が加わっていたというのである。オルグとしての進一の姿を見かけた者があったが、「永森の旦那に悪いので」ずっと黙っていたというのである。

正二は兄の進一が今年のはじめ頃から調査所をやめて、非合法の組合運動に従事しているらしいということだけは知っていた。進一は最近、全く家に寄りつかなくなっていた。

その四

満洲事変につづいて、戦火は中国にまでひろがった。同じ頃、国内では井上前蔵相がピストルで射殺される血盟団事件があり、つづく五・一五事件では犬養首相を問答無用の一言のもとに射殺した青年将校が警視庁や政党本部などをも襲った。

新聞を手にすると、血なまぐさい風が顔に吹きつけてくる。かならずそんなニュースがのっている。そんな日々のなかで正二は、傷つきやすい若い魂を、なまぐさい出来事で別に動揺させることもなく、爽やかな顔できちんと大学に通っていた。父親似のずんぐりした肉体の頑健が、魂の弱さを忠実に保護しているかのようで、規則正しく学校の講義を聞きに行っていた。勉強や学問が特に好きだというのでもなければ、成績をよくしようという野心でもない。学生である以上、学生の生活をするのが当り前だという気持であり、授業料を払っている以上、欠席するのは損だという気持もいくらかはあった。

新劇に関係したことなどは、人に誘われて変った場所へ行ったぐらいの記憶しか残さず、それが病みつきでどうこうということは正二にはなかった。素人劇団とはいえ、それに一度は関係した身として、新劇の公演にはやはり心をひかれて見に行くということもない。職業的な新劇団はほとんど左翼化したせいもあろうか。正二は学生運動にも近よらなかった。そんなことしたって、つまんないじゃないか——言葉にすればそういう気持である。

五・一五事件の数日前に、正二と同じ大学の上級生が、大磯の坂田山で恋人と心中をした。正二には五・一五事件よりこのほうがずっと興味ある事件だった。と言って共感を寄せたのではない。「二人の恋は清かった」と、のちにレコードの歌にもなった、この純潔のままの死を、共感と反対に軽蔑したというのでもなかった。これも言葉にすれば、死んだって、しょうがないじゃないか、つまんないことをするというところである。死んだら、しょうがない、ともちがうし、死ぬなんて馬鹿だなともちがうのである。しかもこの事件は正二には興味があった。

その心中を讃美する声もあって、それを聞くと正二は、それに対しては、馬鹿だなと思う。正二の行きつけの撞球場《たまつきば》のゲーム取り(3)が、素敵ねえと感傷的な声を放ったときは、この女、馬鹿だなと思った。するとつづけて、その女が、流行歌で歌われるなんて、素敵だわと言うのを聞いて、正二はそれなら分ると頷いた。

正二は撞球がうまかった。学校の帰りに撞球場へ寄るのが、日課のようになっていた。習いはじめたと思うと、三十をつき、今では百をこしていた。球を睨みながら、キューのさきを青いチョークでこする正二の恰好は、ずんぐりした身体つきに似合わぬひどくいきなものに見えた。

そうした正二にゲーム取りの女が惚れて、誰の目にも惚れてるなと映るようになった。もてるねえと友人にひやかされた正二は、こんなのはもてるうちにはいらないといった表情をしていた。それが正二だと、いやみの色男気取りに見えないのだった。ゲーム取りには、あばずれの多かった頃で、簡単に男と浮気をするあばずれなどを相手にするのを、正二は好まないのだというふうに取られた。

女のほうから、逢曳《あいびき》の誘いをかけてきたが、正二は応じなかった。柿沢から吉原へ行こうと機度か誘われても応じなかったのと同じ拒否の態度だった。

美弥子のように何も自分を高く売ろうというような意識は、女とちがって男の正二にはなかったし、結婚前は純潔でありたいというのでもなかったが、すぐ手に入れられる女に手をつけるのは愚劣で不潔だといった顔をしていた。相手がいやしいゲーム取りだから不潔だというのともちがうようだった。

この正二には兄の進一とちがって、子供のときから、店の小僧たちなどにも親しまれる一種の気やすさがあって、大学生になってもその性質は失われていなかった。ゲーム取りの女にもてたのは、そのためもあるだろう。

この正二と反対に、進一にはなんとなく取っつきにくいものがあって、子供時分の進一を可愛がっていたのは源七だけで、あとの店員たちは秀才タイプの進一を煙ったがって、近よらなかった。それは進一のほうにも、インテリの庶民嫌い、理窟ではない神経的な民衆蔑視といったものがあったからだろうが、そうした進一が、民衆のための運動に挺身しているのは皮肉な運命だった。

正二は喫茶店の女給などからも親しまれ、もてていた。この場合は、どっちが誘うともなく一緒に映画を見に行ったりした。女はいそいそしていたが、正二はあんまり楽しそうでもなく、暗い映画館から明るい外へ出ると、日本のトーキーはまだ駄目だねえとか、あの女優はひどい大根だねえとか、かならず、そういったケチをつけるものだから、女はそれはそうにしても、そんなこと言われると、せっかくの楽しい気分がこわれちゃうと嘆くのだった。

正二はそうして無意識に予防線をしいて女にべたつかれることを防いでいたのかもしれない。女とは一緒に映画を見るだけで、それ以上の線は越さなかった。その節度が女をいよいよ正二に熱中させることになった。そうなると正二はうるさくなって、離れて行った。

やがて正二は麻雀に凝り出した。冷たい牌を弄ぶことに彼の情熱がそそがれた。

満洲国を日本が「正式承認」したという記事が新聞に大きく出た日、正二は柿沢から、美弥子と有光が結婚したという話を聞いた。

へーえと正二は言った。自分を高く売ると言っていた豪語はどうしたのだ。高く売りそこねて、有光と結婚したのか。

「彼女は処女だったそうだ」

見かけによらずと柿沢は言って、

「それが、有光さんと、つい――ついと言うより遂にか、遂に関係しちまって、こうなった以上は、やっぱり結婚しなくちゃいけない、そういうことらしいな」

「らしいなって、それは君の想像なのか」

正二が言うと、いや、有光さんから聞いた事実なのだと柿沢は言った。

正二は顔をしかめた。急に腹が立ってきた。

「馬鹿馬鹿しい」

と正二は言った。それを柿沢は、美弥子が古風な本質を暴露したのに正二が腹を立てたと取ったのか、こんなことを言った。

「女に対して、有光さんはうまいんだな。これは自分では言わないが」

「うまい？」

正二はせせら笑って、

「今までずいぶんながい間、有光さんも辛抱してたところから見ると、女をくどくのがうまいとは言えないな」

「いや、女を扱うのが、うまいんだろう。ベッドの上での女の扱いが、うまいんだよ」

正二は、はっと頰を打たれたような表情だった。

正二は次の日、兄の進一に会ったとき、あたかも真っさきに告げねばならぬことのように、

「有光さんが、劇団のもとの女優だった人と結婚した」

と言った。柿沢が正二の心のなかに投げこんで行ったいやなおもいを、こうして一気に吐き出してしまいたいとする語気だった。

兄には何の関係もない話だった。正二はそう思ったところが、進一は意外なうなずきをした。それは進一自身がその事実をすでに承知していることを示すうなずきだったから、正二にとっては一層意外だった。

美弥子さんは研究会には出てなかったから、兄さんは知らないはずだが――正二が言うと、

「有光君は、知ってるからね」

と兄は言って、

「お金、持って来てくれたかい？」

「うん」

前の晩、家へ電話がかかってきて、この兄から金を融通してくれと申しこまれた。すまんが、ぜひ頼むと懇願されて、正二はそこに、正二の心のなかに生きている兄とはちがうものを感じた。正二を軽蔑しているはずの兄が、それこそ「節を屈して」懇願している。

分った、いくらぐらいなのと言った正二は、一種の満足とともに、ある狼狽を覚えていた。鉄棒に足がかけられない兄を見たときのような狼狽である。自分はやはり、兄を愛しているのかもしれないという狼狽でもあるようだ。

――母からせびった金を、正二が渡すと、

「ありがとう」

兄は他人に向ってするようなお辞儀をして、

「正二は有光君のことを言ってたが、ほんとは澄江さんの結婚の話をしたかったんじゃないのかい」

皮肉の調子ではなく、しんみりとした声だったが、

「どうして？　澄江さんの話を、どうして僕が……？」

正二は怒ったように言った。有光のことを知っている兄は、澄江と自分のことも知っているのではないか。

「澄江さんの結婚は、ニュースとしては古いね」

そう言った兄は、鉄ぶちの眼鏡をかけていた。

「玉枝さんのところの澄子――は、いくつになったかな」

と正二は言った。

「もう小学校だろう。ずっと会ってないが、正二も行ってないのかい？」

「兄さん、何か食べようか。おなかが空いてんじゃない？」

「栄養を取らせて貰おうか」

兄はそんな言い方をした。

調査所勤めの頃は、蒼白い顔だった兄も、今は昼日中、出歩くことが多いせいか、黒く陽や

けしていた。痩せているのは相変らずだが、陽やけの黒さは、前のようなへなへなした脾弱さとはちがうものを正二に感じさせた。いつだったか、柿沢に言った言葉を使えば、「理論と実践の統一」が精神的にも、ある強さを兄に齎らしたのか。

この身体では鉄棒に足をかけられないのは、相変らずだろうが、自分にはできないことをしている。正二はそう思う。正二とちがって秀才だったというああしたちがいではない。正二にはできない、というより正二のしないこと、したいと思わないことをしている。正二がそう心の中で言ったりしたのも、兄に感じられる一種の強さが、ある圧迫として迫ってくるからだった。

学生の出入りするレストランへ行って、ポーク・カツを注文した。安いカツは、栄養がつけられるといった代物ではない。ハンバーグでも追加しようかと正二が言うと、兄は、いいねとうなずいて、

「食いだめの習慣がついた」

「ひとりで下宿してんの？」

「うん。まあね」

自分のことは語りたがらないための「まあね」だと、正二は取って、

「自炊《じすい》してんの？」

「どうして？」

「食いだめだなんて言うから」

「外に出てることが多いんだ」

素足にズックの運動靴をはいた女給が、カツの皿を運んできた。

「さ、ご馳走になるか」

と兄は言った。

かつてはあんなに見下していた弟から、素直に兄はご馳走になっている。正二はそうした兄を、まじまじとみつめるのだった。

食いだめ云々は、苦しい日常をまざまざと語っている。苦しいだけでなく、常に危険に身をさらしているのだ。こうした兄を見ると、以前みたいに、エリート意識というだけでは解釈がつかないのである。

これは、どういうんだろう。思想がこんなに強い力を生身の人間に持ちうるとは、正二には考えられないことだった。観念が人間をこのように支配する力を持っていようとは、正二には想像もできないことだった。

ほんとに革命を信じているのだろうか。今の世の中を、自分たちの手で変革できると実際に思っているのだろうか。

「正二は食べないのか」

「うん。食べる」

ひょっとすると、一種の意地じゃないだろうかと、そうも正二は思う。学生時分にすでに「危険人物」の烙印を押されて、まともな就職もできない身だから、意地になっているのかもしれない。これが正二には一番納得のいく見方だったが、かえってそれだけに、そんなふうに取りたくもないと思うのだった。

ハンバーグの皿を女が持ってきた。女の素足には、蚊にさされた跡が赤く点々と目立っていた。正二はそれをみて、なんとなく吹き出した。

「なんだい」

と兄が顔をあげた。

「いや……」

見なれない鉄ぶちの眼鏡をした兄に、正二は言った。

「それはカモフラージかい」

兄は黙って、せっせと皿のものをぱくついていた。その鼻の頭に汗を出している。

「戦争はだんだんひどくなるのかな」

「え？」

と言っただけで、兄は口をつぐんだ。正二に何か言ってもはじまらぬとしている無言のようでもある。

「僕も大学を出ると、兵隊か。戦争行きか」

明るい声で正二は言った。

兄がいぶかしげに、

「兵隊に取られるの、いやじゃないのか」

「いやだって、しょうがない。取られるものはしょうがない」

「正二は体格がいいから、取られそうだな」

「取られたら、戦争行きだね」

「戦争行きは、いやだろう」

「いいや、そうでもないさ」

正二は、けろりとした顔で、

「古参兵なんかに兵営でこづかれてるよりは、戦争に行ったほうが、いいよ」

「そういうもんかなあ」

「行ったほうが面白い」

「弾丸《たま》に当らないように気をつけなよ」

兄も投げたように笑い出した。

その兄は、キャベツのひとすじも残さず、二皿のものを綺麗さっぱりと、メシ皿はもちろん米の一粒もあまさずに食べ終ると、ポケットからバットの箱を出した。そのひとつの箱を、何日も持ち歩いているかのような、紙のめくれた、いたんだ箱だった。その箱から、まるで貴重品を扱うみたいな手つきで一本抜くと、兄はこれも慎重な感じでそのバットにマッチで火をつけた。そしていかにもうまそうに胸深く吸うと、ふーっと大きく吐息をついて、白い煙をはき出した。

正二は何か不思議なものを眼にした顔で、それを見ていたが、やがて兄がその煙草を、もうそれ以上は吸えないという短かさで、唇をとがらせて吸っているのを見て、正二もふーっと溜息をついた。

「便所へ行ってくる」

と兄は立った。紙のあるなしをたしかめようとする手を、ズボンのうしろのポケットに突っこんでいたが、素手のままポケットから出すと、テーブルのはじに置いた大型の雑誌にその手をやった。兄の持っていた雑誌である。その広告の頁を二三枚、バリバリと破って、無造作にポケットに入れた。

兄貴もすっかり変ったな――と正二は兄の後姿を見送っていた。

巧みな転身をした殿木のことを正二は思い出した。殿木のような真似のできない兄に要領の悪さを考えるのだが、今の正二はそのことで兄を憐んだり軽蔑したりする気にはなれないのだった。ちがう世界の人間を見る眼で兄を見ている。

このとき、ふと、有光と美弥子の結婚が正二には何か当然のことのように思えてきた。その話を聞いた当座はひどく腹が立ったものだが、やはり当然の成り行きのような気がしてきた。天気が続きすぎると思ったら、やっぱり雨になったというような当然さがそこ感じられた。

正二は兄が落し紙の代用に頁を破って行ったその雑誌に、そっと手をのばした。汚いものにさわるような手つきで、頁をぱらぱらと繰った。有名な経済雑誌の増刊号で、いろいろな会社の事業内容が詳しく紹介してある。投資家相手のその記事のなかには、株式相場による利殖法という見出しのものなどもあった。

「兄さんは相場かなんか、やってるのかい」

戻ってきた兄に正二は言った。

「これか」

兄はくるくると雑誌を丸めて、

「ちょっと知り合いから借りてきたんだ」

「株の研究もするのかい」

「会社の研究だよ」

二人は田町駅へ向けて歩いて行った。

「多喜子が、お兄ちゃんはどうして、家へ帰ってこないんだろうと悲しがってる」

と正二は言った。

そうした話が兄の心に微妙な作用をしたのか、兄は正二に、かつてない親しみを見せて、突然、自分の口から意外な告白をしはじめた。本郷のカフェーの女給とのできごとである。

「兄さんはピューリタンだとばかり思ってたら、そんなことがあったのか」

「もうずいぶん、前の話だ」

「学生時分のことじゃ、ずいぶん前だ」

そんな話を兄がし出したのは、その女のことが忘れられないで何かと言うと思い出されるからだろうか。その女の記憶を拭い去ってくれるほかの女が兄にはいないのだろう。

「今、どうしてるんだろう」

「知らないよ」

兄は告白を悔いたかのような声で、そう言って、腕時計をのぞきながら、

「俺はその女にだまされたんだ」

「兄さんはその女に童貞を奪われたわけか」

露悪的なその口調からすると、女をもう何人も知っているみたいだったが、この正二は童貞なのである。

「でも、もしかすると、その女は兄さんをほんとは愛していたのかもしれないな。いや、きっとそうだ」

「なにを言ってる。ほかにも男がいたんだ」

「ほかの男と、兄さんは自分を同じように見るのか」

「なんだって?」

「ほかに、いくら男がいたって、ほんとに愛していたのは、兄さんだけだったかもしれない」

「そう思えというのか。そう思うほうが、気持はいいがね。現実とはちがう夢を描いたほうが……」

「僕は夢のない人間だと言われたんだがね」

正二は低く言って、

「その女はきっと兄さんが好きだったんだ。そうとしか思えない。しかしいくら兄さんが好きでも、結婚はできない……そう思って、せめて一夜の……」

「正二はまるで酸《す》いも甘いも噛みわけた大人みたいなことを言うじゃないか。夢のない人間だと言ったのは誰だい」

「澄江さんだ」

「澄江さんが、そんなことを、正二に……?」

「美弥子さんの結婚を、僕は柿沢から聞いたんだが、兄さんも……?」

「有光君は俺の個人的なシンパなんだ」

「兄さんは、有光さんとはちがうんだな」

暗い声で正二は独語のように言った。

「ちがう? 何が」

「いや、なんでもないんだ」

正二は兄の進一から顔をそむけて、

「お父うさんは、この頃、芸者を囲ってる」

銀座に行くという正二と田町駅で進一は別れた。正二とは反対の方向の電車に乗って、釣革に手をかけた進一は、

(あの女は俺を愛していた?)

正二から言われたことを反芻していたが、やがて、あの正二が進一の心に残して行った何やら不可解な印象を、あれはどういうんだろうと考えはじめた。不気味なものに触れたおもいさえして、そのおもいが次第に強まって来た。

あの弟はどういうのだろう、若いくせに分別くさい顔をしている。その俗物性が自分にはいやだったのだろうか。それだけなら不気味というような感じはないはずだ。

カフェーのあの女は進一を愛していたのだと、青年らしい夢想を正二は口にしたが、正二自身は明らかにそうした夢想を信じてない。そうとしか思えない正二であるところに不可解さがあるのだ。

正二は見るからに健康そうな肉体をしているが、その内部にはなんとなく不健康な精神がすんでいるようだった。頽廃とは別の不健康のようで、それが今日の頽廃かもしれないとも思われるが、精神だけのそれではないようだ。草花を愛していた子供の頃の正二の、あのみずみず

しい草花のようなところが失われている。

自分自身はどうなのだろうと進一は思う。頽廃とは無縁だと思うけれど、正二に今日の頽廃を見るならば、自分のうちには今日の異常を見ねばならない。すくなくとも進一の生活は正常ではない。異常を強いられている。強いられてという意識でなく、異常のなかで進一は生きている。生きていられるのは、自分自身が異常でないからだと、進一はそう思う。

通称「全協」(日本労働組合全国協議会)の日本金属労働組合の仕事を進一はしている。共産党指導下の「全協」は、組合運動としては異常な非合法活動を強いられていた。進一もそのため異常な生活に身を置かねばならなかった。

作田メリヤス機械の争議は、表面は合法組合が指導していたが、その工場労働者のなかに「日本金属」の組合員がいた。それと進一は連絡があった。進一は「日本金属」のその地区の街頭オルグだったのだ。

それが最近、城南地区のキャップにかわった。引越その他の費用を、進一は個人的なシンパからとりあえず借りた金でまかなった。その返済のために、正二に融通を頼んだのである。

進一は大井町駅で降りた。地区オルグと街頭連絡をして、今夜の地区委員会の「持たれる」シンパの家が安全かどうかの報告を受けねばならぬ。相手は会場係りをしていた。今夜の委員会には、上部機関からの出席があるはずだった。

進一の毎日は、こうした街頭連絡の連続だった。何曜日の何時は東京支部との連絡、二時間後は、地区の共闘会議との連絡、夜は彼の受け持っている工場の組織との連絡というふうに、毎日の綿密な時間割ができている。正二がきちんと学校の講義に出るように、進一は雨が降っても風が吹いても連絡に出ている。

その連絡が断たれたときは、相手に被害があったことを意味する。一応はそう考えねばならぬ。進一の身に被害のないことを知らせるためにも、絶対に連絡は絶てないのだった。風邪《かぜ》をひいても、熱があっても、連絡には出なくてはならない。

商店街の人ごみのなかで、オルグに会って、荏原のシンパの家で七時集合を約した。進一はその家を知っていたから、ひとりで行ける。

それまでにまだ時間があったので、進一は自分の間借り先に寄った。荒物屋《あらものや》の二階に彼は間借りをしていた。

間借り先には、彼が興行関係の小さな業界新聞に勤めていることにしてあった。社員がすくないので、夜も映画館廻りなどで働かされるとごまかしていた。

裏の台所口からはいって、階段を昇ると、

「お帰んなさい」

良人の帰宅を迎える声で、小柄な若い女がそう言って、

「有光さんが来ましたよ」

「用事は？」

「うちへ来ないで下さいって」

静脈の青くすけて見えるこめかみに頭痛でもするのか、手をやって、

「結婚したての奥さんに、工合が悪いようよ」

女は低い声で言った。

下の荒物屋には、進一の妻として通してあるこの女は、病後のような蒼い顔をしていた。早苗という名の女は、有光が金を置いて行ったと言って、封筒を出した。

「今日は、いやに金が集まる」

進一は自分のポケットをたたいて、

(奥さんに工合が悪いか)

と口のなかで言った。

それは有光の自発的な、美弥子への遠慮だろうか。それとも美弥子が有光にそれを命じたのか。危険な人物に、自分の家へ立ち寄られることをいやがったのか。

進一は自分がもしあのカフェーの女と結婚していたら、どういうことになったろうかと思う。進一が非合法運動にはいることを、あの女は承知するだろうか。それとも進一のほうで自分からかたぎの勤め人になっていたろうか。

「これからは自分が、こうしてとどけますって」

早苗は有光がそう言ったと進一に伝えた。有光にはここを教えてあった。「夫婦」の友人が

誰も訪ねてこないのは不自然だったからだ。

「そいつは、まずいな。明日、会社へ電話してみよう」

と進一は言った。有光への不信ではなく、万一の場合、有光に迷惑をかけてはと思ったのだ。

有光からは毎月、五円ずつ貰っていた。こうした個人的なシンパから貰う金を、進一は自分の活動費にだけ使っているのではなかった。自分の係りの工場新聞の発行費などにも廻していたが、労働者出身のオルグには学校出の進一のような個人的なシンパがなくて、みんな金に困っていたから、その援助にも廻していた。

進一と同じようなインテリ出の同志のなかには、学校時分の友人を個人的なシンパにして、それから金を取るのを当り前のことのように考えている者もあった。彼らにかわって自分が苦労しているのだから、自分に対する彼らの献金は当然のことだという見方である。臆病で運動にはいれない者は、せめて金ぐらいは出すべきだというのだ。自分はエゴイスチックな生活を平穏に営みながら、金だけ出すことで、良心の満足をえられるのだから、こんな結構なことはない。結構なことをさせてやっているという気持からか、相手が金を出すのを渋ったりすると、けしからん奴だと罵るのだ。

そうした罵りは、進一には聞きづらいものに感じられた。進一はそうしたふうに考えることを好まなかった。シンパのほうで、そう考えることまで好まないというのではないが、援助を受けるこっち側で言い立てるべき筋合いのものではない。進一はそう思う。

危険な運動に、何も好きこのんではいったというわけではないにしても、いやいやながら強制されて他人のかわりに自分を犠牲にしたというのではない。自分の良心の命ずることを自分でしているのだから、そのことで他人に恩を着せることはない。彼らがほんとにエゴイスチックなら、何も自分たちに金の援助などすることはないし、しないからと言って、こっちが怒る手はない。エゴイスチックならそれがむしろ当り前で、義務など何もないのに進んで援助してくれることには感謝しなくてはならないと進一は思っていた。

進一にはこういうところがあった。エリート意識で左傾したみたいに正二から見られた進一には、そう見られても仕方のないある冷たさがあって、その冷たさは、人間を概念的には愛していても具体的には愛せない冷たさのように見えた。店の者たちに親しまれない、こっちからも親しもうとしなかった、冷たい人づきの悪い進一は、人間的な暖い思いやりのない、人の気持など分らない、人のことなどかまわないといった外見を今も持ってはいたけれど、内心はちがうのだった。

秀才時代とは、たしかに人間が変ったのである。苦しい異常な非合法生活が、異常だった進一を異常でない人間に変えたところもある。

「今日、下へ戸籍しらべのお巡りさんが来たわ。うまく言っといた」

と早苗は窶れた顔に沈着な笑いを浮べていた。

早苗の兄は全協の「日本電気」のオルグで、その兄の岸本と進一は知り合いだった。

早苗自身も、会社に勤めながら「日本一般使用人組合」にはいっていたが、党の動員命令でデモに出てつかまって、ながい間、豚箱にぶち込まれていた。そのため、会社はクビになり、身体も悪くした。これを契機に組合運動に没頭しようと決意した彼女は、進一との共同生活で、しばらく休養を取って、身体の回復を待つことにしたのだ。早苗の兄が進一を信用して、共同生活の間に、早苗の教育を頼むと進一に言ったのである。

進一はこうした偽装の「同棲」を、自分では好ましくないものとしていた。たかが組合の地区キャップぐらいの身で、党幹部みたいな偽装を真似るのは、おかしいと恥じた。

城東地区にいた頃は、学校時分の友人の家に、ひとりで寄寓していた。友人が進一の身を庇い守ってくれるので、このほうが今よりは便利だった。

城南に移るについて、同じような家を探したが、見つからないために、こうなった。寄寓を申しこめる先が無いではなく、中しこんでみたのだが、いやがって貸さないのである。日ましに苛酷さを加えて行く弾圧が彼らに尻込みをさせていた。

進一の場合はしかし、弾圧がひどくなってから、むしろ逆に運動に飛びこんだのだ。運動が苦しい状態に追いこまれてから、逆にそのなかにはいって行った。

肉体も弱く、自分は実際運動には向かない人間だと思って、一時はそれから遠ざかり、調査所にはいっていた彼も、運動の苦境を坐視できなくなったのだ。たとえ非力の自分でも、この自分を運動に捧げることで、すこしでも役に立てばという気持だった。

進一は子供のときから自分をそういう意味で殺すことにならされていた。その高校時代、研究会にはいって、はじめて自己の解放を覚えた進一が、ここでふたたび、自己否定を自分に強いた。進一の運動参加は、内面的にはそうした性格のものだった。

この捨身《しゃしん》の意識は、いかにも進一らしい、進一に特有のもののようだが、死屍累々とも言うべき当時の非合法運動には、多少ともその意識がなかったら飛びこめない。そうでなかったら、ヒロイズムである。進一にも悲壮なヒロイズムがなかったとは言いきれないが、ヒロイズムの倨傲《きょごう》を彼は嫌った。

調査所にいた進一は、いわゆる理論的水準の高さを関係者の間で買われていたから、自分が望みさえすれば、適当な機関の指導的地位にいきなり就けないでもなかった。しかし進一は実践者としての自分を、レポーターの第一歩から改めて踏み出させた。

研究会時代の進一の友人で、三・一五や四・一六で捕えられた者はすでに投獄されていた。進一は中途で足ぶみをして、運動に戻ったのだ。その足ぶみを、今となると進一は、卑怯だったと思う。自分の弱さをそこに見る。改めて階級闘争の一兵卒として自分を鍛え直したいと考えた進一の心はヒロイズムとは遠かった。

進一の古い友人で投獄を免れた者は、それぞれの団体や組織の上部機関についていた。彼らの多くは、労働組合よりも、反帝同盟やモップル(赤色救援会)といった組織のほうに行っていた。彼らは進一が地区などでまごまごしていると聞いて、こっちへ来いと言ったりしたが、進一は応じなかった。

今まで文字だけでしか知らなかった革命的労働者というものを進一は地区活動で初めて知った。彼らとともに闘っているということから、進一はどのくらい力づけられ、勇気づけられたか分らない。危険にさらされている恐怖感も、彼らの存在によって進一は心から拭い去ることができた。

オルグの進一は彼らによって逆に鍛えられたのだ。そうした彼らから離れて、他の組織へ行くことは、とうてい進一に考えられないことだった。

その五

暑さがまだ去らない。夕方は特に風がぴたりととまって、汗がじりじりと肌ににじみ出てくる。雑巾みたいな色になったハンカチで首筋を拭いながら、大森の駅前通りを歩いていた進一は、絶えて会わなかった澄江と、ばったり顔をあわせて、

「う…!」

と、うめきに似た声を出した。咽喉の奥からというより、もっと深いところから出た声のようだった。

進一は自分の顔が真赤になっているのを自分ではっきりと感じた。それは、彼の顔にひとしお汗を吹き出させたが、したたる汗を拭おうとはせず、

「し、しばらく……ずいぶん、あの、しばらく……」

蹴っつまずいたみたいな口をきいた。

今はもう香取姓ではない澄江は、大きく見開いた眼で、黙って進一を見ていたが、眼ですでにすませた挨拶をくりかえすような声で、

「しばらく……」

人妻らしい落ちついた微笑とともに、ゆっくりと言った。進一がその顔を、ぱっと赤らめたことに、澄江はことのほか満足感を覚えていると、そう感じさせる微笑でもある。

「全く、しばらくぶりでした」

進一は――進一も挨拶をくりかえしたが、澄江の落ちつきとはまるで異った、ぎこちない声だった。落ちついた澄江の眼に、へどもどした自分をたあいなく、さらしているという感覚が、進一からいよいよ落ちつきを奪って行く。

もうすこしで、ぶしつけになる眼を、澄江は進一に、じっとそそぎつづけていた。その眼で、進一のすべてを読み取ろうとしている。だが、微笑をたたえた口からは、

「なんて、お暑いんでしょう。軽井沢から帰ってくるのが早すぎたわ」

そんな呟きを洩らして、

「進一さんは、こちらへ、何かご用で……？」

「いや……」

しぼれるみたいに汗でぐしゃぐしゃのハンカチを、進一は手のなかに丸めて、急いで顎の下を拭って、

「澄江さんは大森なんですか？」

聞かなくても分っていることを聞いていた。それは進一の心に、

（とうとう会った）

とうとう澄江に会ったという実感を、あざやかにもたらした。いつかは、きっとこの大森で澄江に会えるだろうと進一は思っていた。会えるだろう、会うことができるだろうという期待と、会うだろう、会わずにはすまされないだろうという恐れとが混ったものだった。会いたいような、会いたくないような気持だったのだ。

「実家の近くにおりますの。正二さんからお聞きにならなくて？」

花模様の浴衣の上に黄色いメリンスの帯を男の子のように、きゅっとしめていたあの少女が、今は若妻らしい着こなしで、白地に紫の立縞のある平絽《ひらろ》の単衣《ひとえ》を着て、博多帯をしゃっきりとしめて立っている。山の手の奥さんというより、下町ふうの感じだなと見た進一のほうは、よれよれのワイシャツ姿だ。クリーニング屋に出さないで、早苗が洗ってくれているのだ。安い洗濯石鹼の魚油臭さが残っていて、汗の臭いと一緒に、それが進一の鼻を衝くのは、西陽を正

面に受けていたせいもある。

「正二から……？」

「ええ」

澄江は何か、おかしそうに笑った。その不可解な笑いは進一に、その実家の前を、澄江に会いたいとうろついた、かつての自分を思い出させた。

「潤吉君は……？」

と進一は話題を変えた。

「東大を諦めて、京都に行ってますわ」

手にした小さな扇子を、片手で開きながら、

「正二さん、お元気？」

開きかけた扇子を、きゅっと鳴らして、また閉じた。進一の耳に、その音が心をくすぐるような華やかな感じに聞かれたのは、結婚して一年のこの澄江の印象がそうだったからか。娘時代は華やかな魅力を放っていても、結婚すると急にくすんでくる女もいるのに、正二が、ひどいズベ公だと嘲ったこの澄江は、人妻になっても華やかさを失わない。しかも、ズベ公と言われた頃とちがって、きらきらした軽薄なものを洗い落した華やかさだ。ちまちまっとまとまった顔が、更にその華やかさをひきしめて、しっとりとした魅力にしていると、進一は見ながら、

「元気ですよ」

と言ってから、ふと、こうつけ加えた。

「あれも、夢のない男でね」

「夢がない……？」

「澄江さんからそう言われたと、正二は言ってましたよ」

「あら、そう……」

澄江は口もとを狡そうに歪めて、扇子をまた、指輪の光る手で、きゅっと鳴らした。かなめのその音が、今は妙に残忍な響きとして聞かれた。ひめやかな音なのに、鋭く響いて、拷問へのおびえに似たものを心から誘い出す鋭いひめやかさになっていた。

「進一さんは相変らず、夢に生きてらっしゃるの？」

澄江は真顔で、冷静に言った。進一の現在に対する警戒や反撥はない。だから、おちゃらかしではない。

だが、侮蔑でないことが、かえって進一には侮蔑になっていた。恐がられたいとも思わないが、憐憫になりかねない真顔より、いっそ、からかわれたほうが、まだしもだと進一はいらだって、

「澄江さんは幸福そうですね」

「ありがとう……」

と澄江は素直に言った。そこで進一も素直に言った。

「赤ちゃんはまだですか？」

「あら、いや」

羞恥とは異る嬌声だった。

「おかしいわ。進一さんがそんなこと言っちゃ」

どういう意味なのか分らなかった進一は、

「そうですか」

と苦笑した。進一の父が、いつだったか母に向って、源七は母が好きだったのだと言ったとき、あーら、いやと顔をしかめた、あのときの母の声に、澄江の嬌声は似ていた。

「進一さんは、まだ、おひとり?」

「ええ」

「そんなこと言っちゃ……」

「今度はあたしのほうが、おかしいわね」

澄江は含み笑いをして、

「どうして?」

「いえ、進一さんからそう逆襲されるかと思ったの」

逆襲しない進一を、相変らず面白味のない男だと、あきれている。そして正二と比較するみたいに、

「正二さんは恋人がいるんでしょうね」

進一とちがって……と言わんはかりだった。

「あれは要領がいいから……」

と進一は笑った。佗しい笑いだと自分で気づいている。

ポマードで髪をきちょうめんに撫でつけた男が、進一の笑いとどこか共通したところのある、わざとらしい微笑を浮べて、近づいてきた。澄江の良人《おっと》だなと、進一は直感した。何か買物に寄ったらしいのだが、それを待っていた澄江には、たとえ進一の眼に若妻を感じさせても、良人を待っているのだと、すこしも感じさせるものがなかった。

「主人です」

と澄江は高飛車に——そうとしか言えない態度で、良人を紹介した。その高飛車は、進一に対するそれでもあったのだが、

「小坂部です」

と復誦的に言った澄江の良人の声は、いつも澄江に高飛車を許している良人のそれだった。

その小坂部に澄江は、

「潤吉のお友だちの兄さんの——永森進一さん」

と進一を弟の友だちのように紹介した。

「はじめまして……」

なめらかに初対面の挨拶をしたあとで進一は、腕にべたりと気持悪くくっついたワイシャツ

の袖を、指で浮かせたりした。

「まだ、学校へ行ってらっしゃる……?」

と小坂部は言った。

「いえ。もう出たんですが」

苦学生みたいに見えるんだなと進一は、男が相手だと愉快に笑って、

「つまらない雑誌社に勤めてます」

「これは失礼」

言葉と反対に、たちまち進一を見下した表情で、

「潤吉君はよほど京都が気に入ったらしく、夏休みにちょっと出てきたと思うと、すぐ帰っちまったんですよ」

そんな当りさわりのないことを言う小坂部に、澄江は寄り添うようにして、

「うちへも、遊びにいらして……」

心にもないことを言っているのは、明らかだった。

「はあ」

進一もいい加減な返事をすると、澄江が、

「これから、あたしたち、映画へ行きますの」

汗ばんだ肌から、若妻らしいなまめかしさが匂い立つような澄江を、進一はそこに見た。

脇目もふらずに走っていた眼の前へ、いきなり、思わぬ障害物が現われて、つんのめるように立ちどまった。そんな後味を与えられて、澄江夫妻と別れた進一は、はじめは普通の歩調だったが、しらずしらずのうちに、急ぎ足になっていた。澄江から早く離れねばならぬという気持か。自分自身へと急いで戻らねばならぬという心の、それは現われだったのか。

典型的なプチ・ブルと見られるあの澄江などとは、すでに遠い自分だとは思うものの、もともとはプチ・ブル出身である進一には、ちがった世界の人と接した感じではなく、自分もしようと思えばできる、欲すれば自分もできた生活を、はしなくもここで覗かせられた形だった。

心に動揺があったわけではない。郷愁があったわけではない。進一は自分にそう言っていたが、いわば異国にある身が久しぶりに故郷の人に会ったような感慨がないでもなかった。自分はもう故郷を捨てて、新しい世界に住んでいるのだという自覚を、それは強めてはいたけれど、自分が捨ててきた平穏な生活と、平穏とはおよそ対蹠的な自分の現在とを、つい思いくらべずにはいられなかった。

多くのプチ・ブルが安穏な生活を楽しんでいるとき、なぜこの自分がみずから進んで苦難の生活に身を置かねばならないのか。それはもう、とっくに進一の心のなかで解決されていた問題だった。解決ずみのことが、今ふたたび、新たな懐疑の形で心に立ち現われたのではないが、それがちらと心にかげを落したことはたしかだった。

こういう場合、進一は江東地区で知り合った労働者たちを思い出すことにしていた。進一の特に親しくしていたそのひとりは「日本金属」の組合員として工場内で大胆に活動していたが、デモに出て検束されたのがきっかけで、職場をクビになった。かねて眼をつけられていたために、待ってましたとばかりに解雇されたのだ。

それまで、他人の解雇のときは先頭に立って闘ってきた、その彼自身がこうして解雇されたときは、不当解雇にもかかわらず、工場の者たちは解雇反対をなんとなくためらった。彼を庇うことで自分たちの身も危うくなることを好まなかったのである。

彼のために立ち上るようにと、進一はその工場の労働者たちに働きかけたが、徒労に終った。こうした現実に、彼はさぞかし歯軋りをしてくやしがっていることだろうと進一は思ったが、本人はそれほどでもなかった。虚勢を張っているのではなく、

「わが身が可愛いのは、当り前だ」

と彼は言っていた。

「工場の人間は、自分のことなら躍気になるが、ひとのこととなると、腰が重いのは普通だ」

とも言っていた。その彼には、すでに妻子があった。もとは女工だった妻に、彼は生計を頼んで、自分はオルグになるため、家を飛び出した。ひとのことのために、可愛いわが身を苦しい運動のなかに投じさせたのである。すでに妻子のある労働者は特に、生活の平穏のほうに心をひかれて、彼のように積極的な道へ踏み出す者はすくないのだった。

ここでも、彼だけがどうして貧乏クジをひかねばならないのかという問いが出てくる。彼にそのことを進一は問いかけたわけではないが、

「えらいな」

と進一が言ったとき、

「なに、工場にいたって、苦しい生活を強いられているのだから、同じことだ」

と彼は言った。今のほうが、自分でみずから選んだ道だから、たとえどんなに苦しかろうと、むしろ気持がさばさばしていい。そうも言った。

進一のような悲壮な自己犠牲の意識はなかった。だから、ぎくしゃくした気負いもなければ、また変に謙虚を装っているところもない。ごく自然な調子だった。

闘争は彼にとって、特別な事柄ではなく、日常的なものだった。自己解放がそのまま解放運動へとつながっているのだ。

彼は口下手だった。ものを書くことも下手だった。それを行動で補っていた。足代がないときは、ボロ靴をひきずって、一日中、こつこつと歩いていた。本所から上野あたりまで歩くのは、ざらだった。朝メシを食ったきり、夜まで何も食わないで歩き廻っているときもあった。

それを一向に、彼は苦にしないで、

「飛び廻ることが好きな俺には、このほうが向いてるんだ。どうせ誰かがやらなくてはならないことだからね」

と彼は笑っていた。

こうした不敵な微笑に進一は、ともするとめげがちなインテリの心を支えられていた。労働者出身とのちがいをまざまざと感じさせられ、インテリの弱さを克服せねばならぬと進一は純真に自分を叱るのだった。進一にとっては、自己解放というより自己否定である運動参加は、進一にこうした純真さをもたらしていた。

進一は同じ純真さの故に、あの澄江たちを、

（なんだ、このプチ・ブルめ）

と罵ったり、

（滅びゆくプチ・ブルの、はかない平穏……）

と嘲ったりして、心理的な優越感で自分をごまかすことはできなかった。

澄江と別れた進一は、かつてない佗しい気持に陥りそうなのを自分で一生懸命防いでいた。自分のかつて心ひそかに愛していた澄江の、今は他人の妻になった姿を見せつけられたせいだろうか。今でも愛しているかもしれないと思う。

そうして進一は、あの習志野の女について正二が言ったことを、強い痛みとともに心に浮べた。あの正二の言葉だからと聞き流していたが、そう言えば、あの女は自分を愛していたのかもしれないと、今、それが、今まで気づかなかった、そして早く気づかなくてはいけなかった事実のように、進一に迫ってくる。

澄江を自分は好きだったが、あの女は自分が好きだったのか。あの女はどうしているだろう。実家が富裕な澄江とちがって、不幸になってはいないだろうか。

習志野へ訪ねて行ったときに見た赤い、つまかわの色が、何か不幸の象徴でもあるかのように、進一の脳裡によみがえった。色褪せずに記憶のなかに残っているその色は、進一に何か呼びかけ、訴えたそうな悲しい色に見えてくる。もう一度、あの女に会えないだろうか。

眉間に小さなニキビの跡があった。浮気っぽい証拠のように、それを思ったりしたものだが、これもまた、胸をうずかせる記憶として、悲しみをそそるのだ。たとえ浮気な女でも、自分がしっかりとつかんで離さなければいいのだ。

有光君は、よかったなと進一は思う。好きだった美弥子と結婚できた。浮気っぽいフラッパーという噂だったが、有光はそんな噂など耳にかさなかった。そしてその恋をまっとうすることができたのだ。仕合わせだなと呟いたまでは、無事だったが、つづいて殿木を思い出したことで、侘しさを招いた。

(澄江を捨てた殿木は、まだ結婚してないようだな。あいつも、もうすこしで警察署長だな)

侘しさは、しかし、こうした個人的な感慨のためだけではないのだった。

進一がその身を投じた運動は、日に増し苦しさを加え、それだけに激烈さを加えていた。それは運動が高揚するための激烈さのようでもあれば、小さく固まって行くことの現われのようでもあった。流れが細まって行くための、激流に似た激烈であってはならないし、そういう激烈にしてはならないと進一は思うのだが、高揚とは逆の方向を取っているとも見られる運動の現状が、進一をときに佗しい気持にするのだった。

進一はこの数ヵ月のあわただしい日々をかえりみる。

忙しい組合運動のほかに、さまざまな闘争が織りこまれていた。そのひとつが五月のメーデー闘争だった。合法デモとは別個のメーデー闘争が行われたが、その赤色メーデーは、たとえ激烈だったとしても、大衆行動とは言えない散発的なものに終っていた。しかもそのために犠牲が多かった。

メーデー闘争が終るとすぐ、反戦闘争の指令が来た。八月一日の国際反戦デーを目標にして、反戦闘争のための工場代表者会議の開催、反戦行動委員会の組織。大衆的ストライキと街頭デモへの呼びかけ。

デモ動員としては、七月の公判闘争のためのそれもあった。三・一五と四・一六の被告、それに中間検挙の被告も加えて、それへの判決が七月に行われた。被告のなかには進一の学校時代の友人もいて、四年から六年の求刑を受けていた。党の幹部は、死刑や無期の求刑だった。それへの抗議デモをかけようというので、党からの指令で、二十五日は午後七時半から八時にかけて、新宿駅前から京王電車駅前の間の電車通に集まれという呼びかけを行った。市ヶ谷刑務所へ目ざしてのデモを企てたのだが、翌二十六日は裁判所へのデモとして、午前十一時、桜田本郷町から虎の門間の電車通への集合命令が出された。組合員へ呼びかけただけでなく、工場へもビラを流しこんだ。

この七月は、いわゆる「三十一年テーゼ」の大衆的浸透のためのアジ・プロ活動に力がそそがれたときでもあった。この年の五月に、日本代表をも加えてのコミンテルンの「日本に於ける情勢と日本共産党の任務に関するテーゼ」すなわち「三十二年テーゼ」が決定され、それが党機関紙の「赤旗」の七月二日号に発表された。

このテーゼは、前年に党が公表したテーゼ草案の「来るべき日本革命の性質は、ブルジョア民主主義的任務を広汎に含むプロレタリア革命である」という規定を誤りだとして、「君主制」への闘争の過小評価の誤りを強く指摘した。「日本の同志は、外ならぬこの君主制の力によって国内に最も反動的な警察的支配、労働者農民の最も完全なる政治的無権利、勤労大衆に対する最も野蛮な経済的政治的抑圧が維持されているのだということを理解しなければならぬ」と説いたこの「三十二年テーゼ」は、天皇制への闘争を帝国主義戦争に対する闘争とともに、勤労大衆のためのすべての闘争と結びつけて行わねばならぬ任務だとしたのである。

党はこのテーゼを発表するに当って、「最高指導部の決定には忠実に服従する」ことを明らかにして、「実践のみが正しい理解への唯一の途であり、ボルシェヴィキ的規律に対する正しい意味での厳守である」と言明し、「我々はこの意見を広く大衆の中へ、実践的活動の活潑化として持ち込まねばならぬ」と宣言した。

このアピールにしたがって、全協中央委員会は天皇制の廃止をはっきりとその綱領のなかにかかげることを決定した。それと同時に、経済闘争の独自的指導、下からの統一戦線の樹立、反戦闘争の強化、革命的ストライキ戦略戦術の確立、失業者運動の強化、多数者獲得などの運動方針をきめた。

「日本金属」も同一方針を立てて「従来の反戦闘争における消極性を革命的に批判し、帝国主義戦争に反対する闘争の決定的に重要な政治的意義を評価」することを決定して、この点における「立遅れの克服」を強調した。

進一は理論的にはその正しさを認めたが、組合活動における実践の面では、そこに大きな困難があると思った。困難であって、疑問ではない。しかし、やり方ひとつでは、疑問にさえなりかねない。

上部機関の指令にしたがって、反戦デモに工場労働者を蹶起《けっき》的に動員することが、直ちに「立ち遅れの克服」になるかどうか。

帝国主義戦争反対、天皇制打倒のスローガンを、なまのまま、大衆のなかに持ちこむことが、正しい実践的活動かどうか。

ストライキをアジるビラのなかに、軍事的天皇制云々といった用語を使うことが、はたして天皇制への真の闘争になるだろうか。その闘争の本質的な困難をむしろ避けて、安易な方法を取っているのではないか。

だが、上部機関からは、そうしたスローガンをかかげての闘争を公然と行うことによって、はじめて組合活動における革命的な独自的指導が可能なのだという指令が来ていた。激流に似た激烈さはこのときからはじまったのである。

ある夜の地区委員会で、指令に対する批判的意見を言うオルグがあった。本部から新顔の常任が出席していたので、地区活動の実際を聞いて貰いたいという形で、

「おっかながって、逃げちゃうんだがね」

そんな言葉からはじめた。こんな「おっかない文句」の書いてあるビラを持ってたら、不敬罪になりゃしないかと、おびえる労働者もいると言って、

「労働者だって、兵隊になれば、天皇陛下万歳と叫んで死んでゆく。日本はそういう国なのだ。政治的にあまり高度なスローガンは、大衆の心をかえって離して行く。弾圧よりも、このほうがこわい」

労働者出身のオルグだから、言い方がまずいけれど、言おうとしていることは、進一によく分るのだった。賃上げ闘争を促すビラのなかにまで、「おっかない文句」をかかげねばならないという方針は、本来、大衆組織であるべき組合を、いよいよ孤立的なものにしてゆく。それだけならまだしも、せっかくの組織をも、破壊へと追いこんで行く。組合活動に対しては、今のような性急で機械的な方法でなく、「三十二年テーゼ」にも指摘されている「屈伸性ある指導」が必要なのではないか。進一もそう言いたいところだった。

本部常任にも、それは分っているだろうが、このまずい言い方は、一応おそらく次のように、

たしなめられるなと思った。おっかながる労働者を、日常闘争を通して、こわがらないようにすること、そのように政治的に高めること、それが我々の任務なのだから、たとえ「おっかない文句」をかかげても大衆の心を離さないような、権威もあり信頼もされる闘争を展開することが、何よりも必要なのだ。そういう闘争を考えない大衆追随主義は誤りだ。

そんなふうに言ってくるだろうと進一は思った。そうしたら進一もそれに対して意見を述べようと思っていた。すると、本部常任は、

「それは、解党派的な考え方だね」

と一言の下にしりぞけた。

進一はむっとした。言い方がたとえまずかったにしても、綱領の根本的な否定ではないのだ。それを頭ごなしに、解党派とはなんだ。

「それは、ひどい。綱領の批判じゃなくて、戦術上の問題を言ってるだけなんだが」

「君も同意見なのか。キャップが、それじゃ困るな」

「多数者獲得、下からの統一戦線の樹立を、どうしたら成功的に持って行けるかという戦術的な問題なんだが」

「それを君は、革命的労働組合としてのはっきりした闘争目標をひっこめて、やろうというのか。逆じゃないかね。むしろ、はっきりとかかげることによって、労働者の革命的エネルギーを高揚させ、組織できるんじゃないかな。でなかったら、統一戦線も多数者獲得も意味がない

し、第一、不可能じゃないかね」

原則的には、それに間違いない。しかし、革命的労働組合が本来の姿の大衆組織としての合法的活動を行うことがひどく困難になっている現在、そうした原則論では、大衆との結びつきをいよいよ困難にし、組合を精神的な思想団体化して行きはしないか。組合の政党化になりはしないか。進一がそれを言うと、

「それは日和見《ひよりみ》的消極性だ」

と、しりぞけられた。

「インテリ出の陥りやすい最少抵抗線戦術だ」

とも、きめつけられた。……


――澄江と別れたあと、進一は党の地区書記局の組合係と、賑やかな商店街にある小さな喫茶店で会うことになっていた。連絡の場所としては適当でないと進一は思っていたが、そこの若い主人が組合係の友人だというので、いつもそこで会っていた。人通りの多いところなので、目立たないのはよかった。

時間を見計って、その喫茶店へ行きかけると、手前の路地から、いきなり、

「駄目、駄目――」

と、低いが鋭い声をかけられた。店の主人が真蒼な顔をして、そこに身をひそめていた。

「――あぶない」

この時間に、進一が店に来ることを、主人は知っていた。

（やられたな）

すでに特高刑事が張り込んでいるのか。その刑事にこんなところを見つかったら、こっちもあぶない。主人の親切は分るが、まずいなとひやりとした。

進一は黙って、何も聞かなかったような顔をして通りすぎると、すぐの煙草屋の店に入った。

澄江の前でへどもどした進一とは、別人のようだった。

バットを買って、様子をうかがったのち、いきなり道を横切って、すたすたと前の横丁に入った。急いでまた道を曲った。

（また、やられたか）

と改めて、進一は心の中で舌打ちをした。

こうした被害は、しょっちゅうのことだった。自分の安全なのが進一には不思議なくらいだった。

組合係がやられたとなると、党細胞のある工場分会との連絡は、慎重にしないと危険である。工場の党細胞と分会員とがダブっていることが多かった。

「憂鬱だね」

と進一はつい、呟いた。その頃、巷ではやっている言葉が、進一にも伝染していた。

進一にはそれから三時間後に、ある工場の旋盤工との、定期の連絡が待っていた。

大森の国道を、進一がひとりで、夜勤帰りのような足どりで歩いていると、向うから、ほんとの工場帰りの旋盤工がやってきた。胴がやけにながくて、脚が短かい。その脚をちょこちょこと気ぜわしく動かしている。

眼と眼で合図して、横丁にそれた。進一のうしろから、

「相当、強い反響があった」

と旋盤工はすぐ言った。前の晩、「おっかない文句」をかかげたビラを、この工場に流しこんだのである。

「あれを見て、うちの連中も、オヤジ（党）は健在だなって言ってた」

健在とは、なさけない――それは言わないで、進一は、

「あれは、君、オヤジのビラじゃなくて、組合のビラだ」

人は通ってないが、なんとなく、あたりに気を配りながら言った。

「でも、オヤジのスローガンと同じだから……」

小声とはいえ、あたり憚らぬ語調だった。

「同じじゃないけど……」

表現がちょっとちがうだけで、結局、同じと言えば同じだなと進一は譲って、

「あれでいいかね」

「いいかねって？」

「あれで、すーっと通るかな？」

「きついことを書きよると、うちの組合のダラ幹どもは、たまげてたね」

関西訛りをまじえて言った。総連合系の組合がおさえている工場だった。京浜では名の知れた工場で、機械製造では古い会社だが、一時は不景気で喘いでいた。正二に会ったとき、進一の手にしていたあの経済雑誌（あれには、城南地区に工場を持った会社の事業内容も紹介してあって、それを知るために進一が読んでいたのだが）――あれに、つい二年前は「工場の屋根にペンペン草が生えている」とまで書かれたその会社も、軍需品の生産でたちまち活気を取り戻した。会社はほくほくでも、工場で働いている人たちは、労働強化の割に賃金がやすいと、不平不満が高まっていた。

「職場の人たちは、どう言ってたかね」

「昼食のときにね、一丁やったろか、ストと行くかと、どなる奴がいてね、ダラ幹は大慌て……」

歯をツーと吸って、

「大体が腰抜けなんだが、ストなんて飛んでもない、それに全協なんかにはいってこられたら、弾圧を食うにきまってるって。あれじゃ、組合の人間じゃなくて、会社側の人間だね」

「みんなは、それで、なんて言ってた?」

「日金が、なんで、いけない。労働者のために闘ってくれる組合がほんとの組合だ……」

進一は「日和見的消極性」をここでも見事に衝かれた。しかも実践によって、それが批判された形だが、しかし、この男の言うことも、あまり調子がよすぎて、なんとなく信用がおけない感じだった。

この男を地区委員の候補に推薦しようと、かねて考えていながら、もうちょっと様子を見ようと進一にためらわせたのも、その調子のよさのためだった。

街頭オルグで構成されがちの地区委員会に、企業内から委員を出せという強い指令が来ていた。企業内の意見を直かに地区活動に反映させることは、絶対に必要なことだった。それは分っていたが、工場で働いている労働者を地区委員にして、その地区委員会が破壊された場合、それと同時に、企業内の組織も破壊される。そういう例が多いのだった。まるで企業内の組織をこわすために、地区委員を工場から出したみたいなことが、ひんぱんにあった。地区委員は補充がきくが、一度こわされた工場の組織は、なかなか再建が難しい。組織を守るというほうに、進一は心が傾く。その点の考慮もあったのだが、これも「日和見的消極性」だろうか。

現状は困難にみちていた。ビラの流し込みと言っても、夜陰に乗じて工場に近づいて、夜業をしている工場内へ、塀越しにビラを投げこむといった状態なのだ。投げこむと、急いで逃げ出す。あらかじめ、見ておいた逃げ道へのがれる。それでも、思わぬところから、守衛や私服が飛び出してきて、あぶない目に会う。

工場から、どっと人が溢れ出る退《ひ》け時をねらって、公然とビラをばらまく場合もあるが、犠牲者を出す覚悟でやらねばならない。分会といっても、三四人しかいないという工場はざらだった。

「君だけと連絡してると、君が、病気にでもなったとき困るから……」

道に敷いたコークス殻を、じゃりじゃりと踏んで、進一は言った。

「この次ぐらいに、他の人も出してくれないか」

「出してもいいけど、まだちょっと、信用できないんでね」

相手は進一の耳もとに口を寄せて、

「実はね、オヤジのほうからも、連絡があったんだが」

「ふーん」

進一は首をひねったが、

「そいじゃ、オヤジのほうとのこの次の連絡は、充分、気をつけることだな。ちょっと被害があったらしいから……」

「憂鬱だね」

と彼は笑った。

その六

その夜、進一が荒物屋の二階の間借り先に帰ると、早苗の兄の岸本が、畳にごろりと寝そべって、赤っぽい光を放っている裸かの電球の下で「インターナショナル」を読んでいた。片手の団扇《うちわ》で蚊を払っていたが、その団扇をあげて、

「よお」

と寝たままで言った。座蒲団を二つに折って枕代りにしている、そのそばに、進一はあぐらをかいて、

「どうした」

「今夜は泊めて貰うぜ」

と岸本は言って、眼をそらせてから、

「えらく痩せたな」

「夏痩せだろう」

部屋の隅で、早苗が兄のワイシャツを膝にのせて、ボタンの取れかかったのを針でかがっている。

「連絡が切れちゃったんだ」

ぽつんと岸本は言った。早苗が眼をあげて、進一の眼とぶつかった。

早苗の眼は、彼女がすでにそのことを兄から聞いていて、そうなのよと進一に言いかけると同時に、進一の反応を見ようとしているようでもあった。進一のほうはどうなのだと聞こうとしているとも見えたが、怯えとはちがう眼の表情だった。

進一のほうも連絡のひとつが切れていた。しかし、それをすぐ口に出して言うことはひかえていると、

「癪にさわるから、浅草へ行って、レヴィウを見てきた」

癖の、鼻をクフンクフンと鳴らして、

「六区の小さなレヴィウ小屋だ。かぶりつきで、女の足を見てきた。すっかり堪能したね」

こういうふざけたような語調は、これも岸本の癖なのだが、今夜はそれに誇張があった。

「女の裸かの足って、いいもんだね」

「いやだわ」

と早苗が兄を睨むようにした。

「女は、男の足に興味ないのかね」

寝たまま足をあげて、ズボンをたくしあげると、毛脛《けずね》を出してガリガリ掻いた。

「きたない」

と早苗は顔をしかめた。それが真顔より、かえって可愛く見えた。気の強さで蔽われた早苗の

素顔が、ひょいと不用意にあらわれたかのようだ。

「ノミがいるね、ここは」

不作法に岸本は毛脛を掻いていた。足に毛のすくない進一は早苗に裸かの足を見せたことがない。いや、それだけでなく、そういうことではなく、いわばすべてを早苗には、見せないで隠しているのだと進一は思う。気持の上でも、何かと隠し立てをしている。それは、隠しているというより、同志としての結びつきで成立しているこの偽装の夫婦生活を、破綻なくこうして営んで行く上に、どうしても必要なことなのだ。同志としての連帯感以外のものがそこにはいってきては困るのだ。隠すとは、そういうことなのだ。

そうした隠し立ての必要のない兄妹というもののなまなましさ、そんな肉体感の闖入《ちんにゅう》は進一をまごつかせていた。なまなましさを避けることで保たれてきたこれまでの偽装生活が、そのため安定を破られるような苦痛すら進一には感じられた。

「どっこいしょ」

と岸本は起き上って、

「レヴィウを見ながら、俺は思ったんだがね」

はじめは冗談ともほんきともつかぬ語調だった。

「俺たちのやっているのは解放運動だ。被圧迫階級のその解放とは、現在の生活からの解放と同時に、人間性の解放だな。虐げられた生活からの解放とは、虐げられた人間性の解放のためだ。つまり人間の解放だ。生命の解放だ。躍動する生命の解放だ」

「アナーキストみたいなことを言うわね」

と早苗が笑った。岸本は聞き流して、

「そうした解放運動をやってる俺たち自身は、じゃどうかと言うと、およそ解放とは反対の状態に自分を置いて、解放を云々しているんだ。人間性の解放とはおよそ無縁の精神状態だ。まるで苦行僧《くぎょうそう》の意識だ。レヴィウひとつ見てても、これはブルジョア的な、頽廃的な享楽だなんて、すぐこれだ。そんなことが頭に来て、罪悪感みたいなものに邪魔されて、レヴィウだって満足に楽しめやしない」

「兄さん、もうすこし小さな声で……」

と早苗が言った。下はもちろん、近所もし－んと寝静まっている。

「うん、よし。俺はね、人間性の解放の名において、自分が何もアナーキストみたいなでたらめな生活をやりたいとか、やろうとかいうんじゃないんだ」

これまでは妹に言って、

「自分だけ勝手な解放を楽しもうというんじゃないけどさ。しかし、今みたいなことでは、労働者たちにも自分たちと同じような苦行僧的な闘争を強いるということになりゃしないかね」

「分る。もっと人間的な運動じゃなくちゃ……と言うより、大衆的な運動でなくちゃならない。それは分るけど、しかし……」

進一が言葉を探していると、岸本が、

「デイリー・ウァーカーなんか見ると、ダンス・パーティをやるから何日の何時に集まろう、そういった呼びかけが出ている。みんなで盛大に楽しくダンスをやろうというわけだ。それが労働者の大衆的集会なんだ。ところで僕らはどうだ、ダンスというとブルジョア的だ、ダンスが好きな奴なんてプチ・ブル的だ……」

早苗はワイシャッを膝の横において、兄と進一に、かわるがわる眼をやっていた。いきいきした表情は、兄の言うその解放を思わせるそれだった。一種の解放感をその表情はあらわしていた。この部屋に岸本のいることが、今までこの部屋の知らないくつろぎを与えているのだ。

「呼びかけと言えば、デモに出ろか」

と進一は苦笑して、

「でも、こういうことはあるんじゃないかな。僕らが、その、苦行僧みたいだということだがね。享楽面になじむと、その魅力のとりこになっちまって、自分を苦しい運動の犠牲にしていることがバカバカしく感じられてくる。それで、つい、運動から離れてしまう。そういうケースでやめちゃったのが、ずいぶんいる」

「だからさ、犠牲とか献身とか、そんな意識が残っているうちは……」

「駄目だ、というのは理窟だな。それを克服できたら、問題はないが。君などは克服しとるとしても……」

「兄さんが克服なんかしてるもんですか」

と早苗がからかった。

「克服したなんて、誰も言やしない」

こうした応酬は、いよいよこの部屋に、親密な——内密とも言うべき気分をもたらした。

「僕らの状態は、要するに、不自然だと言ってんだよ」

この岸本の言葉は、岸本の妹と進一との偽装の夫婦生活だって不自然極まるものだということを告げるのだ。人の眼というより自分自身をあざむいているこの偽装、人間性をみずから無視しているこの偽装は、解放運動への献身が、いかに非人間的な生活を強いているかの現われだった。

「ひとのためというより、自分のための運動、そういった解放された気持でなくちゃいけないんだ。俺はそう思うんだ。自分にそう言いきかせてるんだがね」

と岸本は言った。

「では、話の途中だが、僕もちょっと、話から自分を解放させて——腹が減ったな」

進一は軽い咳をした。腹が減ったり、疲れたりすると、咳が出てくる。咳の出る条件が今は二重にかさなっている。

「何か、おかずがあるかな」

小さな蠅帳《はえちょう》をのぞきこんだ進一に早苗が、

「すみません。兄さんがごはんみんな食べちゃって……」

「悪かったな」

と岸本は言ったが、さしてすまなそうな声ではなかった。

「ごはん、たきましょうか」

その早苗は、まるで世話女房のような言い方だった。兄のもたらしたくつろぎが、偽装の仮面を捨てさせたかのようだ。

「いいよ、いいよ。パンがある」

と進一も亭主みたいな口をきいた。

「でも、バターがないのよ」

と言う早苗に兄が、

「いつもは、ちゃんとあるみたいなことを言うね」

「全くだ」

進一もまた、今まで早苗に見せたことのない面を出して、

「しようがない。砂糖でもつけて食うさ」

間髪を入れず岸本が、

「亭主の稼ぎが悪いからね」

このふざけ癖は都会人の洒脱とは趣きを異にしていた。そしてそれは性格的というより、む

しろ郷土的なものを感じさせるのだった。

軽口の好きな漁民の間で岸本は育ったのだ。その生家は大きな網元だった。地方都市の旧制高校にはいった岸本は（彼の言葉の苦行僧に関連させて言えば）思想の洗礼を高校時代に受け、大学を中退して運動に身を投じたのだ。

「やっぱり苦行僧だ」

乾いたパンをぼそぼそ食っている進一に岸本は、

「苦行僧がすっかりイタについてるね」

そう言って笑った。そんなに佗しい姿かと、進一はこごめていた胸を張るようにしたが、砂糖をくっつけてパンを食っている姿は、それが誰だろうと佗しくうら悲しいものにちがいなかった。それを岸本に、はっきりと指摘されると、進一はかえって佗しさから救われるおもいだった。

岸本は同じ冗談の口調で、

「君んとこの金属は、産労（産業労働時報）で見ると、組合員が全国でたった七百人……実際は、もっとすくないだろうな」

「そういう君んとこはどうなんだ」

岸本は全協の日本電気労働組合で働いていた。

「金属よりもっともっと、すくないだろう。大きな口はきけないぜ」

進一がやりかえすと、

「そのかわり、質がいい……とでも言っとくか」

岸本はうそぶいて、

「金属の妙な常任のことがハタに[4]出てたね。ハタの編集部とかけ持ちだったと言ってるそうだな」

「うん」

進一は、党のほうからも口がかかってきたと言っていたあの旋盤工のことを、ふと頭に浮べていた。

「プロバカートルの疑いが濃厚であるとハタに出てたな。オヤジにもスパイがはいりこんでるし、いやはや……」

やけくそともちょっとちがう声で、

「中央委員のMがスパイだったとは驚くね。しかもそれが財政部長だとは……。そうかと思うと、同じ中央委員のUは虐殺されるし……いやンなっちゃうね、全く」

こぼれたパン屑を指のさきでおさえて拾っていた進一は声をひそめて、

「君は君主制打倒のスローガンをどう思う」

「どう思うって……?」

岸本も声をひそめた。こんな会話を万一、人に聞かれたら、おおごとだ。そんな恐れはまずないのだが、早苗はあたりに耳をすませるような警戒の表情を見せた。

「君んとこは、あれで組合運動がやりにくくなったというようなことはないかね」

早苗が何か言いたそうにしたが、岸本は、

「別に、どうってことはないね。俺んとこは、ご存知のように組合員がすくないから……」

と、ふざけて、

「反戦闘争となると、あのスローガンはやっぱり必要だろうな」

「あれをはずせと言うんじゃないんだ」

「問題はこの戦争の見通しだよ」

岸本は、きっと眉を寄せると、その声は楽天的な調子で、

「戦争はどんどん拡大する。ファッショはいよいよ強くなるね」

電球のまわりを飛んでいた小さな羽虫が、すーっと落ちてきて、進一の眼の前の砂糖のなかにあお向けにひっくりかえった。もがいている羽虫を、進一は指先きにつかまらせて、逃がしてやった。

「この戦争の結果は、おそらく、これだろう」

掌をひっくりかえして見せて、それで革命の意味を伝えると、その岸本のそばに、もぞもぞと近づいて行った羽虫を、指さきで無造作にひねりつぶして、

「だから、なまじっかの戦争阻止より、逆にどんどんひどくさせたほうがいいくらいだ。戦争

反対を唱えるより、むしろ戦争激化を煽ったほうが、いいかもしれない」

「兄さん」

早苗がたまりかねたように、

「あんまり変なこと言わないで……」

進一は心理的な激しい疲労を覚えて、口をきくのが億劫だった。


進一がつかまったのは、その夜から間もなくのことだった。

その日、進一は党の地区書記局の者と会うために、大井町の映画館通りに出た。お互いに顔を知らない。顔を知っている組合係がやられたため、新しく連絡をつけなおそうというのだ。進一は夕刊を丸めて手に、向うは雑誌を丸めて手に——という申し合わせがレポーターを通してなされていた。簡単な目印なので、相互に相手を識別できないときは、三十分後に改めて映画館の前で落ち合うことになっていた。

進一は指定された街路を往復したが、それと覚しい男を見出せなかった。出てないんじゃないか——何かいやな予感がした。それを、しかし、自分の怯懦のせいにして、それから三十分後、進一は映画館の、スチール写真の飾ってある窓の前に立った。客のようなふりをして、スチールを見あげ、映画を見にはいろうかどうしようかと迷っている気ぶりを装いながら、雑誌を手にした男の出現を待っていた。一秒一秒が、ひどくながく感じられた。

来ない。おかしい、と感じたとき、左右に迫る足音を耳にした。複数の足音だ。進一の待っていた男の足音とはちがう。進一は、ぱっと身体をひるがえした。一応あやういところを脱出できた。

「泥棒！」

と二人の刑事が叫んで、あとを追ってきた。進一もまた、

「泥棒！」

と叫んで、キョロキョロしている通行人の間を、やみくもにくぐりぬけて行ったはいいが、折り悪しく、その道の前方から、出征兵士を駅へ送る行列がやってきた。横に曲ろうと思っても、路地がない。行列の人々が、ぱらぱらと飛び出してきて、進一に襲いかかってきた。

大井でなく、大森の警察署の「豚箱」に進一はぶちこまれた。

翌朝、本庁から特高刑事が来て、

「お前みたいな小物を相手にする俺じゃないんだが」

これが最初の言葉だった。相手は自分の姓を言って、

「名前は聞いてるだろう。城南の組織を洗うために俺は来たんだ。痛い目に会わないうちに、あっさりお辞儀したほうが、身のためだぞ」

プロレタリア作家のKを拷問で殺したことからその名が有名になっている刑事だった。この

一週間だけは、どんな目に会わされても口を割るまいと決意を固めていた進一も、相手が相手だけに、心のひるみを感じた。顔が蒼褪《ざ》めてゆくのが、自分でもはっきりと分って、進一は唇を嚙んだ。

「明日から一週間の、連絡の時間と場所……ウソついたら承知しねえぞ」

予想した通りの訊問だった。

「相手の組織も一緒に言うんだ。いいか」

進一が決意したのは、それを言うまいということだった。一週間頑張れば、連絡が切れる。一週間の我慢だ。

「さっさと言わねえか」

進一のつい鼻先で、鉛筆を振って見せて、

「啞《おし》か、お前は」

進一は黙って顔を伏せていた。ひっぱたかれるなと思った。頰に平手打ちのくるのを覚悟していると、

「言わねえんなら、言わせるようにしてやるからな」

まるでゴロツキのような口をききながら、椅子を立つと進一のそばに来て、デスクの上にひょいと尻をのせ、靴先で進一の膝をこづいて、

「党へは、いつはいった」

「党とは関係ありません」

「唖じゃねえのか」

せせら笑うと、進一の真正面に尻をずらせて、

「よけいなことを言わないで、聞いたことに返事するんだ。党にはいったのは、いつだ」

「僕みたいな小物が、党にはいれるわけはないじゃないですか」

「なんだと？」

進一の膝を蹴って、

「よし、そいじゃ、ちょっ手を貸してみな」

進一が手のひらを上にして出すと、

「もっと、こっちへ来て……指をそらせて」

易者みたいに進一の手をつかんだ相手は、ひょいとそれを裏返しにして、進一の指と指の間に、持っていた鉛筆をさしこむと、その指先きを、いきなり、ぎゅっとしめた。

「う！」

たかが鉛筆一本で――その痛さは、指の骨がくだけるかと思われるほどだった。

「こんな序の口でネをあげてどうする」

愉快そうに笑ったと思うと、椅子に腰かけた進一の股《もも》を真上から靴のかかとで、えいと踏んづけるようにした。これがまた意外な痛さだった。かかとで蹴るだけなのに、どういうわけか、痛

ちょっと考えられない激痛だった。学生時代につかまったときにも、殴られたり小突かれたりはしたけれど、それらは、いわば見当のつく痛さであり、覚悟していた痛さであったけど、今度のそれは全く思いがけないものだった。

「さ、言って貰おうか。明日の連絡は、何時と何時だ。どこで誰と会うんだ」

股への一撃がまた下されて、

「いた……」

と思わず進一は唸った。

留置場から進一が呼び出されてきたこの特高室には、署の特高係が数人、デスクに向っていたが、みんな、しーんと固唾《かたず》をのんでいる感じの静けさだった。誰もこっちに顔を向けている者はない。本庁の名うての刑事の荒っぽさに、息をひそめている気配も感じられる。それと同時に、こんな程度の荒っぽさは、ほんのまだ序の口で、もっとすごい本格的な拷問が待ちかまえていることを進一に告げる不気味な静けさのようでもあった。

「また、唖になりやがった。あんまり世話を焼かせるな」

そんな言葉のあとには、

「言えったら、言わねえか。なめると、ヤキを入れるぞ」

そんな威嚇の言葉とともに、股を蹴りつづけた。進一も歯を食いしばって、唖をつづけていた。

「よーし、そいじゃ、しようがねえ」

デスクから降りて、

「どのくらい、強情が張れるか、張れるだけ、張ってみろ」

進一にそう言うと、部屋の特高係に、

「ちょいと、手を貸して貰いましょうか。早いとこ、片づけちまわないと――なんせ、忙しいんでね」

ひとりで、ワッハッハと笑って、

「願います。こいつを道場へ連れてきましょう」

特高係が二人、のっそりと椅子から立った。

おい、立てと言われて、進一は椅子から腰を上げかけて、よろよろとよろめいた。股の筋肉がしびれたみたいになっていて、そのくせ、動かすと猛烈な痛さなのだ。

「なんだ、だらしがねえ」

本庁の刑事はあざ笑って、

「そんなことで、道場で頑張れるつもりか。しっかりしろい」

特高係が進一の両脇に廻って、

「おとなしく、言ったらどうだ」

「痛い目に会うだけ損だぞ」

とかわるがわる言った。

「すみません」

つい、進一はそんな言葉を吐いた。

「言うか？」

「いえ。あの、面倒かけてすみません」

見かけによらぬ強情張りだと、特高係はあきれて、進一を道場へひっ立てて行った。

その七

拷問にたえての自白拒否を一週間頑張り通した進一は、留置場の細長い房の奥に、死んだように横たわっていた。この「豚箱」の規則として、こうして寝ていることはほんとうは許されない。ほかの者たちは壁に背をもたせかけて、二列に並んで向い合って坐っていた。一番奥にどっかとあぐらをかいた、いわゆる牢名主《ろうなぬし》が、特別に進一をかばってくれたのだ。とうてい坐ってはいられない進一の状態でもあった。調べに出されて、ここへ「おろされて」くるとき、ひとりでは歩行不能の進一は両脇を刑事に支えられて、やっとのおもいで辿りつくのが常だった。つくとすぐ放り出されて、板の間に進一がぶっ倒れると、

「願います」

と刑事は言って去って行く。

「おい、立て！」

看守の巡査に靴さきでこづかれて、進一はクソ……と自力で立とうとするが、上体をちょっとおこすだけでも、たえがたい激痛だった。筋肉が切れたかのようで、自分の房へ匍《は》って行くことさえむずかしい。

「おい、手をかせ」

看守は雑役《ざつえき》を出させて——雑役と言っても同じ留置人だが、それに手伝わせて、進一を房に運びこんだ。

「ひでえヤキを入れられたもんだ」

と牢名主は言った。これが連日のことだった。

殺人犯のこの若い牢名主は、アカは嫌いだが、サツも嫌いで、デカ（刑事）の拷問に対する憤りが進一への同情になっていた。

「自分の儲けになりもしねえのに、アカは変ってるよ」

これが彼の科白だった。進一を自分のそばにこっそりと寝させた彼は、そうして親分気取りの快感を味わっているようでもあった。近くもう送局《オクリ》ときまったこの殺人犯は、その犯罪の兇悪の故に、そしてここではもっとも古顔なので、若くても牢名主として立てられていた。

新入りの者が鉄格子の扉の内側に、見張り役としておかれていて、看守の巡査が見廻りに立

つと、いちはやく、

「ヤクだ」

と知らせる。危険の隠語《チョウフ》である。その頃の巡査は腰にサーベルをさげていたから、その音でも、それ来たと分ることは分る。

「おい、起きな」

と殺人犯は進一に手をかして、おこしてくれる。

「ありがとう」

と遠慮した声で礼を言う、そうした進一の人柄も、同情を呼ぶのに役立っていた。シャバでは何か取っつきにくい進一だと、はたから感じられていたのに、犯罪者の集まったここでは、それが意外に好感を持たれた。犯罪者らしからぬ印象はかえって反感を招くものなのに、普通の犯罪者の受けない拷問を受けていたせいもあろうか。

「お前さんは、いいとこの坊ちゃんだね」

と殺人犯が言って進一を苦笑させた。良家の出なのに腰が低いと、それも好感を寄せられる原因のひとつだった。敬意や憐憫ではない。

「生活に心配のない人だから、アカなんかになったんだろう」

そういう観察をする留置人もあった。

その同房の犯罪者のなかには、あきれるくらいに卑屈なのがいた。看守にはもとより、同房の者にもたえず、へへっと追従笑いをしている。こういう手合いは逆に憎まれ、いじめられた。むやみと腰が低いのも駄目であり、下賤なのが、腰が低いのは、油断がならぬと警戒され、軽蔑され、憎悪されるのだ。

昼めしがおわって、今は一日のうちで、一番ものうい時間である。看守が居眠りをするのもこの時間である。

その日の昼食は、きたない箱弁《はこべん》の、メシの上に直かに小さなメザシを三匹並べたものだった。そのおかずは「バクダン」と呼ばれていた。「バクダン三勇士」の略である。上海事変の挺身戦死事件で有名だった「バクダン三勇士」——イワシが三匹横たわっているのを、それになぞらえたのである。

ここにぶちこまれた当座は、メシがのどに通らなかった進一も今は、イワシのなまぐさい臭いがメシ全体にしみ渡っているのを平気で食った。弱り果てた肉体は食欲も衰えさせていたけれど、それでも、その箱弁をぺろりと平げていた。もっとも、そうは言っても、メシをのみこむとき、たったそれだけのことでも、筋肉の動きが拷問の傷にひびいて痛く、食うのにかなり手間取ったが、食うことは食った。

われながらそれは、人間の食欲というようなものとは別の感じで、動物の本能をそこに見るおもいでもあった。小さな檻にとじこめられ傷だらけの動物……気息えんえんでも、いじきたなく食いものだけは食う……。

（とにかく、一週間すぎた……）

よく、まあ、頑張ったと自分ながら不思議なくらいだった。自分にそんな強さがあろうとは、自分で意外なほどだった。

強さとはちがう、一種の強情かもしれないが、強情に口を割らないことが、拷問を一層ひどくさせていたところもある。たかが地区のオルグがこんなひどい拷問を受けようとは、進一にはそれも意外だった。拷問者も進一にいまいましげにそうは言っていた。

「チンピラが手を焼かせやがる……」

口を割らせる必要からというより、手を焼かされる怒りに駆られて、必要以上の苛酷な拷問を進一に加えていたようだ。

そうした拷問によくたえられたものだと進一は思うが、それだけに、今は気抜けがして、空しさに似たものが、ふと心をよぎる。頑張り抜いた誇りで自分を慰めることができないのは、自分でも自分をチンピラだと思うからか。

（チンピラの自分が、なんで、ああまで、頑張らねばならなかったのか）

黒い沼からぽっかりふき出る泡のようなものが、進一の心の表面に浮び出た。腐ったガスのようなものが、虚脱した肉体から——精神と言うよりは肉体から、動物化したような肉体から浮んでくる。

頑張り通したあとだけに、虚脱感も強かった。固く思いつめてきたのが、今ここで急に気がゆるんだせいか。

進一がとらえられたのは、誰かがこの進一のように頑張り通さなかったからである。進一がこうしてひとりで頑張り通しても、誰かがまたほかで口を割るのだ。自分のようなチンピラでないのが、口を割る。自分が口を割った場合より、被害がずっと大きい……。

進一の頑張りは愚直なそれということになるのか。なってもいいと進一は思うが、自分の頑張りが単なる自己満足にすぎないのだということになったら、どうなるのか。

こういうときにこそ、進一はひるみがちな自分をいつも勇気づけてくれていた革命的労働者に会いたいと思う。だが、彼らとは絶縁されている。その絶縁は孤立感として進一を苦しめるのだった。

(彼らもつかまるのだろうか)

自分がつかまった以上、ひともつかまることを望んでいるというのではない。つかまらないことが望ましい。しかしそれにしても、この留置場に、同志と思われる者がひとりもいないらしいのは、奇異の感を進一に与えていた。線がちがっても、ひとりぐらい、同志がいそうなものだと思うのに、ひとりもはいっていないようだ。つかまったのは、それぞれ分散的に、ちがった警察に留置されているのだろうが、ここにも同志のひとりやふたりはいることと思っていた。

被害のひどさから推して、当然そう思っていた。

ひどいと言っても、人数としたら、たかがしれているのかもしれない。追いつめられた運動の無力な姿を、それは語っているのかもしれないのだ。

（あれは、どうしたろう）

地区委員に出そうと進一が考えていたあの旋盤工のことである。オヤジからも連絡があったと言ったり、景気のいいことを言っていただけに、

（あれはスパイだったかもしれぬ）


隣りの房から、朝鮮人の哀号《あいごう》の声が、かぼそいかすれた声だけに、よけい切なく聞えてきた。殴られて眼のまわりが赤紫色にふくれあがり、人相がまるで変ってしまったその朝鮮人の顔を、進一は声からいたましく思い浮べたが、

「まだメソメソ泣いてやがる」

そんなあざけりがその進一の耳に入った。

その朝鮮人は古トタンをかっぱらったことでつかまってきたのだが、これが麻薬の中毒患者なのだった。薬が切れかかると、苦しまぎれに喚き出して、それと分った。二三日前のことである。

夜だったから、そのとき進一は房にいた。静かにしろと看守が言っても、苦しさにさいなまれる肉体に、そんな言葉は役立たない。看守は怒って、ひきずり出した。朝鮮人は土下座して哀願した。

うるさい、黙れと看守は肩を靴で蹴った。黙らなきゃ、黙らしてやると蹴りつづけたが、相手は黙らなかった。蹴られる痛さより、自分の苦しみのほうが強いのだろう、大声をあげて、のたうち廻った。

蹴り疲れた看守は、この場合も、

「手をかせ」

と、屈強の男を選んで房から出した。この日本人たちは、相手が朝鮮人だというので、寄ってたかって殴りつけた。そこに同房のいたわり合いはなかった。

「この野郎。ここをどこだと思ってやがるんだ」

無抵抗の朝鮮人を、まるで殴り殺さんばかりにいためつけた。図体が大きいのも、嗜虐《しぎゃく》をかき立てていたようだ。

進一は朝鮮人の同志が、朝鮮人であるが故に、むごい拷問を受けた話を前に聞いたことがある。それを思い出させられた。かずかずの拷問のなかで、聞いただけでも、ぞっとさせられたのは、これだった。身動きならぬように柱に縛りつけられた上、油を塗った固いこよりを尿道にさしこまれ、そのこよりのさきに火がともされた。一気に燃えないで、じりじりといぶされたときの苦しさ――心理的な苦痛を伴ったその苦痛は、どんな拷問のそれよりもひどくこたえたという。

こういうのにくらべると、進一の受けた拷問は、まだしもと言っていい。進一は道場にひきすえられて、竹刀でひっぱたかれた。命に別条はない腕を相手はねらってきて、そこがまたすごく痛いのだった。進一はうめいたが、相手の要求することは言わなかった。

「せいぜい、意地を張るがいい」

本庁の刑事はせせら笑って、所轄の特高係を督励して、進一を捕縄でうしろ手に縛りあげ、その足首をロープで縛った。そのロープはあらかじめ天井の梁にわたしてあった。だらんとたれたロープの片はじを特高係が二人がかりで引張って、進一は逆かさにつるしあげられた。本庁の刑事がその進一を竹刀でぶったたく。進一は気を失った……。

(なんで、あんな目に会わされなくてはならなかったのか)

あんな苦しみをなぜ、ひとりでたえ忍ばねばならなかったのか。

眼をつぶっていた進一は、しゅっと「ヤスリ」に「坊主」をすりつける音を聞いた。こっそりとやっている音が、進一には大きくひびいた。

(はじめるな)

「坊主」とはマッチの棒のことで、頭が丸いからそう言ったのだろう。それを豚箱に持ちこむのに、ながい軸木のままでは目立つので、軸木を折って捨て、頭だけにしているから、よけい「坊主」の隠語がぴったりくる。マッチ箱のあの発火紙も小さい断片にして、発見されないような小ささで持ちこむ。これには「ヤスリ」という隠語がつけられている。そうした隠語に、進一もようやくなれた。

タバコのにおいが、その進一の鼻にただよってきた。やってるな——と眼をあけた進一は、殺人犯が左手の指さきでつまんだ小さなタバコを、口のほうから近づけるようにしてのんでいるのを見た。

太い鉄格子の扉の内側のすぐのところに、前の晩、「ラジオ」(無銭飲食)ではいってきた男と向いあって、年の見当のつかないスリが坐っていて、これが見張り役をつとめている。鉄格子越しに看手のほうに鋭い目をそそぎながら、おつむテンテン、テンだ、テンだとおでこを手でたたいている。テンはヤクの反対で、安全の意味である。

「ラジオ」の男が、前夜、タバコをこっそり一本だけ持ちこんだのだ。喫煙が禁止されているここでは、タバコは大変な貴重品だった。

進一も初めてここへ放りこまれたとき、

「モクは?」

と殺人犯から言われた。当然、タバコを持ちこんできたろうと期待している声であり、そのタバコを早く差し出せと要求する声であった。進一が持ってないと言うと、

「トーシロだな」

とさげすまれた。ポケットのタバコは、ネクタイや、バンドを外させられるときに、取りあげられていた。

「ラジオ」の男はどこに一体、隠してきたのか、たとえ一本だけにせよ、厳重な身体検査のと

きに隠しおおすことはむずかしいのだが、まんまと持ちこんで、

「ほい、差し入れ……」

と奥の殺人犯に渡した。犯罪が兇悪であればあるほど、ここでは威張れる、そして尊敬されるところから、無銭飲食などというケチな犯罪者は、みなから軽蔑されるのだが、「ラジオ」の男はタバコ一本のおかげでたちまち顔がよくなった。それでも、新入りとして扉のそばに坐らされている。

喫煙厳禁のここでは、マッチのあろうはずがないから、たとえタバコをひそかに持ちこんだところで、しようがないんじゃないかと、進一は思ったが、そう思うのは、殺人犯の言う通り全くトーシロだった。マッチはちゃんとあらかじめ隠されていた。発火紙も、小さいながら秘《ひ》匿《とく》されていて、新入りの「差し入れ」を待っていた。

「ラジオ」の男が持ちこんできたタバコを、今、半分に切って、みなで廻しのみをしようというのだ。その短い、大切なタバコを殺人犯はすでにもうふた息すっていても、みなは黙って、喘ぐような顔を向けて、それを許している。もしもこれが牢名主でなく他の者だったら、この野郎！　と頭をいやというほど殴られるところだ。ひと息がいわば原則で、ひと息すうと、急いで隣りに廻さねばならないのだ。

痩せた蒼い顔に黒々とひげをのばして、ひとしお凄味をきかせた殺人犯は、丸めた掌のなかにタバコを隠すように持って、酒でものむみたいなチュウという音を立てて、これで三回目を

やると、右手を団扇にして、口から出てくるけむりを手早く払いながら、

（どうだ）

やるか——と進一に目で言った。進一が顔を振ると、殺人犯は、

「ほい、きた」

と隣りにタバコを渡した。

ありがてえと、うなずきで言わせて、隣りの男はなれた手つきでタバコを受けとるが早いか、もう口を吸いつかせていた。ひと息のみこむと、これも右手を団扇にして紫のけむりを消しながら、お次にすぐ廻しているその手際のよさは、かなりの豚箱ずれと見られる。

順を待っている者たちは、食いいるような眼でタバコを見すえ、こくりと空つばをのんでいる者もあった。俺のところまでは廻りきらないかもしれぬとなさけなそうな面をしているのもあった。古い順でタバコは廻される。そのけじめは厳重だった。

四人目のとき、

「ヤク！　ヤク」

声をひそめて、見張り役のスリが警告を発した。タバコはたちまち消された。指さきでその火を消したのである。留置場の出入口は二重になっていたが、外の扉をあける音を、スリは敏感に耳にしたのだ。次の内扉には小窓が設けてあって、それが向うからカチリと開かれると、

「永森、出してくれ」

そんな特高係の声が聞えてきた。

「永森ですか」

となかから看守が念を押した。

進一は殺人犯に助けられて起きあがった。

「ありがとう」

「いい加減に、お前さんもドロを吐いたがいいぜ」

芋虫のような眉をよせて、殺人犯は言った。

「身体がもたねえぜ」

「うん」

大きな鍵をガチャつかせて、看守が鉄格子をあけ、

「永森、出ろ」

「はい」

バンドを取られたズボンを手でおさえて、よろよろと進一は立った。

留置人のバンドやネクタイを取りあげるのは、それで自分の首をしめて自殺するのを防ぐためである。

特高係に腕を支えられて特高室に行くと、進一を待っていたのは、本庁の刑事ではなく、番

頭の源七だった。

「坊ちゃん……」

あとは絶句して、眼をしばたたいていた。

進一は立たされた身体の痛みをこらえるだけで精一杯で、源七に言葉をかけるどころではなく、刑事の出してくれた椅子にへたへたと崩れるように腰かけた。進一のそのしかめ面を見て源七は、面会に来たことを咎められたとでも思ったのか、

「相すみません」

白髪頭を何度もさげて、

「旦那さまはあいにくお店が忙がしくて、それに奥さまがご病気で……わたくしが代りに……」

と、さし出た振舞いを詫びるように言った。

「病気……?」

はあはあと肩で息をしながら、進一はバカみたいにゆっくりと源七のほうに首をまげた。

「あれじゃ、病気にもなるだろう」

と刑事が口早に、

「おっ母さんにあんまり心配かけないほうがいいな。おろおろしてて、ほんとに気の毒だった」

ガサ（家宅捜索）のときの、母親の狼狽ぶりが眼に見えるようだった。早苗と「同棲」して

いたあの間借りの部屋はあくまで秘して、知られてもかまわない自宅のほうをしゃべっていた。

心痛で母は病気になったのか。心の中で言うだけで、源七に聞くことは進一はしなかった。固く口をつぐむことが、くせになったかのようだった。

源七は口の中で何かもごもご言っていたが、これも声にならなかった。

「面会はほんとはまだ許されないんだ」

源七のたっての願いをきいてやったのだと刑事は恩をきせるように言ったが、こうした面会で気持を挫けさせるのはよくやる手なのである。

「いらんことを、だから、しゃべるんじゃない。いいか」

「は、はい」

と源七は恐縮しながら、

「わたくしは、お店の番頭でございますから……なんにも存じません者で……」

これまではよかったが、まだ肩で息をしている進一に、

「どうなさいましたんです」

さっそく、いらんことを言った。メリヤス問屋の番頭は、昭和の御代《みよ》に拷問のあることなど知らなかった。進一が裸になって生傷を見せたら、源七は腰を抜かしたことだろう。

「本庁のもんは全く乱暴だからな」

責任転嫁のように刑事は言った。源七はきょとんとしていた。

部屋の隅で私服の巡査が謄写版をすっている。そのインキの臭いが強く鼻をついた。なつかしい臭いなのに、今の進一には鼻から頭のシンまで、それがつーんと来て、くらくらとめまいがしそうなくらいだった。留置場のむっとこもった悪臭や、くさい箱弁の臭いなどにはなれたのに、嗅覚までが動物化したかのようだ。

「若旦那さまはいつお家へお帰りになれますんでしょうか」

源七は刑事に言った。

「若旦那って、これか」

とからかって、

「本人の心がけ次第だが、当分は帰れないな」

「早く帰してあげて下さいませんか」

進一の学生時分にやはり差入れに来たあのときのおどおどした源七とは大分ちがっていた。

「早く帰りたきゃ、帰れる方法もあるんだが、まず当分駄目だな」

刑事はそっぽを向いて言った。

「当分……?」

「五六年は帰れないだろう」

「ご冗談を……」

「冗談だと思ってんのか」

開いた窓から、出征兵士を送る遠くの楽隊の音が、風に乗って聞えてきた。

「みんな、日本国民は命を捧げて戦ってると言うのに……」

刑事の言葉におっかぶせるように、

「奥さまより、ご隠居さまのほうが心配なんで……」

源七は油汗の光ったひたいを、つるりと手で撫でて、

「若旦那のせいじゃございません」

ときっぱり言った。


日ならずして、祖母危篤のしらせを進一は留置場で耳にした。刑事につきそわれて進一は自動車で家へ行った。このことを泣いて頼んだという源七が助手席にいて、間に合うといいがと念ずるように言っていた。そしておまじないでもしているみたいに、顔を右に左に焦燥的に振っている源七のぼんのくぼが、病後の老人のようにいたいたしくくぼんでいるのを進一は見た。

「源さん。お加代さんは元気かい」

「へえ」

源七はそう言ったきりだった。

進一の右手には手錠がかけてあった。家につくと、刑事はそれをはずしてくれた。刑事と一

緒に家のなかにはいった進一は、何かあわただしい気配に不吉なものを感じた。

祖母の顔にはすでに白い布がかぶせてあった。

「間にあわなかった……」

進一は枕もとに坐って合掌した。

誰も口をきかなかった。進一をこの部屋で待っていたらしい父も、黙りこくっていた。正二は顔をそむけていた。

久しぶりに見る店の者たちが、ずらりと居並んでいる。そのあたりから、すすり泣きの声があがっていた。

進一は自分の眼にさっぱり涙が浮んでこないのにまごついた。みずみずしい感情はすっかり蒸発して、進一の心は乾き切った土のようになっているのだ。

母は病床に臥しているらしく、その場に見えなかった。それを見舞おうと部屋を出て、廊下に立った刑事に、そう言ったとき、

「お兄ちゃん」

妹の多喜子がはじめて進一に声をかけた。だが、肉親のはじめての言葉は、こういうのだった。

「おばあちゃんが死んだのは、お兄ちゃんのせいよ」

九歳の少女が憤りをこめて言った。

「お兄ちゃん、なにしたの？　おまわりさんに、なんで、つかまったの？」

そこへ源七が来て、

「あちらで、ちょっと、お寛《くつ》ろぎ願います」

と刑事に言って、

「若旦那さまもご一緒に……」

庭に面した座敷に、酒肴《しゅこう》が用意されていた。

「今すぐ、旦那さまもご挨拶に参ります」

ばつが悪そうにしている刑事に、さあどうぞどうぞと座蒲団をすすめて、

「いろいろお世話さまでございます」

と源七は改まったお辞儀をした。

進一も畳に片手をついて坐って、掌で畳を撫でながら、庭に眼をやった。子供の時から見なれた庭なのに、妙に新鮮で、同時にひどくよそよそしい表情だった。赤トンボが一匹、縁側のはじにとまって、動かなかった。その赤い色がいやに眼にしみる。

進一は震災のとき、家族と庭で野宿したことをなぜか思い出した。思い出したら、ほんとに地震が来た——そんな錯覚に進一はとらえられた。ゆらゆらと家ごと揺れているようで、これはいかんと進一は眼をとじた。

多喜子は襖に背中をくっつけて、進一をじっと見つめていたが、このとき、つかつかとそばに来て、

「ドロボーのお兄ちゃんがいるなんて、多喜子、いやよ」

「ドロボー……？」

ビールを刑事にすすめていた源七が、ビール瓶をとんと置いて、

「お嬢さま。若旦那さまはドロボーじゃございませんよ」

言葉やさしくたしなめたが、

「じゃ、ドロボーよりもっと悪いことしたの？」

と多喜子は思いつめた顔で言った。

「いいえ。悪いことなんか、なさいません」

刑事の前で源七は断言した。眼をあけた進一は、この時ひとしくその言葉にびくっとしたかのように、縁側の赤トンボがその羽根を下に伏せるのを見た。

「悪いことしないで、警察へなんか連れてかれるわけがないじゃないの」

と多喜子はひかなかった。

「多喜子」

進一は初めて妹に言った。

「おばあちゃんがなくなったのは、兄ちゃんのせいかい？」

「そうよ。お兄ちゃんのこと心配して、心配して……うわごとにまで、お兄ちゃんのこと言ってたわ」

「どう言ってた」

「あんないい子が、どうしてこんなことになったんだって……」

「おばあちゃんは、そう言ってたのか」

「金光さまに、あれほど、お願いしたのに、お願いをききとどけていただけなかったって、おばあちゃんは可哀そうに、泣いて……泣いて」

一挙に猛烈な涙が進一の眼にあふれて来た。同時に、のどの奥に、熱い生臭いものが、ぐっとこみあげてきた。

口をおさえて、ふらふらと縁側に立った。赤トンボが飛び立ったその場に進一はしゃがみこんだ。

真赤な血の色をした無数の赤トンボが、一斉に進一の口から飛び立った。そんな幻覚のなかで、進一は激しい喀血をした。

庭に吐くつもりで、縁側に吐いた自分の血のなかに、のめりこむように進一は打ち伏した。

意識を失った進一は、血がぼたぼたとしたたっている縁側から首だけだらりと垂らしていた。

その顎から口につたわった血が、もとへ戻ろうとするみたいに、進一の鼻の孔のなかに、ゆっくりとはいってゆく。

第三章

その一

冬の一日、正二はサナトリウムで療養中の兄の進一を見舞うために鎌倉へ行った。正二がそれを思い立ったのは、珍しくその日が暖かったからだが、鎌倉に着いて駅から外に出ると、まるで小春日和のようなぽかぽかした陽ざしが、正二の身体を包んだ。東京よりもさらに暖かい、というだけではないものが、正二の心を暖め軽やかにした。サナトリウム行きは正二にとっていささか気の重いことなのだった。

歩き出すと、やはり風は冷たかった。海岸へ向けて大通りを歩いて行って、ガードの手前で左へそれた。まっすぐ行けば、今は小坂部姓の澄江の父の別荘がある。冬の鎌倉は正二には初めてだった。

澄江が結婚する直前、妙な逢い曳きをした思い出が正二の胸をかすめた。別荘の庭の松が、海風のせいか、傾いた幹の片方にだけ枝がのびて、反対側の枝は枯れて何もなく、おかしな恰好だったことを思い出す。だが今の正二には、澄江の思い出より、現在自分の歩いている道に砂利《じゃり》がごろごろして歩きにくいことのほうが気になった。砂利をただばらまいただけで、車や人の通行で道を固めさせようとする根性が憎らしいと思う。

ずっと雨が降らなくて、白く乾いた道を、トラックががたがたと車体を振りながら、濛々たるほこりを立てて走っていた。トラックのうしろは景色がかすんで見えないほど、ひどいほこりだった。正二はそのほこりのなかを、平気な顔をして歩いていた。東京とちがって馬グソのにおいがする。ひでえなあと口の中でつぶやいていたが、そんなほこりを吸うことを正二はさして苦にはしていない。商店の広告ののぼりが、そのほうがいわば息苦しそうに、色あせた布をゆらゆらと揺れさせていた。

鎌倉の人たちの言う谷戸《やと》に、リナトリウムはあった。丘が両手をひろげているそのなかに、療養所はひっそりと抱かれている形だった。建物の背後の丘は、頂上の松がはっきりと見える程度の高さである。

谷戸にはいると、どこかで落葉を焼いているらしく、煙りは見えないが、不吉なお線香に似たにおいが漂ってきて、正二にお葬式を連想させた。祖母の死んだ日、家で喀血をした兄の進一は、一時その容態があやぶまれ、お葬式がつづいて二度行われるのではないかと思われたほどだった。肺がひどくおかされていただけでなく、身体全体が参っていた。非合法運動の末端にいた進一ではあるが、人には分らぬ心労だったようだ。労働者とちがってインテリだからというより、人一倍の心労は進一の性格のせいにちがいない。近くの内科病院で小康《しょうこう》をえると、病室に出張した刑事から取調べの継続が行われた。進一はすべてをすらすらと自白した。捕えられてからすでに時日がたっている。しゃべっても、もういい。そう思ったからか。だが、その直後、シューブ[5]がはじまって進一の病状がふたたび悪化したのは、自白に対する良心の苛責が原因をなしていたようだった。

書類送検で起訴留保ときまった。間もなく進一はこのサナトリウムに入院したのであった。

盛土に灌木を植えた低い石垣に沿って行くと、車が自由に通れる入口があって、はいると脇に、学校の門衛室のようなものが建っていたが、別に人はいない。そこから病院の玄関まで、校門から教室ぐらいの距離があった。しかし学校とちがってここも人影はなかった。午後の安静時間に当っているせいか。

入院患者のいる病棟は、南に向けて一列に並んでいた。窓に何か乾してあるのが、窓のなかに人のいることを告げるが、人がいないみたいにしーんと静まりかえっている。世間離れのした静けさは不気味なくらいだった。窓のなかの患者たちが死の近づくのを恐れてじっと息をひそめている姿を思わせる。

正二は受付を通さないで、進一のいる病棟へとそのまま足を進めた。歩きながらなにげなく病室に眼をやると、ガラス窓の内側に立って、顔をくっつけるようにして外を見ている男がいた。食い入るような眼だった。何を見ているのだろう。そこは今のような冬でなかったら、美しい花が咲き乱れている花壇だが、この季節では何もない。葉さえ落したバラの、枯枝みたいな細い茎が、くねくねとねじまがっていた。正二は急ぎ足で通りすぎた。進一のいる病棟は一番奥にある。ひとりひと部屋の上等な病室で、窓に患者が立っていたのはいわゆる大部屋である。

病棟の手前の日だまりのようになったところに、八ツ手が白い花をまだ咲かせていた。葉の上に花穂をのばして白い球のような花をいくつもつけている。もうすぐ枯れるその花にアブが群って、残りすくない蜜をせっせとあさっている。正二はいっとき足をとめて勤勉なアブを眺めた。つやつやと胴を光らせたアブはいかにも健康そうで、見ていて気持がいい。

もしかすると正二が姉さんと呼ばねばならないことになりそうな女と、進一の部屋でこれから顔をあわせるのだが、どう挨拶をしたらいいか。「今日は」だけではまずいな。ここへ来て、正二はそれを考えた。どたん場まで、それを考えることを避けていたというのではない。面倒臭いことは考えないようにしている正二は何もそうしたことは考えてなかった。

進一のような照れ性ではない正二は、

「お世話さま……」

といったねぎらいぐらいは、すらすらと言える。言えるが、それは自分が進一の兄みたいな言いぐさになるし、女が自分の兄嫁になるかもしれないことを自分がいちはやく承認しているみたいになる。正二は両親なみにそういう事態に反対しているのではないけれど、正二の性質として傍観者でありたかった。

「澄江さんみたいなひとと一緒になったほうが、兄貴も気持が変って、きっと兄貴のためにもいいんだがな」

正二はそうも思う。でも、それは向うのほうから、おことわりを食わされて、やっぱり駄目か。

「兄貴も実際、なんだなあ……」

あとは言葉としては出てこなかった。一口で言うには、微妙で複雑だからということとはちがう。それだけで正二には充分なのだった。

進一の部屋は二階だった。ちらりと見上げて、病棟の入口に行き、靴をぬいでいると、

「あら、永森さん」

と顔なじみの看護婦から声をかけられた。

やあ、となれなれしく正二は言って、

「兄貴、どうですか？」

「安静時間の面会は厳禁……」

からかうように看護婦は言って、

「付添いさんは、買い物で町へ行ったわ。患者さんがひとりのときに会ったほうがいいかもしれないわね」

正二の兄嫁になるかもしれない女が、正二の両親からだけでなく、看護婦の間でも不評なのを告げる声だった。

「じゃ、急いで会って来よう」

正二はポケットに手を入れて、二つ買ったチョコレートのうち、まだ手をつけてないひとつを、はいと看護婦に渡した。極めて自然なので、相手もおや、ありがとうと受けとって、

「お兄さんと、ずいぶんちがうわね」

「ちがう……?」

「体質もちがうようね」

「ほめられてるのか、けなされてるのか……」

「朗らかね」

「ホンがらか?」

正二はぬいだ靴を手にさげて、階段をあがった。兄の進一がここに入院したとき、正二は母と一緒に付き添ってきた。兄の付き添いと言うより、母に同行を頼まれた正二はまるで母の付き添いみたいなものだった。東京から車で来た。サナトリウムにつくと看護婦が二人、担架を持ってきて、車から抱きかかえるようにして進一を降し、それにねかせた。その一人がこの看護婦だった。

進一をのせた担架を看護婦が二人で病室へ運んだ。かるがると階段を昇って行ったものだ。それほど進一の身体が軽かったのだろうが、そのときの正二は、へえ、力持ちだなと、看護婦の太い足を下から見あげていた。

個室にはいった進一に、入院当時は、病院から紹介された付添いがついて、身の廻りの世話

を焼いた。それが一月ほどすると、進一の希望する「付添いさん」にかえられた。その女が、進一のかつての同志だと分ったとき、母は、あたかもヤクザが進一をふたたび悪の道にひき戻すために、廻し者をつけたみたいに、

「冗談じゃありませんよ」

といきり立った。そんな付き添いはやめて貰おうと言ったが、進一はがえんじなかった。すったもんだの末、病人にさからって、またシューブがはじまってもと、それを恐れて母は折れた。

正二は母のような、廻し者といった見方はしないまでも、押しかけ女房みたいな押しかけ付き添いだと見た。その付き添いでなかったら、いやだと兄が頑張るのは、はたして兄自身の意見かどうか疑問だと思った。その押しかけ付き添いが、今は押しかけ女房になりそうなのだった。

いやなせきが聞えてくる廊下を行って、永森進一と名札のかかった扉の前で正二はとまった。ノックをしたが、なかから返事はなかった。そっと開けると、寝台に横たわった進一は、凹んだ眼窩《がんか》に黒いかげを落して眼をとじていた。

ひと廻りしてまた来よう。そっと扉をしめかけると、進一が眼をあけて、

「おはいり」

低いが澄んだ声だった。

「悪かったな。兄さん。眠ってるとこ、おこして」

「寝てやしない。昼間寝ると、夜ねられない……」

火の気のない部屋は寒かった。硝子窓はしめてあるが、窓の上は網戸になっていて、つめたい外気がすーすーはいってくる。夜でもこのままなのだ。身体は暖い毛布で幾重にも包んで、顔だけ出している進一の鼻は凍傷みたいに赤黒くなっていた。こりゃ、付き添いもたまらんなと正二は思う。扉の脇に、たたみを敷いた付き添い用の小部屋があった。兄の枕もとに足を進める途中、正二はちらとそこを見ていた。きちんと片づいた小綺麗さは、女の性格をあらわしている。正二には何かにが手な感じだった。だらしのないのが正二は好きなのでもないが、あんまりこう、すきがないみたいなのも窮屈だった。

オーバーを着たまま、正二は窓辺の椅子に腰かけた。赤と青のグラフが描かれた表が、サイド・テーブルにぶらさがっている。夕方の微熱がまだとれないなと正二が見ていると、

「昨夜、隣りの患者が死んだよ。昨夜というより今日の朝方だが……」

天井を向いたまま、進一は言った。

「隣り……?」

と正二は顔をしかめた。

「いや、もうとっくにモルグ(屍体室)に運ばれた」

そんなふうに進一は言って、

「ああいうときと言うと、小さな靴音なのに、妙に眼がさめるもんだな。ふと眼をさますと、遠くの廊下から、こつこつと医局の宿直員が急いでやってくる靴音が聞えてきて、ああ、誰か

死ぬな、どこだろう。そう思うせいか、小さな靴音が大きくひびいてくるんだ。こんな時間に医者が来るのは、患者の容態があらたまって、死ぬときときまってるんだ。どこへ行くのかな。どこでとまるかな。耳をすませていると、靴音がだんだん近づいてきて、なんだか俺の部屋へ来るような気がしてくる。俺が死ぬんで、医者が急いでやってくるみたいな錯覚におそわれる。いやなものだね」

たまった用事を、待ってたとばかりに一気に言うみたいだった。正二は辟易《へきえき》して黙っていた。

「死ぬのは夏が多いそうだ。毎晩のように靴音が聞えてくるそうだよ」

「暑いんで身体が弱るのかな」

「靴音が、とうとう俺の部屋の前まで来たときは、ぞっとしたな。しかも、ここですっと靴音が消えた。隣りへはいったからだが、医者の足音と分っていても、まるで死神が俺の部屋に足音もなく忍びこんできたみたいな……」

「そんな話、よそうや」

正二は母から預ってきた金をポケットから出して、封筒のままテーブルに置いた。進一は知らん顔をしていた。正二もことさら、注意をひこうとはしなかった。

「昨日、源さんが来た」

進一はそう言って、

「ひどく涙もろくなったな」

「お父さんの話でもしてった？」

進一はその話題を避けるように、自分のことを話した。

「いきなり、ぽつんとひとりぼっちにされると――変なもんだな」

「もっと、ちょくちょく見舞いに来たいんだが」

「その意味じゃない」

組織から離れ、孤立化した意味だった。

「同志は見舞いに来ないの」

「すっかり連絡が絶えちゃった」

「みんな、つかまったんじゃないかな」

進一は何か言いたそうにして、口をつぐんだ。黙っている進一を見て、正二は兄がまともにこうした話を自分にするのは、これが初めてではないかと思う。

「早苗さんに道で会わなかったかい」

さりげない言い方にしていたが、進一には気がかりなことのようだった。

「会わなかった」

「喧嘩しちゃったんだ」

進一はだだっ子みたいに言って、

「早苗さんが可哀そうで……」

女につきまとわれた兄さんのほうが可哀そうなんじゃないか。そう言ってもみたい気持で、

「可哀そうなんで喧嘩したの」

「早苗さんのことを正二たちは誤解してる。その点でも僕は早苗さんに悪くてしょうがない。僕がなおったら、また運動に連れ戻すために、僕にくっついてるんだろうなんて、それは誤解だ。誰か親身になって僕の看護に当る人がいなくてはと、それで早苗さんが付き添いを買って出てくれたんだ。それはまたそれで、いかにも僕の家が冷たいと言って、出しゃばってきたみたいで、正二なぞも気を悪くしたのだろうが、よそでは患者のお母さんが付き添ってるところさえある。僕はおふくろじゃ気が重いし、通り一遍の付き添いよりは早苗さんのほうがいいんだ。で、早苗さんでなくちゃいやだと僕は頑張ったんだが、それは実は、ほかにも理由があるんだ。早苗さんがここへこっそりと見舞いに来たときは、病気になった僕のかわりに、運動に身を投じようとしてたんだ。早苗さんは、僕がつかまるとすぐ部屋を変えたんで、自分はつかまらなくてすんだ。だが、彼女の兄さんもつかまったし、組織はめちゃめちゃにやられていて、早苗さんとしては、気持のひるみや迷いがあって、僕に相談に来たんだ。もとの僕だったら、そんな早苗さんを卑怯だと叱って、一も二もなく運動に追い立てていたろうが、今の僕にはそれが言えなかった。言える資格もないし、早苗さんがすぐつかまることは眼に見えている。僕の受けたような拷問を女の身で受けるのかと思うと、僕としては、なんにも言えなかった。それで、早苗さんは僕の付き添いになろうと心をきめたんだ」

「逃げたわけか」

「親身の付き添いが僕もほしかったんだ」

「一石二鳥……」

「だが、早苗さんは僕の家からも変な眼で見られるし、早苗さんの家のほうでも、こんな病人の付い添いなんかしてないで、早く帰ってこいと言ってるんだ。病気がうつる心配だってあるから、それは当り前だ。今日も早苗さんの家から手紙が来た。帰ったほうがいいかもしれないと僕は言って、あれやこれやで喧嘩になっちゃった」

最後をはしょって言った。かんじんのところは、ぼやかしていた。結婚の話が二人の間に出たのだろうと正二は察したが、兄はそのことを口にしなかった。今の兄の身体では、結婚は無理である。

だが、擬装夫婦のときに、ほんとはすでに関係があったのかもしれないと正二は思う。正二がこの前、ここへ見舞いに来たとき、ちょうどセイシキの日に当っていた。セイシキと看護婦が言うのを、正二は何のことか分らなかったが、それは「清拭」なのだった。部屋を暖かくして、看護婦と早苗の二人がかりで、進一の裸かの身体を拭き清めるのだった。皮膚が呼吸しなくなるからと看護婦は言った。かいがいしく看護婦の手伝いをしていた早苗の姿は、単なる付き添いとはちがうようだった。

いつか聞いた習志野の女の場合と言い、兄貴も案外、こういう点はだらしがないなと、それが正二にはいささか滑稽でもあった。他のことでは固い、頑固な兄なのにと、その矛盾が奇妙だった。

正二にはいわゆるモダン・ガールの女友だちがたくさんあった。女にとって気やすくつきあえる正二には、つきあう女に不自由をしなかった。しかしそのつきあいは、接吻以上には出なかった。あとの煩わしさを考えての節度ともちがう。

兄貴は女とあんまりつきあわないせいかな。それで、どんな女にでもすぐ参ってしまうのかな。正二はそんなふうにも考えて、

「兄さんは、あのひと、好きなの？」

「正二は早苗さんを嫌いかね」

「そんなことないよ」

と正二はごまかして、

「あんまり、話しこんでは、身体にいけないんじゃないの？」

進一はそれをうなずきで認めながら、しかし話はやめないで、

「療養生活で一番重要なことは、いったんは世捨て人の心境になることだそうだ」

「世捨て人？」

兄貴は肺病になって、むしろほっとしているのではないか。そう言いたいところだったが、正二はこう言った。

「極端から極端だね」

「どうして?」

「いや、兄さんは初めから一種の世捨て人かな。これが会社員か何かだったら、病気で自分の出世が遅れるなんて、あせるから、いけないんだろうね。兄さんには、そんなあせりはない」

「でもね……」

そこへ、すっと扉があいて、早苗がはいってきた。正二を見て早苗は一瞬、立ちすくんだ。そのみすぼらしいオーバー姿に正二は眉を寄せた。

「やあ……」

とだけ正二は言った。家へ帰ると、正二はここの様子を母に報告せねばならない。スパイに来たようなものである。その役目を正二は心の咎めることとは感じないが、気は重い。早苗の献身が不可解で、ひとに説明しにくかったからである。青春の身を肺病の進一の看護に献げているわけが、兄の説明だけでは納得できなかった。

これが同志愛というものなのだろうか。犠牲ということが好きなのだろうか。たとえ兄を愛しているのだとしても、これがもし正二のつきあっている女たちなら肺病なんかごめんだと逃げ出すだろう。薄情というより、そのほうが正二には自然だった。

オーバーをぬぎかけた早苗に、

「僕、オーバー着たまま、失礼してます」

と正二は言って、真赤にふくれた早苗の手を見ると思わず、

「いろいろ、すみません」

それにおっかぶせて、

「正二がお金持ってきてくれた」

と進一が、報告にしては、怒ったように言った。礼を言ってくれとも取れる。

早苗は口の中で何か言って、その眼を急にうるませた。正二のいたわりのせいか、兄の言葉に屈辱を感じたのか、その涙の理由が正二には分らなかった。

その二

家に帰った正二は、母から病院の様子を聞かれて、

「割と元気だった」

と元気な声で答えた。

「付き添いさんは……?」

こたつで婦人雑誌を読んでいた母は、早苗のことをそんなふうに言った。

母が一番聞きたがっているのはこのことなのだ。そうと分っていながら、自分から言い出そ

うとしなかった正二は、

「実に、ありゃ、献身的だな」

大きな声で言った。感歎というより早苗をからかうような声になっていた。その正二に、

「靴下ぬいで……」

と母がこれも大きな声で言ったのは、くさい足をこたつに入れるなという注意だった。脂足《あぶらあし》の正二は、さらの靴下が冬でも一日で臭くなる。

「足を拭いてらっしゃい」

母から更に注意されて正二が面倒くさいなと言っているところへ、幸い、妹の多喜子が流行のヨーヨーを手にして部屋にはいって来た。

「おい、頼む。雑巾持ってきてくれ」

正二の声に、

「足拭きの雑巾よ」

顔をしかめて、母がつけたした。

きたない台所雑巾で正二に足を拭かせるのは気の毒だという心使いかどうか。むしろその逆で、ねとねとした脂足を、綺麗な廊下をふく雑巾で拭かれるのは気持が悪いという神経かもしれない。雑巾にはちゃんと区別がしてあった。もとからそうだったが、もとはそんなにうるさく言わなかった。

とみに潔癖になったのを正二はヒステリーと見ていた。祖母の死以来、ヒステリーがひどくなったと正二は見ている。

多喜子がヨーヨーをこたつの上に置いて、しぶしぶ出て行ったあと、

「あれは、お母さん、認めてやったほうがいいな」

「早苗さんのこと?」

「そんなに献身的……?」

と母はその名を口にして、
使いなれない言葉に冷笑をこめていた。正二もそれにいささか同調して、

「変ってるよ、全く」

「あの娘さん?」

「両方だね。不思議だね」

正二は早苗の献身を、それだけ限定して母に認めさせようというのではなかったから、

「不思議だけど、とにかく、あの岸本さんという人はよくやってるな。えらいもんだな」

と言ったが、それは早苗にかならずしも好感を持って、そう言ってるわけではなかった。

病室から帰るとき、早苗は正二の靴を持って下まで送ってきてくれた。そうした早苗には正二も恐縮していると、

「お母さまによろしく……」

それまではよかった。それだけでとめておいてくれるとよかったのにと正二は思うのだが、つづいて早苗はこう言った。

「何も、あたし、あなたの兄さんと結婚するつもりじゃないんです。お母さんにそうおっしゃって……」

こういうのは、かなわんな。正二は口の中でつぶやいて、

「僕は母のスパイで来たんじゃないですよ」

「あたしも、そんな意味で言ったんじゃないです」

しっぺ返しのように早苗はすぐそう言って、

「あの人、あたしのこと、ちっとも好きじゃないんです」

「あの人?」

近づいた早苗の身体には薬のにおいがした。何の薬か分らぬが、消毒薬か何かのにおいのようだった。それは一瞬、悲しみのようなものを正二の心にもたらした。正二はしゅんとなったが、

「あなたも——あなたが、そうなんでしょう」

鋭く切り込むように言った。しかし、そうは言ったものの、正二にはどうでもいいことなのだった。だから、ついでに正二は、ほんとにどうでもいいことを聞いた。

「お風呂は——病院にあるんですか?」

唐突の質問に早苗は、たたきにおろしかけた靴を宙に浮かせたまま、正二を見あげた。西陽

を横合いから受けたその早苗の髪は、部屋で見たときとはちがってひどく赤っちゃけて、艶《つや》がない。きりっと束ねてあるくせに、もやもやと枯草が乱れているような佗しさで、つまり女らしい色気といったものがさっぱりない。

「銭湯へ行くんですか」

「ええ」

「寒いですね。大変だな」

どうでもいい話題なので、かえって重大な話のような口ぶりで、

「ここまで戻ってくるうちに湯冷めがしちゃうな。や、すみません」

靴をそろえて立ち上った早苗に、正二は礼を言ったが、そのとき正二がちらと見た早苗のえりは、これも、もやもやと毛が生えていて、荒れた冬の庭のように寂しい。不潔感はないが、色気もない。兄貴にはこういう女がいいかもしれない。

「あの看護婦さん、どこ行ったかな」

ひとりごとを言いながら、靴をはいた。はきおえて、正二がうしろを振りかえると、早苗はあらぬ方に眼をやったまま、ぼうと立っていた。

進一だったら、はっとするところだろうが、そうしたショックめいたものは正二にはなかった。それでも早苗のその姿は、無言のうちに、ひとつのことだけははっきりと告げていた。兄の場合は、牢屋へ行くかわりに、病気が彼をサナトリウムに監禁した。そこにいわば結論が出

ていた。早苗はしかし宙ぶらりんで、病いに倒れた同志の付き添いということで一応糊塗《こと》しているが、自分で何か結論を出さねばならない。

「じゃ、さよなら。よろしく……」

正二のほうが進一の兄のような口をきいて、

「さっきのことは、母には別に言いません」

「言う必要がないとおっしゃるんですか」

「さあ……」

そんなふうに突きつめて考えてはいなかった。母に言うのがただ面倒くさいというだけだった。

「わたくしたちの間の問題だとおっしゃりたいんですか」

「弱ったな」

正二にはこういう会話は、にが手だった。

(問題……か)

こういう口のきき方をする女が土台、にが手なのだ。いやなんだ、こういうのは――しかめっ面にこれは言わせて、

「そういうわけでもないんですがね」

「どういう意味ですの？　おっしゃることがよく分らない……」

「解釈は、まあ、ご自由に……」

と逃げて、帰ってきた正二だが、

「やっぱり、あの問題は、はっきりしたほうがいいな」

と母にはそう言った。こたつにはいることを禁じられた正二は、立ったまま、妹の置いて行ったヨーヨーを取って、玉をあげたり下げたりする遊びをやっていた。ヨーヨーのまだはやりかけの頃で、正二は初めてそれを手にしたのだ。

まんじゅうを平たくした形の白い木製の玉に、滑車のような溝が深く刻まれている。溝の奥の中心に、木綿のより糸が巻きつけてあって、巻いた糸の先を持って玉をおろすと、くるくるとまわりながらさがってゆく。その中途でひょいと指先ではずみをつけると、玉が逆にくるくるとあがってくる。うまくあげるにはコツがあって、なれないと、だらりと糸が伸びてしまって、巻きあがってこない。正二もはじめは思うようにやれなかったが、何度か失敗しているうちにすぐさまコツを会得した。

自由自在に玉を操っている巧みなその手つきに母は感心しながら、

「問題って……?」

と言ったが、これはそういう言葉使いに反撥したわけではなさそうだった。

「知らん顔じゃおかしいよ」

「そうかねえ」

「可哀そうだよ」

「進一が？」

「結局は夫婦になるね」

わがままな兄貴だと、正二は指に力を入れて、糸をひっぱった。力がはいりすぎて、ゆらゆらと玉が揺れ、上へは昇ってこなかった。こういうときは、ずるずると玉は落ちてしまう。

「どうせ夫婦になるんだったら、早いところ、正式に認めてやったほうが、いいんじゃないかしら」

「向うの親御《おやご》さんがどう言うかしらね」

「こっちの親御さんはどうなの」

「親をからかうもんじゃありません」

母はこわい顔をして、

「お父うさんだって、反対なんですよ」

「お母さんさえ、うんと言えば、おやじなんか……」

「なんかとは、なんです」

「だって、そうじゃないか」

母は読みかけの婦人雑誌の頁をとじて、

「進一もあんまり勝手すぎますよ」

「今に始まったことじゃないや」

と正二はあざけるように言った。

したい放題のことを勝手にして、それで病気になって、寝込んでもまだ勝手な、「付き添い」を傍に置いている兄。闘争だ革命だと勝手なことを言って、母を悲しませ肉親を苦しめ、そして自分自身の前途をも勝手に棒に振った兄。そんな兄だと見ながら、そういう兄を正二は嫌っているのではなかった。そんな兄にはやっぱり勝手なことをさせたほうがいい。

「勝手を通させるより、しようがないかね」

と母が言った。弱気の声ともちがうようだった。

「通させまいとしても、結局通してしまうね」

正二はのほほんと言っていた。

廊下をバタバタと多喜子が駈けてきて、

「はい」

指でつまんだ雑巾を正二の鼻さきに突きつけた。

正二がそんな足音を立てると、頭にひびくと言って叱る母も、多喜子だと黙っている。男と女とでは足音がちがうと言うが、多喜子のほうがずっと乱暴な大きな音を立てている。

「や、すまん」

と多喜子に言って、正二は左手でヨーヨーをすくい取るようにして、こたつの上に置いた。正二のその掌に多喜子がぴしゃりと雑巾を叩きつけた。

「お、つめてえ」

「買ってきたばかりのヨーヨーを、いやだわ」

幼児の頃から多喜子は自分のおもちゃを人にさわられるのをいやがった。

「そいじゃ、こんなところに置いとくなよ」

「お兄ちゃんが持つと、なんでもすぐ、ベトつくみたい……」

「俺の手がそんなにきたないかい」

母は黙って、こめかみをおさえていた。わが子とはいえ、正二が男くさいにおいをたちまち部屋に充満させたため、頭痛がしてきたかのようだ。

そんなことに一向おかまいなく正二は足を拭きながら、

「ミカンか何かないかね」

「知らない。ひとばかり使わないで……」

こたつにはいった多喜子は、手を高くあげてヨーヨーをやっていたが、そんな恰好ではうまくいかない。玉はすとんと畳に落ちて、落ちたらもうあがらない。

「じゃ、いらねえや」

足を拭き終って、雑巾を丸めた正二は、その置き場に困って、床の間にぽいと投げた。

「そんなところへ……」

母に咎められて、うるせえなと正二は雑巾を自分のポケットに突っこんだ。

「駄目、そんな」

またも母に叱られたが、

「足が暖まったら、すぐ着物に着替えるから……」

と言いながら、正二は素足をこたつにもぐりこませた。

派手なこたつの蒲団は死んだ祖母が自分の手で作ったものである。母の少女の頃の着物をはぎ合せて、こたつ蒲団に仕立てたのである。

「大きい兄ちゃん、どうだった」

進一のことを多喜子はそう言った。ヨーヨーはもうやめていた。

「どうもこうもないさ。肺病はそんなに急に、どうっていうわけにはいかないよ」

「見舞いに行ったりして、うつらないかしら」

「うつるね」

あっさり正二は言った。

「あら、いや」

「行かないほうがいいね」

「お兄ちゃんは行って、大丈夫なの。心配ないの」

「うつったっていいさ」

女中が番茶を持ってきた。

「ありがてえ」

正二が喜ぶと、多喜子は、

「あたしが言ったのよ」

ちぇっと正二が舌打ちをしたのと、母が、

「よく気がつく子だね」

多喜子をほめたのと同時だった。一時は正二をちやほやしていた母が、今は多喜子をちやほやしている。

「うるさい女になるな」

と、つい正二は口をすべらせた。多喜子はだんだんその顔も母に似てくる。

「なんのこと？」

つめよるみたいに多喜子は、輪廓のはっきりしないような白い顔を正二の眼の前に近づけた。

「付き添いさんのことさ」

結婚したらあの早苗も、うるさい女になりそうだ。そこまでは言わないで、

「大気療法とかなんとか、名前だけはもっともらしいが、こんな寒いのに、外のつめたい空気が部屋にスースー……部屋のなかだと言ったって、まるで外にいるのと同じだ。原始的だね」

失言をごまかす気持でしゃべり立てると、多喜子が、

「そいじゃ、まるでただ放ってあるみたいね」

「そりゃ、まあ、注射は打ってるさ。それがまた馬の注射器みたいな、すげえ大きな注射器なんだ。進一兄さんの腕が細いから、よけい、注射器が太く見えるんだろうが、量だってすげえもんだ。静脈注射だけど、よくあんなにたくさんの注射液がはいるもんだとびっくりするね。ザルブロって注射だ」

「ザルって、お台所のザル……?」

「ザルソブロカノン、それを略してザルブロ。進一兄さんは血管が細くて、ゴムで腕をしばっても、ちっとも血管が浮いてこないんだ。注射するほうじゃ、ひと苦労らしい」

「進一兄ちゃんだって可哀そうだわ。そんなすごい注射を打たれて……」

「それも毎日だからね。たまんないや」

それをまるで、いい気味だとせせら笑うみたいに言って、正二は番茶でのどをうるおした。

「注射は、ほんとにいやだねえ」

と母が眉をひそめた。

その母に似た細長い指で、多喜子は茶碗を取ると、飲む前にいっとき眼の下に茶碗を持って行った。そうして湯気を当てると眼が美しくなる——祖母からおそわったことを、多喜子はおまじないのようにやっていた。これは芸者などがお座敷に出る前にすることで、眼がうるんで美しく見えるという粋筋《いきすじ》のならわしを、祖母は子供の多喜子に面白半分に言ったにちがいない。それを多喜子は、言いつけを守るみたいに、まじめくさってやっていた。

祖母は死んでも——その肉体は消えたが、この家にはまだ祖母が生きている。この家のあるじは父でなく、母と祖母なのだ。その父も来年は五十である。

多喜子は茶碗を口に近づけて、

「大きい兄ちゃんも、そうやってて、何年ぐらいかかるかしら」

「死ぬまでに……?」

正二はふざけて言ったが、多喜子は、いやあと悲鳴のような声をあげた。茶碗を取り落しそうなくらい、びっくりしていて、

「大きい兄ちゃんを、そんなに嫌いなの?」

つきつめた声で言った。

「馬鹿だなあ」

大柄な母に似た身体つきの多喜子に正二は言った。

「お母さんは嫌いかもしれないが」

「なにを言うんです、正二は」

母はうろたえていた。

「自分の子を嫌うわけがありますか」

「今日はヤケに、好きか嫌いかなんて、そんな話ばっかりだな」

「そんな話、ちっとも聞かないわ」

と多喜子がませた口をきいて、

「大きい兄ちゃんは、容態がそんなに悪いの？」

「悪かないさ」

「じゃ、いいの？」

「よくもないさ」

「どっちなの？」

「生きていられるだけ、もうけもんさ」

正二は太く短い指のさきで茶碗をくるりくるりと廻していた。

この子は……と、おびえたような眼で母は正二をみつめていた。

まる二年間を進一は鎌倉のサナトリウムですごした。進一をこうした病床につかせる大きな原因になっていた非合法運動は、その二年間にすっかり壊滅状態に陥っていた。

病床に臥しても「世捨て人」の気持になりきれないで、運動からの離脱をひとりで悩んでいた進一は、戻るべき組織がなくなっては療養に専念するほかはなかった。それはしかし、苦悩からの離脱を意味するのでもなかった。

早苗は一時、郷里に連れ戻されたが、三月ほどで家を捨てて進一のもとに帰ってきた。早苗の実家は、末の見込みのないこんな肺病の進一などに娘が自分の身を託そうとすることには反対だったが、二人がそれほど愛しあっているのならと折れて出た。

早苗との結婚に反対だった進一の家でも、もうしようがないとあきらめた。進一のすることへのあきらめ、これは今に始まったことではない。とっくにサジを投げていて、早苗とのことも、好きなようにするさというところだった。

これは早苗の実家にしても同じことで、女だてらに東京で赤の運動をしていたこの娘は、まず嫁に貰い手はあるまいとあきらめていた。持てあまし気味は両方の家とも同じなのだ。

そのくせ両方の家はこのことで反目しあい、和解を拒んでいた。進一の母に言わせると、長男の進一にはちゃんとした嫁を持たせて、今までとはちがった新しい生活ができるようにさせたいと思っていたのに、女闘士なんかに押しかけ女房になられて、これでは息子の更生が不可能だと怒る。大きな網元である早苗の実家に不足を言うのではないが、かんじんの娘がいけない。いけない娘を生んだ実家にも責任があると、自分のほうは棚にあげて文句をつければ、早苗の実家はまた、とんでもない男にひっかけられたと言い立てる。こっちこそ娘が可哀そうで、親の身としてやり切れないと言う。

両方とも親の立場からは許せないと、同じ主張をして、お互いに相手を難じあった。そうしないと、自分のほうが悪者になるからである。しかし本人同士、愛しあっているのなら仕方がないと、その一点で黙認をかわしていた。

だが、進一と早苗を結ばせたものが、はたして愛かどうか、それはほんとうのところ疑問なのだった。愛から出発した結びつきかどうかは分らない。敗れた者同士、傷ついた心をいたわりあうところに、いつか離れがたい感情が生じたのかもしれない。だとしても、それが愛の出発より、二人を結びつける力において弱いとも言えない。

サナトリウムから退院した進一は、そのまま東京のアパートに移り、小さな部屋で早苗と暮すことになった。

そのアパートは源七が見つけてきたもので、

「日当りのいいところをと思って、これでもずいぶん、足を棒にして探したんですよ、坊ちゃん」

「まだ——坊ちゃんか」

「へえ……」

源七は進一にではなく、早苗にこくんと頭をさげて、

「若旦那——がほんとですが、警察で若旦那と言ったら、睨まれちゃって……また、坊ちゃんに戻っちまった。坊ちゃんのほうが、わたしにはいいですね。なあ、おい」

と加代に言った。引越しの日である。

加代も連れてきて、源七は引越しの手伝いをさせていた。引越しと言うほどの荷物もないが、こまごまとした炊事道具などが、いつしか病室にたまっていた。加代は早苗を若奥さまと呼んで、

「それは、若奥さま、あたしがいたします」

面倒なこと、手がきたなく汚れるような仕事は早苗にかわって、自分がひきうけた。

アパートの部屋にはあらかじめ進一の母の心使いで、病人用の静臥《せいが》椅子や新しい家具が買い揃えてあったが、引っ越しの当日、母は顔を見せなかった。お加減がお悪いそうで……と源七は詫びるように言った。

その母の言いつけで、源七は手伝いに来たのだと、母を庇いながら、自分の手伝いを出しゃばりと見られはせぬかと恐れているかのようで、それをこんなふうに弁解した。

「坊ちゃんが、わたしには大事で大事で……かんにんして下さい」

自分の大事な息子みたいだと言いたかったようである。加代との間に子供はなかった。

鎌倉から自動車で来たのだが、進一はアパートに着くと、目まいがすると言って、すぐ静臥椅子に身を横たえた。退院前の二三ヵ月、進一はそれまで寝たきりの身体をならすために、病院の外までずいぶん散歩に出ていたのだけど、車窓の外を流れる目まぐるしい景色がやはり進一を疲れさせたのだろう。歩行練習で初めて室内から庭に出たときのように、ぐったりと疲れていた。

その初めての歩行練習のときを進一は思い出す。足がいかにも不安定で、足の下の固い地がふわふわした雲のようだった。足が地についてないと言う言葉があるが、実にそんな感じだと進一は苦笑したものだ。地の上を歩いていながら、足はまるで地を踏んでないような頼りなさだった。

毎日すこしずつ歩く距離をのばして、しまいには駅近くまで行けるようになった。これならもう大丈夫と自信をつけて、退院したのだ。車だからよけい平気だと思ったのに、車は歩行以上の疲労を進一に与えた。実生活から遊離した時日のながさを今さらのように知らされるとともに、こんな調子ではまだまだ実生活に戻れないことをそれは進一に告げていた。

夕方、正二がアパートを訪ねると、狭い部屋が静臥椅子でよけい狭くなったなかで、ささやかな退院祝いが開かれるところだった。

折り詰の小鯛を加代が部屋の隅の台所で焼き直していた。日本橋の料理屋に源七が特別にあつらえた折り詰であり、早苗に面倒をかけまいと気をきかした折り詰にはちがいないが、野外ならいざ知らず、部屋のなかでの折り詰はあじけない。だから正二は、

「ああ、いいにおいだ、うまそうなにおいだ」

と、煙りに鼻を向けた。

病人の進一をはばかって酒は用意してなかったらしく、正二のこの声を聞くと、源七が、

「こりゃ、やっぱり酒がなくちゃ……」

「そうだな」

寝たまま進一が言って、早苗に買ってくるようにと命じた。

「若奥さま。あたしが買ってまいります」

と加代が言った。源七が老けこんだせいか、加代は年よりずっと若々しく正二には見えた。女中をしていた頃のほうが、今より老けている。そんなわけはないけど、そんなふうに思え

るほど、加代の立居には、若やいだ、きりっとした張りのようなものがみなぎっていた。加代には今の生活が幸福なのかもしれない。源七の、その十年一日の、うだつのあがらぬ生活は決して幸福とは思えないが——。

「僕は、酒はいらないけど」

正二は自分のための配慮だったらと辞退した。

「源さんだって、飲みたいさ」

進一が柄にない諧謔《かいぎゃく》の口調で言うと、

「お祭しのいいことで……」

源七は皺の深いおでこを自分の掌で叩いて見せた。

「おやじは来ないのかしら」

酒を買いに出る加代に金を渡している早苗を見ながら、正二が言った。

「今夜は地方のおとくいさまのもてなしで、どうしても抜けられませんので……」

と源七はおとくいさまにするみたいなお辞儀をして、

「そう言や——いえ、そう言やというわけでもないですが、坊ちゃんがたのお母さんが、わたしには若奥さんでしたのに、二代の若奥さんに仕えるんじゃ、わたしも年とったわけですね」

早苗は面はゆそうにして、立ち働いていた。かいがいしい若奥さまぶりだった。

「それはあとで、若奥さん、加代がいたしますから、ま、ここにお坐りになって……」

と源七が言った。

加代は酒と一緒に花を買ってきた。花は加代が自分の財布から金を出して買ってきたのだろう。花瓶はあってもこの部屋に花がなかったことを、正二はこれで気づかせられた。子供の頃、花が好きだった正二は、加代の手にした花束を見て、ふと子供の頃の自分にめぐりあったような気がした。

「若奥さま。これを……」

生けてくれと言って、加代は酒のカンに廻った。銚子がないので、ヤカンでじかに酒のカンをするのである。

「外へいちいち買い物に出るんじゃ、大変だな」

自由なアパート暮しにも不自由な点があると正二は言いたいところだった。

「いいえ、明日から御用聞きがいっぱい詰めかけてくるでしょう」

源七は言いわけでもするような語調で、

「当節、この競争のはげしいときに、おとくいさまを放っときゃしませんさ」

――この源七は年のせいか、たあいなく酔った。盃がなくて、茶碗で飲んだせいもあろうか。源七にすすめられて正二のほうが、量としてはよけい飲んでいたが、まだ学生のくせにこれはけろりとした顔だった。

「お強い……。亡くなられた大旦那さまにそっくりだ」

源七はうれしそうに言った。

だが、それからほんのすこし経っただけで、源七はそれまでのうれしそうな様子を急に一変させた。眼がすわってきて、顔も不気味に蒼ざめた。

むっつりと黙りこんで、唇をへの字に結んで、ぐいぐいと酒をあおった。そして茶碗をぽんと音を立てておいた。酒が茶碗の底から飛び出して、ちゃぶ台を濡らした。

あわてて加代が、ふきんで拭いて、

「そろそろ、おいとましましょうか」

「うるせえ」

と源七がならず者のような口をきいた。なんで気を悪くしたのか、なぜ不機嫌になったのか分らない。

「源さんはこの頃、酒くせが悪くなったそうだね」

正二がずけずけ言った。

「へえ、そうですか」

源七はうそぶいて、

「旦那がそうおっしゃってたんで……?」

加代はおろおろしていた。

「喜助さんさ」

と正二は軽く言った。

「あの喜助の野郎が、そんな生意気な口を……」

喜助はノレンをわけて貰って、新しい店を出していた。

「どこでお会いになったんで……」

「うちの店に来てたのに会ったのさ。源さんも会ったろ」

「へ！　あのゴマすり野郎」

毒づく源七の横顔に早苗はひどく冷静な眼をそそいでいた。正二はこの早苗や進一の仲間の言う客観的な眼とはこういう眼かもしれぬと思った。嫌悪はないが、愛情もない。無関心とも好奇心ともちがう。

鎖につながれた犬が兇暴な吠え声を立てているみたいな源七の、その顔はみじめな醜さでゆがみ、悲惨と言いたいくらいだった。それをまるで生きものとは別の、感情も生命もない物体でも見るような早苗の眼だった。その早苗自身、小さいが、堅固なブロンズ像のようだった。

(こういうのは、かなわない)

その正二の横顔をまた、進一がひそかに静臥椅子から見ていた。と正二が気づいたとき、熱でも出たのか、うるんだ光りを放った眼を進一は天井にそらせていた。

当然顔を見せていいはずの早苗の兄が、この日、アパートにとうとうやってこなかった。

早苗の兄の岸本は、進一と早苗の結婚に実は反対を唱えていたのだ。反対の理由は、進一の病身である。

妹の幸福を思ったら、兄として反対するのは当り前だが、岸本と進一の間では、それが当り前ではすまされないはずだった。世間並のこの当り前は通用しないはずだった。そもそも進一に早苗を託したのは、岸本にほかならないからである。

二人の結婚は、ありうべきことと考えていていいことだったのだ。もとはそうだったのが、進一が病気になって、岸本の考えもかわったのか。もとは同志だったのが、今は組織の崩壊で、もとのような親密感が失われたせいか。とにかく進一との結婚に対して、早苗の両親と同調して岸本は反対していた。だがこれは早苗にだけ言っていたことで、進一の耳にはいれてなかった。

「どうして岸本君は——兄さんは来なかったのかな」

「さあ……」

進一に背を見せて片づけものをしていた早苗は、うしろ向きのまま曖昧な返事をした。

「なんか、また、もめてるのかな」

女とのもめごとという意味である。早苗はくるりと振り向いて、

「怒ってるのよ、きっと」

「僕のことを？」

岸本の反対はうすうす進一も勘付いていた。

「いいえ、あたしのことを……」

「最近何か、兄さんを怒らせることでも……」

「いいえ、前から――妹を押しつけたみたいになるのは、いやだって、兄はそう言ってんです」

その兄の言うことをきかなかったので、怒っているのだと早苗は言う。

「冗談じゃない」

進一はほかにまだ、早苗が岸本から言われていることで、それをそのまま言えない、言いにくいので言わないでいることがあるような気がした。だが、追及はしないで、

「岸本君も変ったな」

と進一は言った。

岸本は進一と同じ頃にやはり捕えられたが、転向の手記を書いてシャバに出た。はじめはそれが偽装転向と進一にも分ったが、そのうち、あやしげなバーの女給と同棲したり、ダンサーのひもみたいになったりして、崩れた生活に堕ちて行った。日本主義に転向するより、デカダンのほうがはるかに良心的だというのが岸本の言い分なのだった。

その三

徴兵検査――男に生れた以上、誰でものがれることのできなかった、かならず受けねばなら

ないこれは、楽しい青春に暗いかげを投げていた。恐怖のあまり自殺する者さえあったほどだ。

正二の友人の柿沢も、

「女はいいなあ」

絶望的な声を出した。徴兵検査がなくて、女は羨しい。

「不公平か」

と正二は笑った。正二たちは学生に与えられていた特典として徴兵延期願いを出していたが、卒業が近づくとともに検査が迫って来た。

「大きな声じゃ言えないが、いい方法を聞いた」

検査から逃げることはできないが、兵役からのがれる方法、つまり不合格になる方法があると、それを柿沢は正二に告げた。

「ヒマシ油を毎日飲んで、下痢をつづけるといいそうだ。しまいに慢性の下痢症状になって、げっそりと痩せ衰えて、こんなものは役に立たない……」

丙種！　と言い渡された先例がある。柿沢はそう言った。へらへらとしゃべる柿沢の癖は、劇団当時も今も変らなかったが、正二にも秘訣を教えてやるという形で、正二からそれは名案だと言われることを望んでいたようだ。それはぜひやるといい、そう正二がすすめてくれることを期待している表情だった。

万一この名案がばれたら、徴兵忌避として重罪に処せられる。それだけにその実行には決意がいる。同時に秘密を必要とする。だからまたかえって共犯者をもとめる心理がそこに動くのだろう。正二は誘いを拒むという語調ではなく、

「そんなことして、ほんとに病気になってもつまらんな」

「兵隊に取られるよりいいよ」

「それもそうだが」

話に乗ってこない正二が、柿沢は不満らしく、

「君はいい身体してるから、そんなことをしても駄目だな」

と嫌味を言った。

「無駄か」

この正二は、兵隊に取られることを、さして苦にしてはいなかった。みんなが勤めあげていることを、自分にできないわけはない。そういう気持の正二は、だからとて柿沢のことを臆病の卑怯のとさげすむことはしなかった。

「君は大概、大丈夫だよ」

取られることはないだろうと柿沢を慰めた。

「大概じゃいやだね」

ただをこねるみたいに柿沢は言って、

「君は、取られても、平気なのか」

「しょうがないさ。兄貴のかわりに、きっと俺は取られるだろうな」

「かわりに……？」

「兄貴の分を、きっと俺は勤めさせられるだろうね」

この二人がある日、浅草の小さなレヴィウ劇場へ行ったとき、そこで偶然、有光と美弥子の夫婦に会った。

もとは浅草をこわがっていた正二が、今は自分のほうから柿沢を誘ったのだった。ひょうたん池のそばのそのレヴィウ劇場の踊り子のひとりが、正二は好きになっていた。と言っても、ダンシング・チームの一員としてその踊り子が出ている舞台に、正二はひそかに、われながら純真なと思われる一種のあこがれの眼を放っていただけで、そしてそのことを柿沢には何も言ってなかった。淫猥な眼と取られることを恐れたのでなく、愚かな純真を笑われるのを避けたのである。

劇場と言うより、小屋と言ったほうがいいこのレヴィウは、踊りとしてはインチキで、好色の眼を光らせた客たちには、踊り子のエロチックな肢体だけで充分なのだ。そうした客に、その踊り子は人気があって、

「いよう、スミちゃん」

と客席から声がかかった。

「ス・ス・スーミちゃん」

与太者の声らしいのも聞かれた。

芸名があの澄江と同じなのだ。正二がひょっこりここへレヴィウ見物にはいって、プログラムに澄江の名を見出したのが、その踊り子に眼をひかれる原因になってはいたが、その踊り子と小坂部澄江とはまるでちがうのだ。座席はいつも満員で坐れない。正二はひとりでここへ来ると、かぶりつきに近い場所へ行くのだが、柿沢を誘った日は、客席のうしろに立っていた。同じようにうしろに立った有光夫婦の姿を最初に見つけたのは柿沢だった。

「二人で来てら……」

と柿沢はあきれたように言った。男客相手のレヴィウを夫婦で見に来ているのは、たしかに妙だった。

「兄さんは……?」

と有光が暗い顔で正二に言った。

「ええまあ」

曖昧な返事をした正二に、

「ずっと見舞いに行ってないが」

触れたくない話題だが触れずにはいられないといったかげのある有光の声だった。

「もう退院しました」

正二が言うと、有光は、

「そら、悪かった。いや、よかったな」

うろたえたように言った。

正二は冷静に美弥子を観察していた。以前だったら、美弥子のほうがこういう場合、有光を押しのけるようにして話しかけてきたものだが、これも妙だと正二は思った。結婚生活でしおらしくなったという感じではなく、美弥子は意地悪そうなにやにや笑いを有光に投げていて、それでよけい妙だった。

その美弥子が、つと笑いをひっこめて、

「正二さんはどうなの？」

「どうなのって——相変らずですよ」

「こんなところへ遊びに来て、悪くなったわね」

「そう言うあなたは……？」

横から有光が、

「柿沢君より永森君のほうが親しいのかい」

「さあねえ」

美弥子はとぼけて、

「あたしの実家と永森さんの家は、同じ麻布ですもの」

もとはボクと言っていた美弥子が、「正二さん」を急に「永森さん」と変えていた。

不思議そうにと言うより面白そうに、柿沢が、

「なんだって夫婦であんなエロ・レヴィウを見に来たんだろう」

と正二に言った。

「倦怠期かな」

「あの有光さんも演出をやってた頃は颯爽たるものだったが、尾羽打ち枯らして見るかげもないね」

この柿沢の言葉には誇張があったが、正二も同感だった。有光は女をあつかうのがうまいと柿沢がいつか言っていたのを思い出しながら、

「あれじゃ、美弥子さんも幻滅だろうな」

「あれは、君の兄さんが原因なんだぜ」

へーえと正二はとぼけたように言ったが、わざとではなく、それが正二には自然の声なのだった。

「だって、君の兄さんのために有光さんはつかまって、それでルンペンになっちまったんだ」

柿沢は正二の声が不服のようだった。

「つかまって、会社をクビになって以来、有光さんはどこにも勤められなくて、エロ雑誌なん

かに匿名で変な原稿を書いて稼いでいるらしいが、全く気の毒なもんだな」

「兄貴のせいか」

「せいだとは言わないが」

「兄貴と言えば、もとはズベ公にばかり惹かれてたんだがな」

正二は踊り子の澄江からあの小坂部澄江を思い出していた。

「兄弟揃って……か」

と柿沢はひやかした。

「俺はズベ公は嫌いだ」

「君の兄さんは美弥子さんが好きだったのか」

正二は、ううんと首を振って、

「美弥子さんも以前は取り巻きをいっぱい連れて、銀座を派手にのしてたもんだが、昔日の俤《おもかげ》はないね」

「でも、綺麗は綺麗だね」

「綺麗かねえ」

「そりゃ、俺の恋人のほうが綺麗だけどさ」

と言って柿沢は自分の恋愛のほうに話を持って行った。喫茶店のレコード係の少女と恋愛をしていた柿沢は、のろけを言いたくてうずうずしていたのである。

その喫茶店へ正二も出入していて、柿沢の恋愛の相手をよく知っていた。喫茶店の女にしては品のある顔立ちだったが、しかし正二はそれを下賤の女というように見ていた。そういう言葉を使っていた。喫茶店勤めをしている以上、貧しい家の娘にちがいない。それで下賤と正二が呼んだのではなく、そうした種類の女性が、たとえば撞球場のゲーム取りなんかをも含めて、総じて正二には、恋愛の対象にはならない女だった。下賤の女とはそういう意味だった。

そしてこの正二は——今は下賤な踊り子が好きになっている正二だが、すこし前に実は悲痛な失恋があったのだ。正二自身の言葉で言えば「深窓の処女」に恋をしたのである。

大きな門構えの、いわゆる山の手の屋敷の令嬢だった。大正の震災を免れた明治期の洋館が、門からのぞかれた。その洋館から聞えてくるピアノの音が正二には、ピアノに向っている令嬢の姿を思い描かせた。正二は胸をおどらせて、その門の前を行ったり来たりした。

女から言い寄られることになれていた正二も、女に言い寄ることにはなれていなかった。正二の言う下賤の女から正二はよく惚れられたが、深窓の処女とはそういう経験がないので、よけい勝手が分らない。

近づきがたい相手であることが、彼の恋を募らせた。そういう相手であることによって、むしろそこに恋というような現象が生じたのかもしれない。

失恋によってそれは正しく恋愛だったのだと正二は気づかせられた。初めての失恋だと正二は考えた。そうなると、それは初めての恋愛だったとも言える。

正二はラブ・レターを出したのである。思いあまって、そういう方法に出た。声をかけることができなくて、手紙で呼びかけたのだ。直かに声をかけられなかったのは、相手が近づきにくい令嬢だったからというだけでなく、慕情の強さの故に近づけなかったせいもある。

正二のラブ・レターは不良学生めいた所業と目された。令嬢のかわりに、家令と覚しい中年男が正二の前に現われた。

お嬢さまに、つけ文をするとは何事かと正二は難詰された。相手は正二の父が日本橋に店を持っているなどをちゃんとしらべていた。山の手の人々の間には、下町の商人への軽侮が、抜きがたく存在していた。身分がちがうと明らさまに言った。

正二がこの場合は下賤と見られたのである。

日本橋の店員に、兄の進一とちがって親しまれていたいわば庶民的な正二が、恋愛の相手に、こうした格式にこだわる家の令嬢を選んだのは奇怪だった。下賤の女などという言いぐさがそもそも奇怪なのだった。正二は変ったのだろうか。庶民的な正二だから逆に、そういう深窓の処女への慕情を胸に燃やしていたのだ。

はかない失恋だった。正二は拳固をかためて自分の頭をゴツンゴツンと叩いた。正二を知っている者には信じられないような狂態だった。しかし翌日になると、正二はもう立ち直っていた。すくなくとも、すぐ立ち直った姿を外面では見せていた。

レヴィウの踊り子はこの令嬢に似ていたのである。顔や身体つきはちっとも似ていないが、他人には分らない、他人は似ているとは思わないところに、正二は相似を見ていた。何かの拍子に可愛く肩をちょっとすくめて見せる。踊り子のそのくせが、令嬢とそっくりだった。それが正二には、他人の知らない秘密なのだというふうになっていた。正二はこうして踊り子が好きになったが、しかしこの下賤の女は正二の恋愛の対象にはならないのだった。

学生服で徴兵検査を受けた正二は、「めでたく」（とは検査官の言葉だったが）甲種合格で、柿沢は望み通りの丙種だった。ヒマシ油のおかげかどうか、柿沢は口を緘《かん》していたが、正二も別に聞こうとはしなかった。

「すまんな」

とだけ正二に言った柿沢に、

「恋愛はどうした。これは合格か」

「モチ……」

と柿沢は言った。

「結婚すんのか」

「結婚と恋愛は別だ」

「そうか。それこそ、すまないねと言うところだな」

正二は入営延期をして、大学を出て、商事会社に勤めた。父は正二を店のあとつぎにしたい

と思っていたのだが、

「他人の釜のめしを食うのもいいだろう」

と言った。

その頃、兄の進一に会って、正二は、

「有光さんがつかまったのは、兄さんの関係なんだって？」

「古いことを言い出したな」

「有光さんに会ったんだ」

「いつ？」

「兄さんのせいで、有光さんはひっぱられたんだってね」

そんなことはないと進一は強く否定した。

「有光君のことは僕は黙ってたがな。個人的なシンパなんだから、しゃべる必要はなかったんだ。向うからも追及はされなかったし……」

兄の言うことに、うそはないようだった。

「でも、有光君自身がそう言ってたのか。俺のためにつかまったって？」

進一は暗い声で言った。組織が崩壊したこの時代は、お互いに不信を投げ合っていた。

「また聞きなんだけど」

正二が言うと、

「しかし有光君自身、そう思ってるのかもしれないな」

この進一は有光と同じような佗しい暮しをしていた。翻訳の安い下うけ仕事などをして、細々と生活している。

「左翼でつかまると、もうどこにも勤められないのかね」

正二の問いに、

「そんなこともないが……」

兄は言葉を濁した。

「有光さんは気の毒にずっとルンペンらしいな」

「夫婦別れをしたよ」

と突然、兄は言った。正二には全く突然の感じだった。

「なんだ、兄さんのほうが詳しいや」

それは当然だった。そうと気づいた正二は、有光の夫婦別れも当然のなりゆきのように思えた。

「あの有光さんが……?」

と早苗が顔をしかめた。早苗にも突然の、これは初耳だったようだ。

「最近聞いたんだ」

兄は不機嫌な表情で、

「女のほうから有光君に別れ話を持ち出したらしい」

そう言って、その聞いた話というのをここでした。

貧乏な有光に美弥子はとうとう愛想をつかしたのだ。その美弥子が実家に帰らず、アパートでひとり暮しをはじめたところから、かげにどうやら男がいるらしいという噂もある。その男とは、美弥子が劇団にいた頃、アトリエを稽古場に提供した、当時美術学校の学生だったのが、それらしいという。美弥子をその当時から好きだったそうだと、今頃になって、そんな話が出てきた。我孫子というその男は、家が金持ちなので、生活の心配なしに呑気に画を描いている。だが、そうしたタイプの男は、たとえ金持ちの息子でも、美弥子はもうこりたはずで、ほんとは中年の実業家とひそかにつきあっているのだという説もある。そうした話をする進一の言い方には、変な毒々しさがあって、正二をまごつかせた。

「いやですねえ」

と早苗は言った。進一の毒々しさに対するひんしゅくのようでもあった。

「どっちが悪いのかな」

と正二は首をかしげて、

「気の毒は気の毒だな」

「どっちが?」

むずかしい顔をした兄に、正二はおどけて言った。

「さあ、どっちに味方したらいいか」

「女のほうに正二は味方したいんだろう」

兄は毒々しく言った。

「兄さんは身体の調子がまた悪いんじゃないのかい」

「正二は牛みたいに頑丈だな」

「おかげで甲種合格だ」

この兄弟の間で、つづいて、共通の知り合いの話が出た。あの殿木は東京の警察署長をつとめたのち、今は地方に出て特高課長になっていた。殿木がかつては進一を思想運動に導いた先達だったことを思えば、驚くべき変化だが、内務省入りした殿木としては、順調なコースをたどっていたのである。

「しかし、特高課長とは、すごい裏切りだね」

と正二は力んだが、正二の力みは空虚な印象から免れない。

「ま、しょうがないさ」

兄は投げたように言った。

「殿木も宮仕《みやづか》えした以上は、ああいう道を辿らざるをえないね」

庇う感じではなかったが、

「殿木さんというひと、わたし知らないけど」

と早苗が遮って、

「そんなの、許せないわ」

「僕もそれに賛成だ」

と正二は言った。これがぴりりと神経にさわったらしい進一の顔だった。

殿木の裏切りを誰よりも憎んでいるのは、憎んでいいのは進一だった。そして殿木を誰より
も糾弾できるのは進一だった。その進一をさしおいて、殿木の裏切りと何の関係もない正二が
生意気な口をきいたのが、カンにさわったのか。だが、正二には言わないで、

「君とは関係のないことだ」

と進一は早苗にそう言った。

「でも、個人的に関係はなくても、一般的な問題として……」

と早苗は言葉をかえした。こういうのはかなわんなと正二に感じさせるあの言い方だった。

「だったら、特に殿木だけを責めても、はじまらない」

兄はいささか受け太刀《だち》の形だった。

「お友だちなので特に許すみたいなのは、おかしいわ」

と早苗は突いた。かなわん感じが強まっていると正二は見たが、へたな口はきくまいと兄への
助け舟は出さなかった。

「許してるわけじゃないさ」

と兄は言った。

「じゃ、どういうのかしら」

兄は弱々しい笑いを浮べて、だがそれに怒りをこめて言った。

「ことわっておくが、僕は自分の今の生活を何も合理化しようといった気持で、殿木のことを弁護してるわけじゃないんだ」

「そんなこと、わたし言ってるんじゃないんです」

固い早苗の声には悲しみのようなものが流れていた。

「澄江さんは幸福らしいな」

と正二が話題をそらせた。これも殿木に裏切られた澄江だが、小坂部との結婚生活は順調で、可愛い男の子が生れていた。正二がズベ公と呼んでいた澄江は、平凡な家庭にはいると、案外平凡な妻になっていたようだ。しかしその幸福な家庭も、良人の小坂部にいつ召集の赤紙がくるかもしれないという不安からはのがれられなかった。

（あの澄子は、どうしたろう）

異母妹のことが急に思い出されたが、正二は早苗の前で、それを口に出して言うことはひかえた。

十二月一日がこの正二の入営日だった。その朝、祝いの赤飯をたいて一家は正二を囲んで食事をした。その祝いの席から進一と早苗はのぞかれていた。

その四

家門の誉《ほま》れである正二の入営を、できるだけ盛大に送りたいと父の辰吉は、日本橋の店の者を呼び寄せていた。その店員たちが祝入営と大書したのぼりをいくつも立てて、暁の町を、正二を先頭にして繰り出して行った。行列を作って聯隊《れんたい》まで歩いて行くのだ。どんな場合も辰吉と肩を並べている母の妙子が、今日は多喜子と二人で、正二と辰吉の並んだあとに従った。源七の顔が見えなかったのは、主人のかわりに店に居残ることを辰吉に命じられたからである。

辰吉の意図した以上に、正二を送る行列は盛大だった。入営のこうしたしきたりはしかし、盛大であればあるほど、一種のわざとらしさから免れなかった。ほんとは誰も心のなかで、入営をめでたいとは思ってないからだ。それを、そう思っているように振舞わねばならない。自分で自分をだまし、そしてお互いにだまし合っている。そこには明らかに虚偽の隠蔽があった。

中途で同じような行列に会ったが、正二と同じその一年志願兵の顔には、おさえてもおさえきれないはにかみが浮んでいた。虚偽を憎むというような強い心はないまでも、わざとらしさに対して照れているのだ。その行列は正二のそれのように盛大ではなく、義理で駆り出されて来た人々で盛大だというのではないようだったが、この一年志願兵は——この名称は公的には廃されて、幹部候補生というようになっていたが、普通はまだそう言っていた――それでもやはり照れていた。

一方これとは全く反対に、感動に蒼褪めている入営者もあって、行列の人々の身なりからすると、町の魚屋や八百屋といった小商店の息子と見られた。正二のような徴集延期はしていない年若い入営者は、入営を光栄とせねばならぬ強制をそのまま自分の気持にしている。辰吉もおそらくそうだったように、そこに自己欺瞞の感覚はなく、彼の心を占めているのは盲目的な自己陶酔にちがいない。無自覚ながら権力におもねることに、自身は喜びを感じている。その感動に泣き出しそうな顔さえしていた。

入営者にはこうした二つの型があった。では正二はどうかと言うと、そのいずれでもなかった。インテリふうに照れてもいなければ、無智な感動もしていない。予科の学生のとき舞台を踏んだ経験が、こういうときに物おじしないで、しゃあしゃあと振舞える度胸もさも正二につけさせたかのように、きわめて自然な足どりで公衆の前を歩いていた。人目を意識することは正二を決してぎごちなくさせないで、かえって闊達にした。頼もしい息子だと辰吉は誇らかに胸を張っていた。この正二もときどき顔をしかめることがあったが、心理的な原因からではなく、頭を坊主刈にしたのが寒くてしょうがないのだった。

聯隊の前はすでに人でうずまっていた。冬の風にはためいているのぼりのなかには、夏を思わせる白い寒冷紗《かんれいしゃ》のもあった。

人々はあちこち、ひとかたまりになって、その輪の中心に入営者が立って、見送り人に向って紋切り型の挨拶をしている。いずれも棒でも呑んだみたいにしゃっちょこばって、その口から白い息を吐いているのはいかにも悲壮に見えた。

正二は改まった挨拶はしないで、みなさん、ご苦労さんでしたと、くだけた口をきいた。気軽に旅行にでも出るみたいなそのあっけなさは、眠気のやっとさめた見送り人に不満を与えた。しかしそれだけ、悲壮な入営者よりも、腹がすわっているようにも見えた。正二の会社の者もここへ駆けつけて来た。やあやあと、正二は握手をかわした。

そうした人々の万歳の声に送られて、営門をはいった正二は、同行を許された父母とともに雨天体操所へ行った。臨時の面会所に当てられたそこが「地方人《ちほうじん》」の立ち入れる唯一の場所である。そしてそこは今日、入営者とその親たちとの別れの場所になっていた。親たちにとっては、あたかも遠い船旅に出る息子と、いよいよ別れを告げるために、岸壁に立たされたおもいである。しかも軍隊はその苦難において船旅の比ではない。

母の妙子は息子をここで手離さねばならぬ段となって、

「身体にくれぐれも気をつけておくれ」

と母の真情を吐露した。すると辰吉が、

「小学生にでも言うみたいなことを……お母さん。正二は大丈夫だよ」

とたしなめた。何が大丈夫なのか、言っている本人にも分らない声だった。辰吉のほうがすっかりあがっている。

正二もまた、どっちの言葉も上の空で聞いていた。正二は決して腹がすわっているわけではなかった。あがっていると自分ではっきり分っていた。だから彼はそんな自分を見まいとして、自分の周囲に眼をそそいでいた。

ひとりの入営者が正二の眼をとらえた。母親と覚しい、貧しい身なりの女が、その若者の背に顔をかくすようにして、そっと涙をぬぐっていた。今は言葉もなく——そんな言葉を想起させる無言の涙だ。若者の顔も明らかな絶望で歪んでいた。明らかと言うより露骨の感じだった。母に背を向けている彼は、悲嘆にくれている母から意識的に眼をそらせているのでもないようだった。どこを見るでもない、呆然とした眼差しだった。

やがて内務係の軍曹が来て、入営者の名前を呼びあげたとき、正二はその若者が瀬波という姓であることを知らされた。その名を呼ばれて瀬波は、

「は、はい」

おびえたような声を出した。低くてもそれは軍曹の耳にとどいたはずだが、

「瀬波一郎」

軍曹はもう一度言った。

「はい」

叱られたみたいに、瀬波はやや声を高めていた。これでよく合格したと思える弱々しい体格と見られたが、紙のように蒼褪めた顔がそう見させることに役立っていた。なで肩をいよいよ落して、見るからに惨めな姿だ。そんな瀬波を軍曹は、おさえた無言で睨んでいた。はっきり返事をせえ——どなりつけたいのをおさえている。家族たちのいる前では我慢している。それだけに、我慢した分の何倍か、あとで気合いをかけてやるぞ。軍曹の無言にはそれが感じられた。同情よりも、いらだたしさを正二は覚えた。その正二の名が、そのすぐ次に呼ばれた。正二はびっくりして、

「はい！」

大きな声で返事した。返事は大きな声でせねばならぬと半ばは自覚してのことだったが、めめしい瀬波への面当てみたいな声になっていた。

よろしいと軍曹はうなずいた。

こうして所属中隊がきめられると、正二たちは家族とひとまず離れ、営庭を引率されて兵舎の二階へ行った。

いわゆる内務班は、革と油のにおいがツンと鼻をついて、何よりも正二に軍隊を感じさせた。保革油とスピンドル油のにおい、それが正二は初めてのものだったからではない。学校の軍事教練ですでにおなじみなのだが、学生の正二がなじめなかった、なじむことができなかったに

おいなのだ。そうしたにおいに今やなじまねばならぬ。なじめなかったにおいから、もはやのがれられない世界に来た。正二はそこに軍隊を感じたのである。

なじめなかったにおいに、なじもうと正二は思った。なじむことができなかったにおいとはいえ、それに今やなじまねばならない以上、一刻も早くなじんだほうがいい。積極的になじむようにすべきだ。正二はそう覚悟した。

正二のなじまねばならぬのは、においだけではなかった。すべてになじまねばならぬ。においがいち早く正二にその存在を告げたこの世界に、一刻も早くなじまねばならぬ。そうした順応の必要を、においがいち早く正二に告げていたのだ。においになじもうとすることは、この世界になじもうとすることだった。

廊下の左右に銃架がずらりと並んでいる。その銃架のうしろの各部屋には、寝台が十台ずつ向い合っていて、それがひとつの班である。瀬波は正二と同じ班だった。しかも寝台が向い合っていた。

寝台のワラ蒲団の上には、それぞれ、頭のほうに毛布、敷布がきちんと積んであって、足もとに被服一式がのせてある。官給品とそれは呼ばれている。どういうわけか、寝台のひとつおきに、新しいその官給品が置いてある。正二たちは素裸になって、官給品の被服を身につけることを命じられた。フンドシをのぞいて、私物は一切ここでぬぎ去らねばならないのだ。

ゴワゴワの襦袢《じばん》（シャツ）をまず取って、寒気で鳥肌立った手を通した。前の貝ボタンをはめながら、正二はちらと瀬波の裸かを見た。偶然眼についたようで、しかし何か瀬波のことが気になっていたのだ。正二は女の肌のような瀬波の裸かを見た瞬間、そうと分った。反感が関心になっていたことにも気づかせられた。

こっちはボタンをはめているというのに、裸かの瀬波は襦袢を手にしておろおろしている。生来のぐずなのか、それともあがっているためか。ぽちゃぽちゃしたといった形容がぴったり当てはまりそうな、意外なその肉付きは、歯がゆいのろま振りとともに、正二の反感をいよいよ強めた。個人的になんのかかわり合いもない相手だから、理由のない反感だったが、正二にはそれが理由のない反感ではなかった。

ボタンをはめ終ると、次はズボン下だ。この袴下《こした》にはボタンはなく、ヒモでしばる操作がややこしい。足首もヒモで結ぶのだ。学校の軍事教練では習わなかったし、土台、目にしたことさえなかった。生れて初めてお目にかかる妙なこの代物から正二は、自分は兵隊なのだという惨めな実感を与えられた。足首をヒモでくくるのは何かいかにも惨めな感じだったからだ。惨めな兵隊——正二は自分にそれを感じた。

入営者がここで初年兵になるのだ。初年兵にはひとりずつ古年兵が横についていた。つきっきりで初年兵を兵隊に仕込むために、隣りの寝台にそれぞれ古年兵の寝台があった。言いかえると、古年兵の隣りに初年兵を寝させるのだ。新品の被服が寝台のひとつおきに置いてあったのはそのためだった。

その古年兵を「戦友」と言う。正二の「戦友」は意地の悪そうな上等兵だった。正二が大学出の一年志願兵なのが癪なのだろう、それを露骨に言動に出していた。芋虫みたいに濃い眉毛を寄せて、正二にヒモの結び方を教えた。

これがすむと、靴下をはいて、今度は軍袴《ぐんこ》（ズボン）だ。ベルトでしめるのではなく、これもヒモがついていて、それを腰で結ぶのである。

そして上衣を着る。えりはホックで、胸は五つボタン。もっと手早くボタンをかけろと「戦友」は言って、

「なれると、これが三十秒でやれるんじゃ」

それはつまり三十秒で被服を身につけねばならないということだった。

「物入れのボタンをはめ忘れんように、気イつけれ」

物入れとはポケットのことだ。

「はい」

古年兵の言葉には訛りがあった。どこの訛りか見当がつかないが、軍隊訛りとも聞かれて、正二の心にそれは重々しくのしかかった。

「よろし。靴をはけ」

「はい」

こうして着がえが終った。兵服で身を固めたというより、身に合わない不恰好な軍衣袴《ぐんいこ》は彼

に、囚人にでもなったようななさけなさを感じさせた。そのおもいを押し殺しながら正二は、ぬぎ捨てた私物を風呂敷に包んだ。下着から洋服一切だから、ひどくかさばった。短靴もあって、それをそのまま洋服と一緒に包まねばならぬ。おろし立てのワイシャツのなかに、黒い靴を正二はヤケクソに突っこんだ。

中隊長の訓示ののち、正二たちはふたたび面会が許された。それまで家族たちは辛抱強く待っていたのだ。ふくらんだ風呂敷包みをさげて、正二は面会所へ行った。

「はい、これ」

と風呂敷包みを母に渡したときは正二も胸が、きゅーんとなった。これで外界と絶縁するのだ。裸かで軍隊に放り込まれたのだ。


無我夢中の生活がはじまった。何も考えない無我夢中への没入を正二はみずからつとめたのだが、事実、一日中キリキリ舞いの連続なのだった。それメシアゲだ、それ掃除だ、それ演習だ、それ点呼だと、コマ鼠のように走り廻っていなければならなかった。

学校ですでに習った敬礼、不動の姿勢、整列、行進――そういった初歩の教練のときに、正二はほっとできるのだったが、すでに知っているということを頭におかないで、初めてのことのようにそれに専念した。そのほうがかえって気が楽なのだ。バカ臭いと思い出したら、キリがない。やりきれなくなる。その苦痛からのがれるためには、自分を忘れるにかぎる。理窟でなく自然に、正二はそれを心得ていた。忘我にひたることにむしろ献身の快ささえ正二は感じていた。

正二の「戦友」は、そうした正二の姿を冷やかに眺めていた。誠心誠意と見ないで、一種の猫かぶりと見ていたようだった。

夜の点呼あとで便所へ行き、臭い小部屋のなかでひとりだけになると、やはり溜息が正二の胸から溢れてきた。文字通り胸の奥に溜めてあったもの、おさえにおさえていたものが、不意に口から飛び出してきたとき、あーあという声が伴った。

隣りの者に聞えやしなかったか。その正二の耳に、隣りの便所から、ウーンウーンと力んでいる声が聞えてきた。滑稽なような、悲しいような力み声だ。

「大グソをたれてやがる」

そう言う正二だって、自分でびっくりするほどの――（正二の言葉で言えば）カイビャク以来の大グソをたれていた。兵隊になって、そういうクソをするようになった。それは兵隊のクソなのだ。

早く食え、早く食えとおどかされて、嚙まないで、嚙むひまなんかなくて呑みこんでいる麦メシ、無理やりのどへ押しこんでいる麦メシが、そのままクソになって出てくるみたいだ。誰も彼も大グソをたれていた。それが眼の下に、こわいみたいに盛り上っている。それは悲哀をそそる醜怪な眺めだった。

その夜、正二が寝つこうとすると、向いの寝台の瀬波がモゾモゾと起き上った。下痢気味のようだった。

廊下に出ると、バカでかい声で、

「瀬波二等兵、カワヤへ行って参ります」

大きな声さえ出せばいいと正直に大声を出していた。

「馬鹿野郎！」

ほかの班の古参兵から瀬波はどやしつけられた。眠りを破られたのはその古参兵だけではなかった。

またたくうちに一月が過ぎた。暮近くの日曜日に、はじめての外出許可がおりた。引率外出でなく、個人外出が許されたのだ。一期検閲の前に、それは異例のことだった。どうしたわけかと古年兵は首をひねったが、初年兵は大喜びだった。その喜びをあらわに現わすことは、もちろん許されない。しかしおのずと普段とはちがった空気になって、古年兵から、

「なんだ、そわそわしやがって」

と、どなりつけられた。

どなりつけておいて古年兵は、朝食がすむと、外出許可証を物入れにおさめて、みんなさっ

さと出て行った。そのあと、初年兵はそれぞれの「戦友」の洗濯物をかわって始末しなければならなかった。初年兵の世話を焼いてくれるはずの古年兵の、逆に世話を焼くのが初年兵の義務なのだ。

十時頃にやっと出られることになって、服装検査でまた手間取った。瀬波はもちろん——そんな感じで、検査にひっかかった。巻脚絆のヒモの結び目とズボンの外側の筋とが、どうしても合わないのだった。

営門を出たときは、冬の陽ざしがすでに午後のような弱さに見えて、正二をまごつかせた。これではすぐ帰営しなくてはなるまいといった戸惑いだ。その戸惑いは、街を歩くと更に強まった。眼に映る街の景色が、すっかり勝手のちがったものとして正二をまごつかせた。あっという間に終った一月だが、その間に街の表情が急変していた。と彼は見たが、急変したのは彼のほうなのだった。

人がぶらぶら歩いている、それだけのことが、ひどく異様に見えた。外界との絶縁はたった一月なのに、その一月が実質的には何年間にもわたる絶縁にひとしいものを彼に与えていた。

外出許可を耳にしたとき、正二は何よりもまず食い物屋へ飛び込もうと思っていた。何を食おう。そうだ、まず天丼だ。——酒保《しゅほ》へはまだ行けないので、そうした食い物に飢えていた。うっかり酒保へなぞ行こうものなら、初年兵のくせに生意気だ、タルんでる、とやられてしまう。天丼、天丼——手近かなソバ屋へはいって、天丼くれ！　そう言おうと張り切っていたのだが、正二は今、見知らぬ土地に来た異邦人のような自分をそこに見出していた。

正二は円タクをひろって、わが家めがけて急がせた。とにかく、わが家へ行こう。彼の物入れには兵隊の給料がはいっていた。月給は五円五十銭だが全部は貰えない。一週間に一遍ずつ割ってくれる一円七十五銭の、その二回分を彼は持っていた。

急いで駈けつけたわが家は、しーんと静かで、わが家までが正二に対して水臭い。玄関を乱暴にあけて、大きな声で、

「永森二等兵、ただ今、家へ戻りました」

帰営の申告の練習でもあった。

上り框にどんと腰かけて、手早くゲートルを取っていると、多喜子が飛んできて、

「あーら驚いた。お兄ちゃんだ。――お母さん。お兄ちゃんよ」

と、また家のなかへ飛んで行った。

あたふたと母の妙子が出てきて、

「あら、ほんとだ」

そんなことを言って、

「いきなり帰ってくるなんて……」

「天丼――天丼」

これもいきなり注文をして、

「そうだ、カツライス」

「どっちを食べるんです?」

「両方だよ」

靴をぬいで、上り框にあがった正二は、母と正面衝突しそうになった。

「早く註文して……」

「なんて、まあ気ぜわしい……」

母は多喜子に女中を呼んでくるようにと言って、

「ほんとに両方食べるのかい」

「まだなんか食べるかもしれない」

へーえと母はあきれて、

「そうそう、お風呂、わかしましょうね」

「それより、甘いものも食いてえな。それは家にあるでしょう?」

「はい、はい」

顔を出した女中に、天丼の註文を電話でするようにと言ってから、

「もうすぐお昼だから、みんなと一緒じゃどうかねえ」

「腹が減ってんだよ」

「カツも家で作るんじゃなくて、やっぱり外から取るのかい」

「家で作るんじゃ遅いもん」

「どっから取ったらいいかねえ」

「どこでもいいよ。早いとこがいいな」

この正二を先頭に、がやがやとみなは茶の間に行った。母は正二から離れまいとするように、あとを追いながら、女中に指図をした。

「おスシなら、多喜子もお相伴《しょうばん》するんだけど」

いっぱしの口をきく多喜子に、

「脂っこいものが食いたいんだ」

正二が言うと、

「お兄ちゃんのその剣、ずいぶん、ちっちゃいのね」

「兵隊はこれだよ」

「なんだか、おかしいわ」

将校の軍刀でないことが多喜子には不満なのだ。幻滅もあるようだった。

「兵隊はこのゴボー剣ときまってる」

「ほんとにゴボーみたい」

正二はそのゴボー剣を床の間におくと、こたつに足を入れた。脂足がくさいから雑巾でふけとは母は言わなかった。

代りに多喜子が、

「お兄ちゃんて、なんだかくさい」

と鼻をくんくんさせた。

「ああ、よかった」

と母が言った。言うと大きな溜息をついて、がっかりしたかのように、肩を落した。

「なーに？」

「いいえね……」

母は口ごもった。言葉が溢れてきて、かえって口がきけないようだ。

「お兄ちゃんは、朝ごはん食べてこなかったの？」

多喜子は自由に口をきいた。

「食べたよ」

「まるで食べてないみたい」

「天井、くるかな」

「ねえやに電話させたけど。様子を聞いてみようかね」

そわそわと母は立って行った。目が廻るみたいなので、ひと息つきたいのかもしれない。

正二は多喜子に、

「お父うさんは？」

いないことはもう分っていたが、やはり聞いてみた。

「日本橋でしょう」

変な言い方をして、

「お兄ちゃんは、とってもせっかちになったわね」

「ボヤボヤしてると、どやされるもん。タルんでるって」

「タルんでるって、何が？」

「精神」

こたつの中の足がむれてきて、正二は靴下をぬいだ。ぽんと投げ出すと、多喜子がそれを指さきでつまみあげて、

「これが靴下？　変テコな靴下……」

日本橋の店で扱っている靴下とはちがって、足の形はしていない。正二の足でいくらか、くせがついてはいたが、木綿の細長い袋が多喜子の指さきからだらんと垂れていた。

「タルんでるわね」

そこへ母が戻ってきて、

「ほんとによかった」

「天丼がすぐくるの？」

と多喜子が言うのを無視して正二に、

「元気な顔見て、ほっとした……」

「大丈夫だよ」

父の口真似だとは気づかない。

「心配でしょうがなかったけど」

「心配することないよ」

「でも、大変なんだろうね」

「うん、まあね」

「どうなんだい。つらいんだろうね」

「それは、まあ……」

うるさそうに話題を変えて、

「会社の社長の家へ挨拶に行ってこうかな。行かなきゃ悪いな」

行くのがおっくうだから、そんなことを言っていた。

「分った。お兄ちゃんたら、兵隊さん臭い」

母に座を譲って正二のそばに坐った多喜子がとんきょうに言った。

「兵隊だもん」

「そうそう、着物に着かえたら……そいじゃ、窮屈でしょう。着かえて、くつろぐといいわね」

正二の気ぜわしさが伝染したみたいに、母はまた立って、

「今日は進一が来るんだよ」

「義姉《ねえ》さんも一緒？」

「さあねえ」

その声には暗いかげがあった。

餓鬼《がき》のようにガツガツ食って、

「もう戦死だ」

と正二は畳に倒れた。ああ食った食ったと腹を撫でているところへ、兄の進一がやってきた。

和服に二重廻しを着たまま部屋へはいってきた進一は、

「玄関に兵隊靴があるんで、おやと思ったんだが、やっぱり正二か」

と、なつかしそうに言った。正二はがばと起き上って、

「兄さん。しばらく……元気そうだね」

進一ひとりで来たのである。

「正二も元気だね」

その兄のしゅす足袋のつま先が破けていて、親指の爪がのぞいている。正二はそれを見て、父の辰吉がほんとは田舎者のくせに、ヤボったいしゅす足袋を嫌って、紺足袋しかはかないのを思い出した。その足袋は、洗うと紺が褪めるので、辰吉はいつもおろし立ての足袋をはいて

いた。

進一は二重廻しをぬいで、床の間の、ゴボー剣とは反対の隅に置くと、座蒲団にきちんと正座した。揃えた膝に、こたつの掛け蒲団をあてて、しばらくは正二の顔を、黙ってまじまじとみつめていた。正二が元気なのを意外としているともとれた。兵隊に取られることも、もともと苦にしてなかった正二だが、やはり取られてみると、その残虐に打ちひしがれるのが当然なのに、正二は一向に悄然としていない。それを心外とでも見ているかのようだった。

「兵隊に行ったら、正二は齢が若くなったみたいだな」

進一は口を開いて、

「イガクリ頭のせいかな。いや、そうじゃない」

その進一はなんだか老けて見えた。

「とっても元気そうだね。鼻の頭なんか赤くして……」

「これは霜やけだ」

「あ、そうか。ごめん」

のど仏の飛び出た首を、こくんと下げて、

「いや、ご苦労さんと言わなくちゃ悪いんだが、でも、見たとこは元気潑剌……。ほんとは、苦しいんだろうがね」

「苦しいにはちがいないけど、文句を言ったって、はじまらない。苦しいと思うと、よけい苦しくなる。もうこうなったら、潔く絶対服従だ」

母の質問には、はきはきした返事をしなかった正二だったが、兄には雄弁に、

「不平を言ったって、通りゃしない。言うだけ損だ。ぐじぐじした卑怯未練はいやだな。絶対服従のほうが潔い。兄さんだって、その滅私奉公の精神は分るだろう」

「滅私奉公か」

「兄さんの場合だって、一種の滅私奉公の精神だったろう」

「いや、ちがうな」

食器をさげに行った母が、多喜子と一緒に戻ってきた。月並な挨拶で、兄弟の会話は一時中断された。

「有名なビンタはどうなんだ」

「まだはいったばかりだから、一応はお客さん扱いなんだ。だから、ビンタはまだないんだけど、そろそろはじまるんだろうな」

ビンタって、なーに？　と多喜子が口をはさんだ。正二は自分の頬へ向けて乱打の手つきをしてみせて、

「俺の班に、ひとり困り者がいるんだ。あいつのために今に俺たちみんな、班の全体がきっとビンタとられるな」

「卑怯未練の口なのか」

「悪気はないんだが、おっそろしく要領が悪いんだ」

瀬波のことである。

「でも、中隊長がビンタを厳禁してるから、あんまりひどいビンタはないかもしれないな」

「中隊長というと、中尉……？」

「大尉なんだ。北槻大尉……。ビンタを絶対に許さんと言ってる。変ってるよ」

「結構じゃないか」

「兄さんみたいな思想の持ち主かもしれない。弱い兵隊の味方なんだ」

「待てよ。それは革新将校の一派じゃないのかな。錦旗《きんき》革命を唱えてる右翼の青年将校の一味じゃないのかい」

「よく知らない」

と正二は興味なさそうに言った。正二の興味は、母がこの進一を立てるような形で発言をひかえているのにそそがれていた。異様に感じられたが、街の人々から与えられたあの異様感とはちがう。

「香取潤吉君に会ったよ」

と進一は言った。正二の眼に、その進一は長男らしい貫禄がおのずとそなわったふうにも見られた。

「どうしてるのかな」

「満洲へ行くと言ってた」

会話の外に置かれた多喜子が、つと立って、

「あなァたとォ呼べばァ、あなァたとォ答える……」

子供のくせにこんな流行歌をうたいながら、茶の間を出て行った。進一を多喜子は嫌いなのだった。

「山のこだまァの、嬉しさよォ……」

声のほうに眼をやりながら進一が声をひそめて、

「困ったことがおきたんだよ。それで今日もここへ来たんだがね。あのお玉さん——正二、覚えてるだろう？　あれが悪い男にひっかかってね。その男があのお玉さんの娘を芸者に売ると言うんだ」

「スーちゃんを？」

正二はつい大きな声で言った。

「あの澄子を芸者家の仕込っ子に売り飛ばすがいいかって、ここへその男が言いに来たんだ」

「お父うさんとはもう関係がないじゃないか」

「お父うさんから金を取ろうという魂胆さ」

澄子を芸者に売られるのがいやだったら、永森家で引き取れと言う。金さえ貰えれば、どっちに売るのも同じだというわけだ。ユスリみたいなものだが、放っとけば、ほんとに澄子を売

りかねないと兄は言う。

「それでね」

と母が浮かぬ顔で、

「源さんに間に立って話をつけて貰おうと思ったんだけど、あの人もこの頃は、もとのようじゃないんでね」

それで進一に相談したのだと言ったが、母は、それがどうもまずかったと言いたそうな語調だった。

「勝手にしなと、そんな話は突っ放せばいいんだけどね」

進一は母の気持を察したようで、

「お母さんには悪いけど、あの澄子はやっぱり僕らの妹なんだから、あんまり可哀そうな目に会わせたくないんだ。僕はこの際、いっそ引き取ったほうがいいとも思うんだ」

「この家へかい？」

正二があきれると、

「そういうわけにもいかないから、僕んとこへでも連れてくよりほかはない。正二はどう思う？」

義姉さんの意見はどうなんだと正二は言った。早苗は反対なのだと進一は言った。仕送り金目当てに澄子を引き受けるみたいに思われるのはいやだ、それが反対の理由である。

「そんなふうには思わないけどね」

と母がいやいやのように言った。

「早苗も、そんな誤解さえなかったら、子供がないから、引き取ってもいいとは言ってんだ。大きな子供だけどね」

「スーちゃん、いくつになったかな」

「十三だ」

「自分が引き取るとなったら、仕送りなんか受けないで、純粋に引き受けたらいいんだ。兄さんも稼ぐんだな」

正二はズケズケ言って、

「お父さんの意見はどうなんだろう」

囲っていた芸者との関係はその後どうなっているんだろう。

「お母さんはどうなんだろうと聞くべきだね」

と進一は左翼口調で言った。

「間違いました。もとい――お母さんの意見はどうなんでありますか」

と兵隊口調で言った正二の、実は一番気になっていることは、娘と裂かれる玉枝のことだった。それを言えないので、おどけたような兵隊口調にしていたのだ。

（お玉さんはどうなんだろう）

その五

満洲の独立守備隊では三週間で実戦の役に立つ兵隊を作りあげている。内地でもその気魄《きはく》でやらにゃならん。これが北槻中隊長の口ぐせだった。兵隊いじめのビンタは固く禁じられていたが、初年兵教育はきびしかった。

年が改まると、近く師団全部が満洲へ行くという噂を正二は耳にした。それに備えての速成教育とも思われた。正二はこの満洲行きの噂を瀬波から聞いた。動作が鈍く、要領の悪い瀬波が、情報の蒐集にはすこぶる機敏なのは不思議だった。初年兵のくせにどこからどう聞きこんでくるのか、すばやく情報を耳にしてくる。

進一の言っていた錦旗革命、それを企てている青年将校がこの聯隊に多く、特にこの中隊が「元兇」の巣窟なのだというようなことを瀬波は言った。メシあげのときとか入浴からの帰りなどに、こそこそと耳打ちをするみたいに正二に言った。誰にでも言っているのではなく、正二にだけこっそり告げる。正二に何かまつわりつくような瀬波なのが、これも正二には不思議だった。

その不思議さは瀬波が嫌いな気持をいよいよ強めさせた。それを正二は明らさまに言動に示した。だから瀬波にも通じているはずなのに、それは逆にいよいよ瀬波を正二のほうへと傾けさせて行く。

「そうつれなくするなよ」

瀬波は正二と同じ徴兵延期組だった。正二は横を向いていた。嫌われていると分ったら、俺のことも嫌ったらよさそうなものだと正二は思ったが、嫌われているという点では、瀬波は誰からも嫌われていた。瀬波のために全部が罰せられるという、正二の最初から恐れていたことがすでにおきていて、瀬波は皆から嫌われるというより憎まれていた。

夜の点呼のとき、瀬波は身体をふらつかせて、週番士官の眼にとまった。白赤の週番肩章が瀬波の前につかつかと近づいてきた。タルんでいると叱られたのは瀬波だけでなく全員だった。

「襦袢を脱げ！」

そして舎前に整列を命じられ、

「右向け右、駈け足進め！」

瀬波ひとりのために全員が寒風の吹きすさぶ営庭を裸かで駈けさせられた。はじめは歯がカチカチ鳴るほど寒く、冷い風が、寒いというより痛く感じられた皮膚に、やがて汗が吹き出してきた。夜目にもはっきりと白く見える息が、苦しい息切れの音を伴ってきたが、止まれの声はかからなかった。

「瀬波の野郎！」

恨み骨髄と正二は心の中で叫んでいた。

この瀬波とちがって、正二はこうしたしくじりを決してしなかった。だが、それはそのため罰を食わされることはなかったということにはならなかった。「地方」だったら、その理由如何で別に咎められないことが、ここでは罰に値するしくじりとされる。機敏で要領のいい正二だって、むしろその機敏の故にしくじりをやった。機敏がしくじりを招いた。

たとえばこんなことがあった。上等兵に会って挙手の敬礼をした正二は、急ぎの用を「戦友」から言いつかっていたので、つい上等兵よりさきに手をおろした。横着からではなく、機敏な行動を心がけていたためである。敬礼そのものは、これ以上心のこもった敬礼はできないと、上等兵のほうだってそう見たにちがいないのだが、ついその手をさきにおろした。それも正二が意識して上等兵よりさきにおろしたのではない。さきにおろすつもりは毛頭なかったが、正二の機敏の故にそうなった。これがいけなかった。駈けすぎようとすると、

「こら」

と正二は呼びとめられた。下級者が上級者よりさきに手をおろすとは何事か。それをそう言わないで、意地の悪いその上等兵は、そういう規則がいつできたかと正二に言った。上級者よりさきに手をおろしてもよろしいという新しい規則でもできたのかと意地悪く正二を責めた。

「できたのか、できないのか。あ？　言ってみい」

「できないであります」

「それを知っとって、手をおろしたのか」

意地の悪い言い方は、この上等兵がわざと意地悪く答礼の手をおろさなかったのだとも思わせる。正二はワナにかかったのだとも言える。

「なぜ、手を早くおろした」

「地方」だったら、ここで理由を述べられる。当然述べていいところである。自分は悪気があって手を早くおろしたのではなく、急ぎの用があったからだと、その理由を言ってしかるべきところだ。言わないで黙っていたら、かえって悪気からの行為とみずから認めることになる。しかし「地方」とちがって軍隊ではそうした申し開きは許されなかった。どのような正当の理由がそこにあっても、それを述べることは「言いわけ」とされ、「言いわけ」は逆に事態を悪化させるだけなのだ。

「返事をせんか。いいと思ってやったのか。いいことなのか」

「悪いであります」

ひたすらあやまるより、ほかはない。だが悪かったと詫びれば詫びたで、また相手から、悪いと知っていてなぜ悪いことをしたのかとやられた。

さんざん油をしぼられたあげく、

「窓から首を出せ。号令調整二十回」

と命じられた。正二は窓から上体を出して、

「気をつけ！」

営庭へ向けて、大声でどなった。号令の練習である。

「前へ進め！」

用が遅れるので気が気でないが、うしろに立った上等兵は監視をゆるめない。正二の精励恪勤をかねて快く思ってない兵隊がいい気味だといった眼で正二を見て行く。他の中隊の者がわざわざ窓から顔を出して、ひやかしの眼を送るのもあった。瀬波の場合とちがって、全員に迷惑を及ぼしていないのは気が楽だったが、それだけにまた屈辱をひとりで堪えねばならなかった。

やっと二十回すんだと思ったら、

「追加五回！」

上等兵の声がビンタのように正二の耳をおそった。

一期の検閲が翌月に迫って、初年兵教育はいよいよきびしさを加えた。死んだみたいに寝ているところを、

「呼集！　呼集！」

と叫ぶ週番下士官の声でたたきおこされる。襦袢と袴下で寝ていた正二が、それっと起きあがったその耳に、

「服装は三装の甲着用！　集合は舎前！」

集合に遅れてはならじと、正二はあわてて軍服を着る。真っくらななかで、それをやるのだ

から大変だ。古年兵になると要領よく、軍服を身につけただけで、下へ飛んで行って、整列しながらボタンをはめるが、初年兵はそうはいかない。そうした要領のよさを真似ることは横着とされる。

敵襲を想定しての非常呼集だから、電気はつけない。手さぐりで脚絆をまくのは、まくだけでも苦労なのに、タンマツ（ひもの先）が袴（ズボン）の筋に合わないと叱られる。ゲートルの間隔が不揃いでも叱られる。

ときにはこの非常呼集が一夜のうちに何回も行われた。寝たと思うと、呼集がかかる。泣きたいくらい苦しかった。

二月の下旬、熟睡のさなかに、

「呼集！　呼集！」

と正二は揺りおこされた。その声は正二の耳もとで小さくささやかれた。

しまった——正二は、はねおきた。ぐっすり寝込んでいて、非常呼集の大声が耳にはいらなかったのかと思ったのだ。揺りおこされるまで寝ていたとは不覚を取った。寝ぼけ眼に、電燈の光が針のようにささった。今夜はいつもとちがって、電気がついている。

「完全軍装。班内に待機せよ」

いつもとちがって週番下士官の声も低い。このとき、正二は上等兵がいちいち兵隊をおこして歩いているのに気づいた。変った演習だ。班内待機というのも、今まで聞いたことのない初めての命令だった。

数日前ほかの中隊で、士官学校を卒業したばかりのいわゆる新品《しんぴん》少尉が非常呼集をかけて兵隊を外へ連れ出し、警視庁の前で突撃演習をやった。警視庁襲撃の予行のような演習なのが隊内で話題になっていた。その少尉は進一の言う革新将校、瀬波の言う「元兇」のひとりだった。

完全軍装という命令のかかったこの非常呼集は同じような演習なのか。正二は整頓棚から外套をおろして、背嚢にまきつけるために細くたたんだ。今までは、これを、これらすべてを消燈のままの真くら闇でやっていたのだ。明るいなかでやれるのは、ありがたい。それが無我夢中の正二の心に来た唯一のものであり、そしてそれがすべてだった。今夜の非常呼集はいつもとちがって変だ――漠然とそれを感じながらも、それ以上の詮索へ心が柔軟に動こうとしなかった。そんな余裕がなかったのであり、そんな詮索は兵隊には無用のことだという思考停止がもう習慣になっていた。無用なこと、無駄なことは考えないように訓練されていた。命じられたことだけをただやればいい。そうした行動以外の思考は無駄なことであり、軍隊生活への適応には、むしろ有害なこととしてそれをみずから拒否していた。

何ごとかが起ろうとしている。ただそれだけを感覚的に、あたかも動物の本能のように感じていて、起ろうとしているのは何ごとかを考えようとはしなかったのだが――。

二・二六事件とのちに呼ばれた反乱がいま正に行われようとしているときなのだった。火山にたとえれば爆発寸前のときだったが、それを正二は渦中に身をおきながら知らなかった。この変な非常呼集は反乱のためのそれなのだということが正二には分らなかった。反乱軍のなかに自分が加えられようとしている事実に正二は気づかなかった。有無を言わせず、加えられるのだが、そうした事実を自分では知らない。なにも知らないで反乱軍に加えられていたのだ。

弾薬が運ばれてきた。弾薬庫が開かれて、中隊の弾薬受領者に交付されたのだ。

実包が渡されたとき、はじめてこれはただごとではないと異常感が正二に迫った。重い実弾を入れた薬盒《やくごう》がずしりとこたえた。携帯口糧も配られた。

時計をのぞくと三時三十分すぎ、窓の外はまだ深夜の闇だ。闇の向うに、隣りの兵舎のあかあかと燈のついた窓の列が見えるのは、非常呼集がここだけではないことを告げる。自分の中隊だけの異変ではないことを告げる。

舎前へ集合！　の命令が出た。中廊下へ飛び出した正二は、こんな時間にいる必要のない隊付将校が、中隊長室から出てくるのを見た。指揮刀でなく、軍刀を腰にさげている。これも普段なら、いるはずのない営外居住の下士官たちも緊張した面持ちで右往左往している。その中廊下には殺気が漲っていた。

経理室勤務の伍長が、謄写版のインキでよごれた手を紙で拭いながら出てきた。謄写版を刷っていたにすぎないと思われる伍長の顔にすら、今にも泣き出しそうな異様な歪みが刻まれていた。

「大変なことになりそうだ」

重い背嚢を背負った瀬波が、背負いなれぬその重さのためというより、恐ろしい予想に心だけでなく身体も重く押しつぶされかかっているような恰好で正二に追いすがり、いつものささやきとはちがった、かなりの高声で言った。ヤケのようなその声は恐怖に震えていた。

この瀬波は何ごとが起きるのかを知っていると思われる。予想のあやふやさでなく、地獄耳の瀬波のことだから、確実な情報をつかんでいるのかもしれぬ。正二はすぐに聞いてみたかったが、それをためらった。

瀬波がすでに恐怖をあからさまに出しているところからすると、よほど大変なことなのだろう。そうした恐ろしい情報を耳にすることがためらわれたというだけでなく、瀬波の恐怖は正二を逆に、さあ、来い、なんでも来いと、ふて腐った気持にさせた。矢でも鉄砲でも来い！　と正二を奮い立たせたのだ。そうなると、もう、何も聞くことはない。

やれ、やれ、やれ！　といった無責任な弥次馬根性もそこにいささかまじっていた。それは、おびえた瀬波を見たことが正二に、そんないくじのない自分でありたくないという気持を直ちに煽ったせいでもあり、それはまた正二を、そんな瀬波ごときにこっちから、ものを聞くことを潔しとしない気持にさせたのである。

「必死三昧、天下無敵」

と墨で書いた中隊の標語が正二の眼に映った。扉という扉にはすべて、中隊長北槻大尉の選んだこの標語が貼ってある。眼につきすぎて、眼にはいらなかった標語が正二の眼に、向うから強く訴えかけるように迫って、何かギクリとした。眼についたそのことが正二を驚かせたのか、「必死」の死の字が正二をはっとさせたのか。一瞬、心が何かに蹴つまずいたことは、動悸の高まりで明らかだった。

正二の中隊が舎前に整列すると、軍服の上に、白ダスキをかけた北槻大尉が現われた。

「隊長殿に敬礼！　頭、右！」

号令も今夜は悲壮なひびきを帯びていた。

正二は「戦友」から、白兵戦の場合は隊長が白ダスキをかけるという話を聞かされていた。戦場が混乱したり戦闘が夜につづいたりしたとき、白ダスキが隊長の所在を告げる目印になるのだ。

北槻大尉の白ダスキには、何か字が書いてあったが、白地が暗いなかに浮いて見えるだけで字は読めなかった。

「いよいよ自分らの起つときが来た。自分らはこれより昭和維新に向って前進する」

北槻大尉の言葉が銃弾のように正二を貫いた。心というより肉体を貫通した。そうとしか思えない激痛が走り、正二の胸がかーっと熱くなった。

それは正二ひとりのことではなかったようだ。整列した中隊全体に、激痛をこらえたゆらぎがあった。と同時に、がっと発散した熱気が正二の頬に、たしかに熱く感じられた。

北槻大尉は厳粛な語調で言葉をつづけた。現在の日本は憎むべき財閥と政党とが結託しローダンして、その現状たるや腐敗の極に達している。彼らの脳裡に日本はなく、おのれの利欲、権勢欲に狂奔している。この中隊は近く満洲へ行くが、お前らの命を預って（と北槻大尉は言った）――彼らのためにお前らの命を捧げさせるに忍びない。私利私欲にあけくれている彼らのために自分らは死にたくない。自分らが喜んで死ねる日本にせねばならぬ。そのために自分らは蹶起する。全軍蹶起して、新しい政治への道をひらく。これすなわち昭和維新への道である。

――

蹶起はこの中隊だけのことでなく、他の営舎の前にもくろぐろと兵隊が並んでいた。勇ましいはずのその隊列は、不気味で不吉な黒さだった。その黒い群に向って、他の将校が蹶起の決意を説いている声がこちらにもひびいてくる。

現在の日本がいかに腐敗しているか、これはかねて中隊長の訓話のなかで正二も聞いていたことだった。腐敗した日本の現状をなんとかせねばならぬ。これは正二に兄の進一の言辞と共通したものを感じさせた。それは一口で言うと、革命ということである。錦旗革命は天皇の親政を目的とし、赤旗革命は労働者農民の政権を目的としていて、そこにちがいはあるけれど、革命という点では同じだと正二にはそう思われた。

そうした革命を口にすることは「地方」ではすでに許されない。兄の例を見ても分るように、徹底的に弾圧されている。それが軍隊では公然と堂々と論議され主張されている。驚くべき自由があると、正二はそんなほうに心の眼が向くのをおさえられなかった。思考停止が強いられている心の、これがせめてもの思考だった。

正二たち兵隊には全く自由がないが、将校には驚くべき自由がある。兵隊にあるのは絶対服従だけで、いかなる自由も許されてない。兵隊から奪いとった自由を、将校が独占し乱用しているとも言える。……

「これより蹶起趣意書を朗読する」

北槻大尉の声がおごそかに聞こえてきた。謄写版刷りらしい半紙を、勅語のように捧持して、大尉はそれを読んだ。伍長が刷っていたのはこれだなと正二は見た。

耳で聞いただけでは、なんのことか分らないむずかしい漢語の多い文章だった。その分らない漢語は、意味を持った言葉としてではなく、悲壮な決意を伝えるものとして、正二の耳にあたかも近火を告げる不安な早鐘の音のように襲ってきた。めらめらと焰が渦巻くのを正二は自分の脳裡に見た。

断片的には意味の理解できる言葉もあったが、その「所謂元老、重臣、軍閥、官僚、政党等はこの国体破壊の元兇なり」とか、「其滔天の罪悪は泣血憤怒真に譬へ難き所なり」とかは、意味よりもやはり、渦巻く焰を正二に印象づけた。それは悲痛であることによって、一層脅迫的な印象を強めていた。

焰に包まれた市街がありありと思い描かれ、市街戦がすでに正二の頭のなかに展開されていた。市街戦とはどういうものか、実際は知らないが、知らないだけによけい、想像の市街戦は思いきり酸鼻を極めていた。

（——痛快だ）

酸鼻が正二を喜ばせたとき、直立不動で背をそらせていた正二はあやうくうしろに倒れそうになった。重い背嚢のせいであり、放心のせいだった。

自分をとり戻した正二は、市街戦はつまり白兵戦なのだと気づいた。白兵戦となると、そう痛快がってはいられない。ながい趣意書の読みあげも終りに近づいていた。

「宛も第一師団出動の大命渙発せられ、年来御維新の翼賛を誓ひ、殉国捨身の奉公を期し来りし帝都衛戍の我等同志は、将に万里征途に上らんとして、而も顧みて国内の亡状に憂心転々禁ずる能はず。君側の奸臣軍賊を斬除して彼の中枢を粉砕するは我等の任として、能く為すべし。臣子たり股肱たる絶対道を今にして尽さずんば、破滅を飜すに由なし。茲に同憂同志機を一心にして蹶起し、奸賊を誅滅して、大義を正し、国体の擁護開顕に肝脳を竭し、以て神州赤子の微衷を献ぜんとす。皇祖皇宗の神霊冀くは照覧冥助を垂れ給はんことを」

大尉は読みおわると、正二らに向って言った。

「尊皇討奸《とうかん》のこの義軍に参加できることをお前たちも喜ばねばならぬ」

ここで正二の反乱軍参加が決定したのである。参加したくて参加したのではない。参加したいと願い出て、その願いがいれられて参加できたのなら、喜ばねばならないが、命令によって参加させられたのだ。喜ぶも喜ばないもない。参加したいもしたくないもないのだ。選択の自由はなく、あるのは上官への絶対服従だけだ。

（すごいことになった）

なるほど、これは大変なことになった。これが、これだけが正二の心を占めた。やれ、やれッ！といった弥次馬根性はけし飛んだ。と言って正二はこの反乱軍に参加したくないと思ったのではなかった。

中隊長の参加命令は、その命令に抗することのできない兵隊を絶望的な恐怖に陥れていた。枯れ草がざわざわと風に鳴るのに似た音が、無言の黒い群のなかからひめやかに発生し、次第にその音の高まって行くのは、寒さが原因ではない戦慄をはっきりと告げていた。薬盒がカチカチ言うほど、だらしなく震えている者もあった。それを正二は軽蔑したのである。

三八式歩兵銃を持った正二の手は凍えて無感覚になっていた。

正二の中隊は北槻大尉を先頭にして、営門を出た。大尉の白ダスキには「尊皇討奸」と書いてあった。外はまだ真っくらで、どこへ行くのか正二は知らなかった。行って何をするのかも分らない。古年兵は銃のほかに十字鍬やカケヤを持っていた。

空には星ひとつ見えない。また、雪になりそうだ。三日前に大雪が降っていた。道の脇に積みあげた雪がまだ溶けないで、るいるいと盛りあがったままなのは、土嚢でも重ねたような恰好に見えた。

誰かが足をすべらせて、すてんところがった。大事な小銃を、ガシャリと道に叩きつけた音が正二をひやりとさせた。てっきり、こいつはと正二が睨むと、やはり瀬波だった。大雪のあと、道が凍りついて、鋲のついた靴裏がつるつると滑りやすかったが、だからよけい、みなは足の運びに気をつけていた。滑りそうなときは、かえって滑らないものなのだ。

大雪の降った日は、ちょうど日曜に当っていた。その日、外出が許された正二は家へ行って母から澄子が兄にひきとられた話を聞いた。玉枝がひどく簡単に澄子を手離したと、母はあきれた口調で言った。

「ああいう水商売の女は、子供よりお金のほうが大事なのかねえ」

「男のほうが大事なんだろう」

さげすむように正二が言ったのは、玉枝ひとりをかならずしもさげすんでのことではなかった。誰をさげすむというより、誰も彼もひっくるめて、正二はさげすみたいのだった。

アパート住いだった兄は澄子を引き取るということになって、小さいながらも借家へ移っていた。正二はその家を訪れて澄子に会いたいと思ったが、雪のため市電は不通になっていた。自動車も当てにならないし、歩いて帰営しなくてはならないので澄子に会いに行くのはやめた。

――

ヘッドライトをつけた自動車が、寝静まった街に突如として現われた。その突如感は、人通りの全くない街の空虚感からも来ていた。

ライトの光りがヤケに強く、探照燈の緊張した光りを思わせた。こっちの緊張の眼がそう見たのだとしても、それは正二たちを更に緊張させた。だが車のなかには緊張を裏切る、たあいない光景しか見られなかった。しかしそのたあいなさにおいてむしろ正二に衝撃を与えた。若い女が酔払ってしどけなく男の肩にしなだれかかっていた。男の横顔を正二は見たが、年のほどは分らなかった。女のほうは顔を伏せているのに、若い女と見た。武装した軍隊のものものしい行進に、彼らは一顧だに与えない。

車が去って、ふたたび闇に包まれると、ざっくざっくという軍靴の音だけが残った。正二が今ちらと見たのは、別世界の光景だった。別世界の光景を眼にしながら、正二はそこに、その別世界と自分との距離を見ていた。遠い距離、断絶と言ってもいいくらいのその遠さを、正二ははっきり自覚しようと今まではつとめてきたのだが、錦旗革命へのこの参加は、そうした距離を一挙に取り除いていた。日本の現状を放置できないと大尉は言った。そのためのこの蹶起、昭和維新へのこの行進は、別世界へと行進して行くことであり、別世界との距離をすでにみずから放棄したことである。

別世界を軍隊は「地方」と名づけている。「地方」と軍隊との距離が今、消失したとなると、正二は、職業軍人の北槻大尉などとはちがう「地方人」としての自分を取りもどした。自動車のなかの「地方人」的な光景が正二にショックを与えたあのときが、すなわち停止を強いられた思考を取りもどしたときだった。それは同時に、自分のうちに「地方人」を取りもどしたときだった。

「地方」と軍隊との距離が取りのぞかれ、どっちを選ぶかとなると、「地方」出身の正二は「地方」を選びたい。しかしこの行進は「地方」への進撃なのである。進撃部隊のひとりとして正二は勇ましく行進していた。その外見は勇躍の姿と見えたろう。正二は昭和維新と聞いて勇躍したのではない。蹶起と聞いてガタガタ震え出すような卑怯者でありたくないというだけのことだった。

全軍蹶起と北槻大尉が言ったのを正二はここで思い出した。だが、営舎には燈のついてない暗い窓もあって、蹶起に参加してない中隊もあった。聯隊があげて蹶起に参加したわけではない。ましてや全軍の蹶起というのはあやしいものだった。

一部の行動となると、この蹶起は妄動と目される恐れがある。「地方」も一顧だに与えないだろう。しかもそれだけでなく、妄動となると、軍そのものから攻撃をうけることになるが、この分ではきっと降伏しないで、あくまで抵抗の挙に出るだろう。そうなると少数のこの蹶起部隊は撃滅の憂き目を見ないともかぎらない。ガタガタ震えるほうが当然なのだと言えるのだが、

（しかし俺は卑怯者でありたくない。）

更にしかし、卑怯者とはなんだろう――正二はそれを一生懸命考えた。

その六

もとは内幸町にあった衆議院と貴族院が新しく永田町の丘の上に作られた。その新しい議事堂の、あまり恰好のよくない塔(と正二は見た)が、ようやく白《しら》みかけた空に浮び出てくるのを見上げながら、正二たちが国会の裏手の坂を昇っていくと中途で、とまれ！　の号令がかかった。正二らの初年兵を残して古年兵たちがひとまず出発した。攻撃目標はすぐ丘の上だと先発隊は勇躍して(と正二には見えた)丘を昇って行った。丘の上の何が攻撃目標なのか、具体的には分らなかったが、丘の上の建物が目標らしいと、どこからともなく正二の耳に伝わってきた。(議事堂だろうか)

残された初年兵たちは三個分隊に分たれた。そして先発隊のすでに攻撃をかけている家屋の正門と二つの裏門の三方に向けて行進するようにと命令が下された。

正二は正門の分隊だった。ふたたび坂を昇りかけると、丘の上から銃声がひびいてきた。正二と瀬波は思わず顔を見合わせた。

銃声はしかし間もなく、とまった。と思うと、先発隊がカケヤで門を叩きこわしているらしい音が聞えてきた。門というよりすべてを、あらゆるものを破壊しようとしている音のようだった。正二にはそんな音として聞かれた。それは正二の、実はひそかに期待していた音だったのではないか。そんな音として正二の耳に迫ってきた。つまりそれは痛快な音なのだった。

茶褐色の煉瓦塀に沿って坂を昇り切ると、左手の大きな邸宅の正門がめちゃめちゃにこわされていた。攻撃目標はこれだった。先発隊はもう、なかに乱入していた。

門から玄関までかなりあるが、非常ベルの鳴りつづけているのが、奥から不気味にひびいてきた。

「なんや、これ」

と正二は瀬波に言った。ふざけているのではない。普段使ったことのない関西弁が不意に口をついて出てきたのだ。不意に——しかし無意識に、ではないようだった。日常なじみのないこの関西弁以外に、正二のこのときの気持は表現できなかったにちがいないのだ。正二にとってこれもいわばなじみのない、日常からあまりにもかけ離れた気持なのだった。

「なんや、この家?」

門のそばには、射殺された警官の死体がまだそのままころがっていた。

「首相官邸じゃないか」

と瀬波は怒ったように言った。これも怒っているのではなく、その蒼い顔は、怒りとはちがった表情を見せていた。

「総理大臣の官邸?」

正二は知らなかったのだ。知っていて、わざと聞いたのではなかった。こんな場所へ正二はかつて来たことがない。

「これが首相官邸？」

「きまってるじゃないか」

瀬波はきめつけるように言って、

「冗談じゃない。冗談言ってるときじゃない」

上ずった声を震わせて、

「そうか。分った。そうやな」

と瀬波も関西弁を真似た。正二がわざと冗談を言って、むしろ気持を落ちつけようとしているのだと、正二の関西弁をそう取ったようだ。

「そうや、そうや」

その瀬波の泣き笑いに似た顔に、

「なに言ってやがる」

たたきつけるように、正二は声を荒立て、

「静かにせい」

と分隊長からどなられた。営外居住なのに前夜は営内にとどまっていた曹長である。

正二たちはこの分隊長の命令で官邸の警備につかせられた。官邸の周囲を包囲する形で散開した。外部から妨害者が現われたら、直ちに撃退すべしというのである。

正二は外にこうして置かれるよりは、むしろ乱入組に加わりたかった。蹶起に参加した以上は、そのほうが痛快なのにと残念に思った。耳をすませていると、官邸の奥から喊声《かんせい》が聞えてきた。うおーという動物の吠え声みたいなそれに、万歳の声もまじっていた。

「やったな」

と正二は、低いが強く言った。総理大臣を殺したな。

瀬波がそっと正二のそばに来て、

「とうとう、やった……」

「うん」

「反乱だ」

「うん」

「きっと、こんなことになると思った」

さっきとは打って変った泣き声で、

「きっとこんな破目《はめ》になると思った」

この反乱に対してきっと鎮圧の大部隊がやってきて、自分らは討伐されるにちがいない。総理大臣を殺した以上、自分らもみな殺しにされるに相違ない。そう言う瀬波は、薬盒の重さで帯革《たいかく》をだらしなくずりさげている。

「もっと、きちっと締めたらどうだ」

正二は注意したが、相手はそんなことどうでもいいと耳をかさず、

「殺されてもいいのか」

「よくはないが、しょうがない」

「しょうがないで、すむのか」

「今さら、もう、泣きごとはよせ」

怒ったような声ではなく、正二はほんとに怒っていた。

「満洲で死ぬのも、ここで死ぬのも、死ぬのにかわりはない」

「満洲へ行ったって、死ぬとはかぎらないが」

少数のこの反乱部隊が大部隊を相手にして交戦するのでは全滅が当然だと、瀬波は歯をカチカチ鳴らして、

「いやだ、いやだ。死ぬのはいやだ」

「いやなら、死ななきゃ、いいだろう」

「いいだろうで、すむくらいなら……」

そんな呑気なことを言っていられるんだったら、なにもこんなに嘆きはしないと怨めしそうな瀬波に、

「いやなら、逃げ出しゃ、いいだろう」

「逃げ出す……」

正二もその腹かと瀬波は見たようだが、正二はこのめそめそした瀬波にまつわりつかれるのがいやで、うるせえと突き飛ばしてやりたいのを言葉にかえて、

「死ぬのがいやなら、いざと言うとき、逃げ出しゃいいじゃないか」

瀬波は息をのんで、正二を見つめた。

機関銃隊が正門に現われた。


雪がちらほら降ってきた。と見るうちに、それは大きなぼたん雪になって、視界が遮られるほど激しく降ってきた。大きいが軽い雪だった。その雪は正二の肩に、そして銃をかまえた手に積った。

雪のなかに立った正二は、自分が悲壮な芝居のなかの人物のような気がしてきた。芝居のクライマックスに、よくこういう雪が降ってきて、悲壮感をつのらせる。それがこの場合は現実なのだ。悲壮感が正二の心にあふれてきた。

(――錦旗革命)

兄の言った言葉が今強くあざやかに思い出された。悲壮感のせいにちがいない。

瀬波は反乱と言ったが、革命なのだ。自分は革命に参加しているのだ。

兄の進一もまた革命を考えていた。錦旗革命とはちがう革命だが、革命運動に兄はその身を投じた。自分の意志で参加した。そして挫折した。

（この革命も挫折するのか）

正二はいま錦旗革命に参加している。これは自分の意志からではない。

兄は現状否定から出発して革命運動に参加した。正二は現状肯定のほうだった。いや、肯定も否定もない。肯定とか否定とかいうことと土台、正二の心は無縁なのだ。

若いけど夢のない人――と澄江から言われたのも、そんな正二だったからにちがいない。そんな正二がいま、現状否定の錦旗革命に参加している。参加する意志がなくて、参加している。現状否定の心など微塵も持ってない正二が現状否定の革命に参加させられている。澄江から夢のない男と言われた正二が、正二にもっともふさわしくない、夢みたいな革命に参加させられている。

（人生とはこんなものかもしれない）

と正二はつぶやいた。そしてひとりで苦笑した。人生について、人生とは何かというようなことについて、正二はついぞ考えたことはないのだ。そんなことを考えるのは無駄なことだと考えていた。

正二はそうした自分を、いやな奴だというふうには思わない。しかし昔は、いい子だったとは思う。それが変ったのは――兄のせいかもしれないと思う。兄のあの現状否定が自分を、夢のない人間と澄江に言わせたような自分にしたのだとも思われる。兄のエリート意識に反撥したのは、たしかだった。非凡ぶるのが、いやだった。正二の嫌悪を特にそそるほど兄が非凡ぶっていたとも思えないが、兄のようなエリート意識のない平凡な人間でありたいと正二は思ったのだ。

平凡なその正二がいま、本来なら無関係であるはずの異常な事件に巻きこまれている。平凡な人間の意志を無視して、異常な事件が平凡な正二を渦中に巻きこんだ。

（人生とは、こういうものだ）

正二は断定を下した。その断定は、ふと正二にこんなことを思わせた。人間が死ぬときはきっと自分の人生を、その一生を顧みるものだと言うが、それがこれだろうか。

（ここで自分はやっぱり死ぬのかもしれない）

正二はいやな気がした。自分の一生は、一生などとまだ言えないような短かさの、だから改めて顧みるまでもない短かい人生だと思うと、一層いやな気がした。

そうだ、一生の回顧は、死ぬ一瞬のことだ。まだそのときは来ていないが、

（ここで自分はやっぱり殺されるのかもしれない）

死にたくないと、あんなに言っている瀬波と一緒に、この自分も、

（殺されるだろう。殺されるのだ）

と断定したが、意外に狼狽はなかった。夢のない人間であるせいか。

自分は死ぬのだときめた正二は、この場合、父母のことが心に来ないのも意外だった。正二の心には、兄の姿がくっきりと浮んでいた。死が心に来ない前から、兄のことを考えていたせ

いもあろうか。いや——と首を振った正二は、幼いとき心に刻まれた兄へのコンプレックスが、いまも自分の内部になまなましく存在しているのを感じた。と同時に、それがいまなおコンプレックスとして残っているのではないと知ったが、首を振ったときに帽子に積った雪が顔の前をはらりと落ちたように、コンプレックスもこのとき正二の心から落ちていたのではなかった。正二にとって兄の進一は、今のような兄ではなく、昔のような「えらいお兄ちゃん」であってほしいのだった。

雪は道路をたちまち真白に蔽っていた。その真白な道に、くっきりとタイヤの跡を描いて、一台の自動車が正門に近づいてきた。

「とまれ！」

着剣した銃を持った歩哨が叫んだ。そのうしろの道路に機関銃を据えて、雪の上に伏臥した銃手も、射撃のかまえをした。

自動車がとまって、なかから将官と覚しい人物が降りたのを正二は見たが、その自動車はタキシーなのだった。現役の将官はタキシーなどには乗らない。

「誰か」

歩哨は刺殺の姿勢をとった。予備役らしい将官が名を言っていたが、正二のところまでは聞えない。

こういう来訪者はこれが初めてではなかったが、今までは、

「尊皇」

「討奸」

という合言葉が使われていた。それを使わず、将官は胸のかくしの蓋をあげて、歩哨に見せた。

「お通り下さい」

蓋の裏に郵便切手が貼ってあるのだ。これが歩哨線の通過証になっていた。

黒幕的な人物だなと正二は見た。錦旗革命とはこういう軍人たちが、軍部の独裁政権を樹立するため企てたもののようだ。それに正二たち兵隊が使われている。

背後の木の枝に積った雪が、ばさりと落ちた。それ自身の重さで落ちた。その音がひどく大きくひびいて正二を驚かせた。雪を落した枝は、ゆらゆらと揺れつづけていた。


昼も一時すぎになって聯隊から糧食がとどけられた。隊のときと同じように食罐《しょっかん》に入れて、輜重車《しちょうしゃ》が運んできた。

やっとメシにありつけて、兵隊は喜んだ。糧食の給与が留守隊から行われたことは、聯隊があげて蹶起に参加していることを示すものとして、これも兵隊を喜ばせた。聯隊の一部だけの蹶起ではないということが兵隊を安堵させた。

「陸軍大臣告示」が出されたのは、それから二時間後だが、正二たちにそれが伝達されたのは夜になってからのことだった。「蹶起ノ趣旨ニ就テハ天聴ニ達セラレアリ」ではじまるその告示はつづいて「諸子ノ真意ハ国体顕現ノ至情ニ基クモノト認ム」となっている。官邸のなかで正二らはこの告示を知らされた。

「万歳！」

と一番さきに叫んだのは瀬波だった。蹶起部隊はこれでもう反乱軍ということではなくなった。まかり間違えば「賊軍」になるところだったが、これでもう討伐されることはないのだ。それどころか、

「キンシ勲章もんだぞ」

と下士官のなかには自分の手柄のように言う者もいた。酒くさい息を吐きながら、こうも言った。

「中隊長もこれで、隊に帰るときは凱旋将軍のように迎えられる……」

広間の一隅に、なんびとの寄贈か正二などには分らなかったが、こもかぶりの酒樽が据えてあった。おそらく民間の右翼団体か何かが運びこんできたものと思われる。

その四斗樽の鏡を抜いて、兵隊も飯盒の蓋で酒を飲んでいた。祝い酒として、初年兵に至るまで飲むことを許されたのだ。豪華なじゅうたんを文字通り土足でじゅうりんする足どりで瀬波が来て、

「おい、飲め」

と正二に飯盒の蓋をつきつけた。酒がこぼれて、正二の上衣を濡らした。床に直かに腰をおろして、ぐったりと壁にもたれた正二は、そのままの恰好で黙って手をのばした。

「なんだ、不景気な顔して……」

そう言う瀬波は酒に弱いらしく、すでに赤い顔をしていた。

豆形の盃に指を渡して、豆で言えば頭部、それとも尻か、そこに口を当てて正二は冷酒を飲んだ。顎にしたたる酒を手で拭って、

「隊へ帰って寝たいもんだな」

つぶやくと、瀬波が聞き咎めて、

「総理大臣官邸に泊るのも一興じゃないか。孫子の代までの語り草になるぜ」

古風なおどけた言葉も瀬波の好機嫌を現わしていた。正二は酒のべとつく手を、しめった軍袴になすりつけて、

「こりゃ、いい酒だ」

と言ったが、言葉と反対に不機嫌なのだった。それを正二は疲れのせいだと考えた。

「もう一杯、飲むか」

「もういい」

雪をかぶった軍服を、着たまま、外の焚火で乾したが、室内にはいると、じっとりと湿気が感じられる。それを気持が悪いと思うのは、張りつめた心がゆるんだためか。

「隊へどうして帰らないのだろう」

「なぜ、そんなに帰りたがるんだ」

「俺たちの任務はもうすんだはずだ」

「いいや、まだだ」

瀬波は意気軒昂と、

「昭和維新はまだこれからだ」

瀬波の「万歳！」は、あぶない生命がたすかったのを喜んだだけではないようだ。

「隊長みたいなことを言うじゃないか」

と横からひやかす者があった。瀬波は憤然と、

「この義挙の精神を侮辱する気か」

「こりゃ、驚いた」

正二は思わず言った。昼間の瀬波とは別人のようだった。大変なことになりそうだと震えていたのに、そしてまた、死ぬのはいやだとおろおろしていた瀬波なのに、この変りようはどうだ。正二のあきれ顔に、

「な、なにがおかしいんだ」

瀬波が詰め寄った。

「そうムキになるなよ」

初めは「義挙」を痛快がっていた正二なのに、今はこの瀬波と逆になっていた。自分が今はぐちっぽい瀬波みたいになっているのに自己嫌悪を覚えながら、

「さっき、原隊から夕食を運んできた初年兵が言っていたが、佐倉の聯隊が俺たちの兵営にはいりこんできてるそうだ。戦車も来てるそうだ」

いかにも「反乱軍」の鎮圧のために呼び集められたものとしか思えない。正二が言いかけると、

「鎮圧部隊と判断したいのか」

瀬波は冷笑のようなものを浮べて、

「はじめはそうだったかもしれない。しかし、陸軍大臣告示で、もうはっきりしたんだ」

増援軍だと誰かが言った。

「そうだ。自分らを応援するために呼んだのにちがいない」

「だったら、よけい交替したらよさそうなもんだ」

正二にはそれがいぶかしく、

「増援軍と交替するのが当然だ」

「交替などせんよ」

と瀬波はうそぶいたが、正二は彼個人の意見を聞いているのではなかったから、

「撤退命令の出ないのは、おかしいな」

「出ても、撤退はしないさ」

大詔《たいしょう》が渙発《かんぱつ》されるまで、ここで頑張らなくちゃと瀬波は隊長みたいなことを言った。そうだ、そうだと賛成する声があって、

「昭和維新の大号令が出るまでは、ここをひかん」

と叫ぶ者も出てきた。瀬波は得意気に、

「ここで交替なんかしたら、せっかくの自分らの功績がフイになる」

そこへ下士官が、

「うまいもの、持ってきたぞ。徴発だ」

台所へ侵入して、冷蔵庫から徴発したのだと言って、皿に盛ったエビのクシ焼きを皆に示して、

「さ、お前らも、これをサカナに、もう一杯飲め」

わーあという歓声のあと、徴発などして罰せられはしないかという問いが出て、

「心配するな。戦時警備だ。何したって平気だ」

第一師団に「戦時警備」が下令され、師団命令として「第一師団ハ先ニ行動セル部隊ヲ併セ指揮シ戦時警備ニツカントス」という命令が出たのだと言う。

「わーあ」

とふたたび歓声があがった。蹶起部隊は「行動部隊」として師団長の隷下《れいか》にはいったのだ。反乱軍とされる恐れがなくなっただけでなく、同じ皇軍として認められたのである。

その夜、八時すぎ、それまで沈黙していたラジオが、はじめて蹶起のニュースを伝えた。陸軍省発表の公文を伝えただけだが、正二たちも官邸のラジオでそれを聞いた。

「陸軍省発表。本日午前五時頃、一部青年将校等は左記の個所を襲撃せり。

首相官邸　　岡田首相即死

渡辺教育総監私邸　　教育総監即死

牧野内大臣宿舎（湯河原伊東屋旅館）　　牧野伯不明

高橋大蔵大臣私邸　　大蔵大臣負傷

鈴木侍従長官邸　　侍従長重傷

東京朝日新聞社

これら青年将校の蹶起せる目的は、その趣意書によれば、内外重大危機の際、元老、重臣、財閥、官僚、政党等の国体破壊の元兇を芟除し、以て大義を正し国体を擁護開顕せんとするにあり」

この発表以外の個所にも襲撃が行われたことを正二はすでに知っていた。そういうことだけは自然と耳にはいる。議事堂、警視庁、陸軍省その他も襲撃され、蹶起部隊によって占領されているはずだったが、発表文からは省かれていた。

事件をできるだけ小さく扱おうとしているかのようだ。そうしてこの事件が世間に与える衝動を、できるだけ小さくしようとしているようだ。それにもかかわらず、このラジオの報道は正二に事件の重大さを改めて強く感じさせた。

やはり大変なことなのだ。大事件なのだ。大変な事件なのだ。恐ろしい大事件なのだ。事件の内部にいる正二には、その恐ろしさが分らぬが、外部の人には、恐ろしい大事件なのにちがいない。内部にいるだけに、かえって恐ろしさが実感として迫ってこない。

恐ろしい事件の内部に自分は身を置いているのだという実感を、今さらのように正二は自分の内部に確認した。昭和維新がここで成就するかどうかは分らぬが、この大変な事件はその口火を切ったのだ。切った一味に正二は加わっている。兵隊のひとりとして、「一部青年将校」の命令によって動いたにすぎないとは言え、事件の参加者であることはまぎれもない事実である。はっきりした事実として正二はこの事件の荷担者なのだ。

そうなると正二も、昭和維新に対する自分の態度をはっきりさせることが必要だと思われる。はっきりと参加した以上、あやふやな態度は許せない。決定を迫られているのだ。自分も瀬波のように「万歳」を叫ぶべきか。かたわらの瀬波に正二は言った。

「趣意書によれば……とは、うまく逃げたな」

小夜食《こやしょく》の紙袋を破って、正二は大福を頰張った。これも聯隊からちゃんととどけられたのだ。とどけに来た聯隊の初年兵は正二たちを「地区隊」と呼んでいた。前は「行動隊」と言われていた蹶起部隊が、軍の正式の呼び名としては「地区隊」となっていた。兵営外の「地区隊」と兵営内の原隊との間に区別はなかったのだ。

「ラジオのあの陸軍省発表は、蹶起の趣意を認めているような感じだが、実は、趣意書によればと逃げている。妙だな」

「あの発表には、軍閥が抜けている」

と瀬波は言った。国体破壊の元兇として、元老、重臣、財閥、官僚、政党をあげているが、軍閥をそのひとつとしてあげてない。

「意識的に抜かしたのかな」

と瀬波は眉を寄せた。

「陸軍省が？」

「趣意書には、ちゃんと軍閥があげてあった。陸軍省を襲撃したのもそのためなのに……」

「陸軍省襲撃も発表してないぞ」

その正二に、ケチをつけるなといった顔で、

「いや、大丈夫だ」

そう言う瀬波は、長屋の小学生みたいに爪に真黒な垢をためていた。


正二たちは官邸のなかで寝た。古年兵はソファなどに寝たが、正二は床にごろ寝をした。瀬波は誇らしげに「語り草」と言ったが、正二はこのごろ寝に一種の屈辱感を覚えた。ソファの古年兵に対して屈辱を感じたというのでなく、官邸といえども民家なのが正二の心に微妙な作用をしていた。兵営でならどんな屈辱も平気だが、兵営外の民家でのごろ寝がいかにも惨めなのだった。官邸が普通の民家とちがって豪華であればあるほど、惨めさがよけい募った。

それは正二に、昭和維新のための忍苦といった気持が欠けていることを告げる。そのくせ正二は、

（殺された首相はどこで寝ているのだろう）

と考えながら、首相のいたましい死を強く悼む気持もなかった。

その夜、正二たちが寝ていた間に、戒厳令が出された。その戒厳令も正二たちの「地区隊」にとってむしろ有利なものと解釈された。

しかし翌朝、正二が外の警備につくと、同じ指揮下にはいっているはずの軍隊が「地区隊」を遠巻きに包囲している。銃をこっちに向けているのが、丘の上から見えた。明らかに自分らを敵視しているとしか思えない。

これはどういうことなのだ。あの部隊はなんのために自分らを包囲しているのだろう。

「地区隊がこれ以上、激越な行動に出ないように警戒しているのだそうだ」

そういう説明を正二は耳にしたが、それは説得性を持たなかった。

「友軍は友軍なのか。だったら、銃をこっちに向けなくてもよさそうなものだ」

向うがそれなら、こっちもと、正二は遠くの包囲隊に銃を向けて、ひとりでつぶやいた。引金に指が行きそうで、遊底覆をその指で撫でた。雪のためにざらざらに荒れた指先は鉄と同じ冷たさだった。

「自分らはおとなしく大詔の出るのを待っているだけだ。それをなんだって、今さらまた反乱

軍みたいに自分らを取り囲む必要があるのだ」

同じ部隊同士で睨み合っていることはないはずだ。正二と同じ懐疑を口に出して言う者もいた。

「戒厳令の告諭を見ると、帝都の治安のためとある。自分らを包囲している部隊は、自分らがここから更に出て行って、帝都の治安を乱すのを防いでいるわけか。ところが、告諭には、赤系分子等の妄動を防遏する目的のためと、そうも書いてある。包囲部隊が自分らに銃を向けているんでは、まるで自分らが赤系分子みたいじゃないか」

「赤系分子の妄動を防ぐんだったら、銃を向うに向けたらどうなんだ。それを、こっちに向けている。馬鹿にしてやがる」

正二たちは「地区隊」という名称がすでにこのとき、「占拠部隊」と変っていたのを知らなかった。その変更は「地区隊」のほうには知らされなかったのだ。一夜のうちに名称が一変したのは、蹶起部隊に対する見解が変ったことを意味していた。

どこからともなく、一疋の犬が現われて、さも用ありげに雪の中を足早やに歩いて行く。正二が口笛を吹くと、犬は人なつっこそうに近づいてきた。だが、その途中で、ぎくっとおびえたふうに腰を落し、あたふたと逃げて行った。

正二の殺意を感じたかのようなおびえ方だった。正二は何もこの犬を殺す気などなかったが、犬にそう見られたかと思うと矢庭に、射殺してやりたい衝動に駆られた。実弾をこめたきり使ってないのも、いらだたしい。

ここで引金をひいたらどうなるか。銃声は銃声を呼んで、思わぬ連鎖反応を生ずるだろう。そいつも面白い。出撃と勘違いして、下の包囲部隊からも発砲がはじまるだろう。痛快だ。

正二はしかし、槓桿《こうかん》を握りしめて、自分をおさえていた。

雪をかぶった議事堂の尖塔が砂糖で作ったクリスマス・ケーキのようだった。

その午後、首相の「遺骸」が安置されている官邸へ、弔問客が自動車をつらねてやってきた。いずれもモーニング姿の老人ばかりだった。

そのひとりが首相の無慙な死体を見て卒倒したとかで、あわただしく車がその人を運び出した。焼香者が官邸にはいるときは、入口を固めた歩哨が厳重に検問したのだが、「卒倒者」の車は放置していた。

運び出された「卒倒者」が実は首相なのだった。即死を伝えられた首相は官邸の一室にかくれていたのだ。殺されたのは首相とよく似た義弟の秘書官で、首相はあやうく難をのがれたのである。正二たちがこの事実を知らされたのも、ずっとあとのことだった。

包囲部隊はますますふえて行った。密集の気配が、暮色の立ちこめた丘の下から熱気のように迫ってきた。戦車の轟音までが威嚇的にひびいてくる。

正二たちの部隊は官邸にとどまっていたが、他の蹶起部隊は移動を開始した。撤退でなく集結である。それまではそれぞれ襲撃した場所に個別的にとどまっていた部隊が、分散的占拠をやめて集結をはじめたのだ。その報は正二たちに動揺を与えないではおかなかった。

「一ヵ所に立て籠るのか」

「ホテルと料理屋の二ヵ所だが、近いことは近い」

正二たちの立て籠っている官邸の下に、その二ヵ所はあった。陸軍省等を襲撃した部隊は料理屋に集結し、陸軍大臣官邸等を占拠していた部隊はホテルに移動した。

「自分らもそっちに移るのだろうか」

「ほかはみんなもう、移動ずみだと言うから、ここはこのままだろう」

官邸のあるこの丘と、丘の下の集結地点とはそれぞれ近接しているから、ほとんど一ヵ所と言っていい。

「一ヵ所に籠城か」

大詔が出るまでは占拠をつづけねばならぬという前からの覚悟のつづきとしての籠城、そうとも取れるが、それなら分散的籠城でいいわけだ。一ヵ所に集まっての籠城は、分散した兵力の集結を意味することで不気味だった。

「どうして大詔の渙発がこう遅れてるのだろう」

籠城部隊にとってこの疑問は当然だった。外部のことが皆目分らなかったから、それは当然なのであり、陸軍大臣告示を文字通りに取り、それをそのまま信じていた者にとって、疑問は当然なのである。

「早く大号令が出ないもんかな」

それは不気味な籠城から早く解放されたいという願いに他ならなかった。大詔が渙発されれば、直ちに原隊に帰れるのだ。たとえどんな大詔にしろ、ひとたびそれが示されれば、籠城を解いて撤退するはずである。どうしてその渙発がなされないのだろう。正二は大臣告示を改めて頭に浮べた。

一、諸子ノ蹶起ハ国体ノ真姿顕現ノ至情ニ基クモノト認ム

二、蹶起ノ趣旨ニ就テハ天聴ニ達セラレアリ

三、真姿顕現ノ現状ニ就テハ恐惶ニ堪ヘス

四、之以外ハ一ツニ大御心ニ俟ツ

一と二の項は明らかに蹶起部隊の行動を是認しているのだ。三の項は是認とも言えないが、全体としてこの告示は是認と見られる。蹶起部隊が「地区隊」として原隊と同じ指揮下に置かれたことがその何よりの証拠で、それに具体的な是認が考えられる。

是認しておいて、軍はどうしてこの占拠を続けさせているのだろう。逆に包囲を固くして、むしろ籠城へと追いやっている。

「国家改造の具体案について、蹶起部隊の将校団と軍との間に、意見の一致が見られないためか」

将官級の軍人が官邸へはたえず出入していた。

「でも、北槻隊長は政治には介入しないと言っていた。蹶起によって反省を促すことが目的で、それ以上の政治的な行動に自分ははいって行かないと言っていた」

その瀬波は前夜のような元気はなかった。正二はひとりで心の中でつぶやいた。あの是認がそもそもあやしいかな。反乱の気勢を一応おさえるための、あの是認だったのかもしれぬ。

「とにかく、ラジオを取りあげられて、さっぱりワヤだな」

正二は関西弁で言った。官邸のラジオがいつの間にか取り除かれていた。そのためニュースを聞くことができない。誰が取りあげたのか。隊長の命令としか思えないが、

「なんだってラジオを取りあげたんだ」

外部の情勢を正二たち兵隊に知らせまいとする魂胆か。将校団の意のままに、盲目的服従を兵隊に強いるためか。

「どうしてラジオを取りあげたりするんだ」

瀬波は自分が咎められたように、顔をくしゃくしゃに歪めたが、

「ラジオを聞いて、おふくろはさぞかし心配してるだろうな」

唐突なので正二も面くらって、

「おふくろ？　君のおふくろ？」

「うん」

叱られた小学生みたいに瀬波はうなずいた。正二は入営のときに見た瀬波の母親の姿を思い

出した。正二の母もまた、ひとしく正二のことを心配しているだろう。正二が蹶起部隊に加わっていることはすでに正二の家でも分っているにちがいない。

だが正二は、兄の進一がどんな表情をしているか、それを想像することのほうに心が動いた。兄は正二のことを、錦旗革命に感激しているとでも思ってやしないか。それをもしも兄が早苗に言うと、

「きっと、そうね。許せないわ」

とあの兄嫁は言うだろう。

正二は殿木の「裏切り」についての会話を思い出していたのだ。「許せないわ」はそのときの早苗の言葉で、正二はあの場合、早苗のほうに賛成したのだが、

(いやな女だ)

と今は早苗を憎んだ。あんな女のところへ引き取られた澄子が可哀そうだ。

殿木のときのように兄は早苗に向って、正二を庇うだろうか。

「僕のおやじは、僕がまだ小さいときに死んじゃって、それ以来、おふくろと僕は二人だけで暮して来たんだ」

瀬波は水ばなをすすりあげて、

「おふくろは女の細腕で生活を支えて、この僕を育ててくれたんだ」

「細腕」という言い方がなぜか正二の気にいらなかった。虚勢を捨てた瀬波の告白に、正二の

心がせっかく近づきかけたのを、その「細腕」が遮った。

「女親育ちと世間から笑われないような子にしたいと、おふくろは一生懸命だった。いくじのない男にしてはならぬと、おふくろはとてもきびしかったんだが……」

雪がきびしく降りつづけていた。その雪は枯木のような街路樹を美しく飾っていた。

「僕は自分で知ってるんだ。僕の精神は左に傾いたり右に傾いたり……」

「左？　左翼か」

この瀬波は兄と同じ左翼崩れなのか。正二は酸っぱいおもいで、

「俺の兄貴も左翼だったんだが」

「それが右翼になったのか」

「右翼になったわけじゃない」

「僕は左翼は嫌いだ。いや、僕はおふくろを泣かせるようなことになってはいけないと、左翼から遠ざかっていたんだ。君は？」

「俺は左翼でも右翼でもない。夢のない男だ」

夢がない？　と瀬波は言って、

「そういう強い男が僕は好きなんだ。右でもなければ左でもない……」

「君だって、そうじゃないか」

「僕はちがう。精神がたえず揺れ傾いている弱い男なんだ。だから君みたいな強い男が好きな

んだ」

瀬波が変に正二にまつわりつくみたいだった理由はこれなのだ。

「君は仕合わせな家庭に育ったようだな。精神が安定している。そういう君が羨しい。君が僕を軽蔑していることだって、僕には分ってるんだが」

しみじみと訴えてくるのが、それ故正二にはいとわしく、心がおのずと、あとずさりする。相手がこの瀬波でなかったら、きっと心と心とがひしと抱き合うところだろうが、そういかなかった。心理的と言うより生理的に近い嫌悪が頑強にわだかまっていて、正二の心が瀬波のほうへと歩み寄るのを拒むのだ。

「俺は君を軽蔑なんかしてやしない」

いったんはそう言ったものの、嫌悪がそんなごまかしを押しのけて、

「でも、なんて言ったらいいか、たとえば、あの蛙……」

「蛙？　蛙が、何か関係があるのかね」

きょとんとした瀬波には、なんて言ったらいいか、一種のいじらしさがあったが、

「人によっては、あの蛙を、可愛らしいと言って、好きな人もいる。しかし気味が悪いといやがる人もいるように、俺はどうも君が……」

「そんなに僕は気味が悪い……？」

怒ればいいのに、めめしい声だった。窶れの眼立つ蒼い顔に、まばらなひげがしょぼしょぼ

と生えているのもめめしく、

「僕は……蛙なのか」

「たとえばの話だ」

「僕が蛙で、君は蛇か」

「神経の話だよ。神経的に蛇を――いや、ミミズだっていやがる人がいるだろう。ミミズを軽蔑しはしないけれど」

「僕はミミズなのか」

「たとえ話だと言ったら……」

「たとえにしたって、ひどすぎる。それが僕を軽蔑してる証拠だ。やっぱり僕は君を憎まなきゃいけないんだ」

言葉と反対に瀬波はしょんぼりと肩を落した。着のみ着のままのその軍服が、汚れに汚れて――正二だって同じ条件ながら、それほどでもないのに、瀬波のは、わざとよごしたみたいな、ルンペン同然のきたならしさだった。


（1962（昭和37）年1月～1963（昭和38）年2月「世界」初出、連載時のタイトルは「ある決意」）

（下巻に続く）

編集部註

（1）政党が労働組合や大衆団体の内部に設ける党員の小グループのこと

（2）日本労働組合全国協議会の略称

（3）ビリヤードで得点を数える係

（4）『赤旗』

（5）回復していた肺結核が再発し、急速に悪化すること

（お断り）

本書は1967年に岩波書店より発刊された単行本を底本としております。あきらかに間違いと思われるものについては訂正いたしましたが、基本的には底本にしたがっております。また、一部の固有名詞や難読漢字には編集部で振り仮名を振っています。

本文中には百姓、女中、下男、水呑百姓、女子供、隠し女、外人、ズベ公、女給、ルンペン、あばずれ、唖、朝鮮人、看護婦、下賤の女、盲目的、女親育ち、めめしいなどの言葉や人種・身分・職業・身体等に関する表現で、現在からみれば、不当、不適切と思われる箇所がありますが、著者に差別的意図のないこと、時代背景と作品価値とを鑑み、著者が故人でもあるため、原文のままにしております。

差別や侮蔑の助長、温存を意図するものでないことをご理解ください。

高見 順（たかみ じゅん）
1907（明治40）年２月18日―1965（昭和40）年８月17日、享年58。福井県出身。1935年に『故旧忘れ得べき』で第１回芥川賞候補となる。代表作に『如何なる星の下に』『昭和文学盛衰史』など。

P+D BOOKS とは

P+D BOOKS（ピー プラス ディー ブックス）とは
P+Dとはペーパーバックとデジタルの略称です。
後世に受け継がれるべき名作でありながら、現在入手困難となっている作品を、
B6判ペーパーバック書籍と電子書籍を、同時かつ同価格で発売・発信する、
小学館のまったく新しいスタイルのブックレーベルです。

激流（上）

2023年8月15日　初版第1刷発行

著者　高見　順
発行人　石川和男
発行所　株式会社　小学館
〒101-8001
東京都千代田区一ツ橋2-3-1
電話　編集　03-3230-9355
販売　03-5281-3555
印刷所　大日本印刷株式会社
製本所　大日本印刷株式会社
装丁　おおうちおさむ　山田彩純
（ナノナノグラフィックス）

2023 Printed in Japan
ISBN978-4-09-352470-4

P+D BOOKS